# Superman
## ⌐⌐⌐ ⌐⌐⌐⌐⌐ ⌐⌐ ⌐⌐⌐-⌐⌐⌐
## Os arquivos secretos do Homem de Aço

### Compilados por Brainiac 5

Traduzidos do original em interlac
por
Matthew K. Manning

Traduzidos do inglês
por
Dandara Palankof

Superman foi criado por Jerry Siegel e Joe Shuster
via acordo especial com a família de Jerry Siegel

## Os arquivos secretos do Homem de Aço

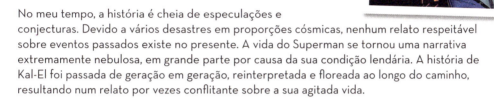

Um dia, um super-homem caminhou entre nós. Este é um registro da vida dele.

Meu nome é Querl Dox, mas sou mais conhecido como Brainiac 5. Sou membro da Legião dos Super-Heróis, um grupo de jovens indivíduos inspirado pelo legado de Kal-El, o homem a quem chamam de Superman. O ano, pelos padrões tradicionais da Terra, é 3013.

No meu tempo, a história é cheia de especulações e conjecturas. Devido a vários desastres em proporções cósmicas, nenhum relato respeitável sobre eventos passados existe no presente. A vida do Superman se tornou uma narrativa extremamente nebulosa, em grande parte por causa da sua condição lendária. A história de Kal-El foi passada de geração em geração, reinterpretada e floreada ao longo do caminho, resultando num relato por vezes conflitante sobre a sua agitada vida.

O livro a seguir é um modesto tributo a um homem com quem tive a honra de lutar lado a lado, além do privilégio de chamar de amigo. Como descendente do Brainiac original, minha linhagem me garantiu uma inteligência de 12º nível. Em vez de desperdiçar as minhas habilidades, escolhi fazer bom uso delas, organizando os eventos conhecidos da vida do Superman. Com a plena cooperação do Museu do Superman de Metrópolis, consegui acumular uma grande variedade de artefatos do século XXI. Acrescentando o meu vasto conhecimento pessoal sobre as façanhas de Kal-El à informação recuperada nesses documentos e lembranças, obtive sucesso considerável em separar os fatos da ficção.

Uma parte de mim acredita estar escrevendo este tomo apenas para compensar os delitos do meu ancestral, talvez o maior inimigo que o Superman já encarou. (O fato de eu estar registrando essa história em papel, e não em meios digitais, parece, por si só, um insulto à minha linhagem familiar.) Ainda que seja dessa forma, sinto que as crônicas aqui apresentadas servem a um propósito real. A história do Superman é grandiosa demais para ser reduzida a um mito. E se tal exercício se prova catártico para mim, então é meramente mais um subproduto positivo da minha pesquisa.

Assim, sem mais delongas, eu lhes apresento a vida de Kal-El. Clark Kent. O Último Filho de Krypton. O Homem de Aço. O Superman.

Querl Dox
Brainiac 5
05/11/3013
Quartel-General da Legião, Metrópolis, Terra

A história do Superman começa milhares de anos atrás, num planeta chamado Krypton. Orbitando um sol vermelho, o planeta prosperou e deu à luz uma civilização altamente avançada. No intuito de expandir a extensão natural das suas vidas, os kryptonianos começaram a exercer ativamente a clonagem. Para cada kryptoniano nascido, três clones eram gerados a fim de servir como fonte de "peças sobressalentes" para o original.

Muitas pessoas criticavam essa prática moralmente controversa, sendo uma delas um sacerdote conhecido apenas como Clérigo. Enfurecido pelas pregações do alienígena, o Conselho Científico Kryptoniano desenvolveu uma arma fascinante chamada Erradicador para ajudar a preservar o seu meio de vida e lidar com a interferência do Clérigo.

O CLÉRIGO COM O ERRADICADOR, UM COMPLEXO DISPOSITIVO ANOS À FRENTE DO SEU TEMPO. NA VERDADE, TODAS ESSAS ANTIGAS IMAGENS DIGITAIS FORAM RECUPERADAS DO SEU IMPRESSIONANTE BANCO DE DADOS.

Uma antiga armadura de guerra kryptoniana.

Logo, uma ampla guerra civil irrompeu entre a população. A antiga atmosfera de fertilidade reduzida a uma terra arrasada, sombria e poluída, foi reconstruída pelo povo, com o fim da guerra, sob a orientação de um sobrevivente chamado Van-L.

Apesar de Krypton ter sido devastado, a Casa de L continuou, evoluindo até se tornar a Casa de El. Com o passar do tempo, o famoso brasão da família se tornaria conhecido pela sua dedicação à ciência e ao progresso.

A visão de Van-L incitou o renascimento de Krypton com ênfase na tecnologia. Nos anos que se seguiram, essa aparente utopia evoluiria para um mundo um tanto frio e estéril. Mantilhas cerimoniais e ornamentos de biossustentação se tornaram uma espécie de padrão cultural, e o contato físico era limitado na maioria das casas.

A futura consorte de Jor-El, Lara.

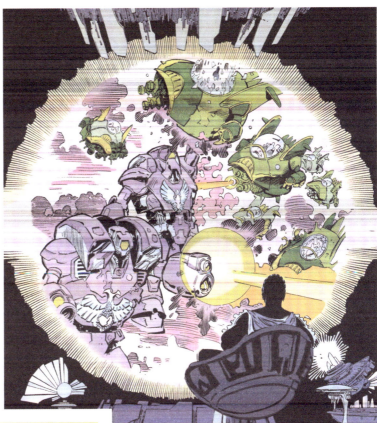

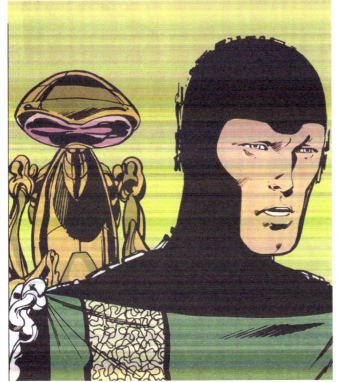

O jovem Jor-El com o seu servo-robô, Kelex.

Contudo, as lições do passado não foram completamente esquecidas. Na verdade, um intenso interesse pela história do planeta levou um descendente de Van-L, um membro da Associação Científica chamado Jor-El, à sua mais importante descoberta.

Parecia que as guerras do passado haviam deixado a sua marca em Krypton. Jor-El descobriu que o próprio núcleo do planeta se encontrava instável. Krypton estava a ponto de sofrer um evento de extinção em massa.

Foi uma época tumultuada para Krypton. À medida que o núcleo do planeta se tornava cada vez mais volátil, outra ameaça emergiu. Drones robóticos de origem alienígena devastaram a cidade de Kandor e ergueram um campo de força ao redor da maior parte da metrópole. Apesar dos valentes esforços do general kryptoniano Zod, a cidade pareceu sumir em pleno ar, assim como os invasores alienígenas.

Com o tempo, revelou-se que os drones pertenciam ao meu ancestral, o Brainiac original. Esse ataque seria o primeiro dos muitos crimes de Brainiac contra o povo kryptoniano e o seu legado.

Kandor sendo engarrafada.

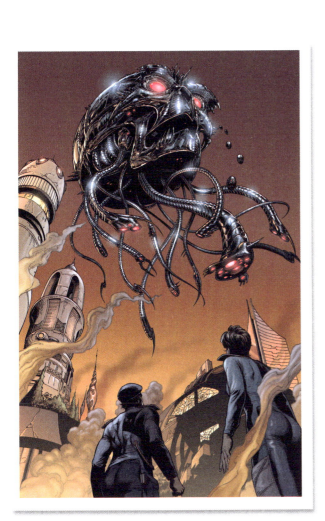

O general Dru-Zod foi forçado a assistir, impotente, enquanto famílias eram despedaçadas pela indestrutível barreira.

## Transcrição da audiência inicial de Jor-El com o Conselho Kryptoniano.
### Traduzido do original kryptoniano

Jor-El: Estimados membros do Conselho, hoje me coloco diante dos senhores com informações que afetarão o futuro de todo o nosso planeta e a sobrevivência da nossa espécie. Gostaria de...

Membro do Conselho III: Deixe o drama de lado, Jor-El. O Conselho lida apenas com os fatos.

Jor-El: É claro. Como sabem, sou um estudioso da história de Krypton, bem como do funcionamento interno do nosso planeta e do seu corpo solar. Durante as minhas pesquisas, há pouco tempo descobri a condição de instabilidade do núcleo de Krypton, acarretado inicialmente por um dispositivo de aniquilação ativado pelo culto conhecido como Zero Negro, durante...

Membro do Conselho VII: O senhor está mesmo sugerindo que o Zero Negro possuía a tecnologia para desestabilizar o núcleo de Krypton? Suas armas eram primitivas, na melhor das hipóteses.

Jor-El: Não estou sugerindo, Conselheiro. Estou insistindo na questão. Meus dados indicam claramente que a recente praga das "Mortes Verdes", na verdade, é um efeito colateral da pressão crescente sob a superfície do planeta, fundindo materiais nativos a uma nova substância radioativa. Essa radiação está vazando para a atmosfera, causando as milhões de mortes reportadas. Mais do que isso, acredito que a pressão só vai aumentar, até o planeta explodir. Nossa única saída é criar uma frota de veículos de fuga numa escala gigantesca, que supere em muito o nosso antigo programa espacial.

Membro do Conselho VII: Mesmo que acreditássemos numa teoria tão ultrajante, sua solução seria uma viagem espacial? O Conselho precisa lembrá-lo das ações do seu colega cientista, Jax-Ur? Os experimentos não autorizados dele...

Jor-El: De forma alguma Jax-Ur é o melhor exemplo de...

Membro do Conselho VII: Nós perdemos a nossa lua, Jor-El. E, com ela, a colônia de Kandor que lá se localizava. Muitos entre nós acreditam que foi essa destruição em larga escala que atraiu a entidade alienígena de Brainiac até Krypton, para início de conversa.

Jor-El: Se o Conselho puder fazer uma pausa momentânea para avaliar melhor as descobertas que registrei nas pedras solares que aqui estão, verão que há muito pouco a ser discutido. Krypton está, de fato, à beira da destruição.

Membro do Conselho III: Analisei as informações extensivamente, Jor-El, e não encontrei nada além de conspirações e evidências circunstanciais. Esses "fatos" que o senhor está nos apresentando não passam de uma lista de eventos conectados de forma tênue. Nossa civilização preza o intelecto acima da emoção, e ainda que eu entenda a sua necessidade de aceitação e consagração por parte da comunidade científica, este Conselho não apoiará mais as suas fantasias mal elaboradas e os seus devaneios infundados. A sessão do Conselho está encerrada.

Jor-El: Se eu pudesse ao menos...

Membro do Conselho III: A sessão está encerrada.

Convencido das suas conclusões, Jor-El continuou as pesquisas em segredo. Quando era jovem, ele havia descoberto a existência do planeta Terra após um encontro fortuito com um herói deslocado no tempo chamado Starman. Jor-El tornou-se fascinado pela cultura terráquea e percebeu que a atmosfera do planeta era perfeitamente apropriada para um kryptoniano.

O tempo não estava ao lado de Jor-El. Ele logo seria obrigado a terceirizar a construção de certas partes da nave a alguns poucos indivíduos de confiança. Um desses dispositivos essenciais era uma pequena esfera que mantinha o sistema de suporte vital para o passageiro do foguete.

Enquanto insistia com o Conselho Científico que levasse a destruição de Krypton a sério, Jor-El trabalhava no seu plano de contingência: um foguete que pudesse escapar da gravidade de Krypton e carregasse um único ocupante. Seria impossível salvar a si mesmo, mas sua esposa recentemente dera à luz um menino chamado Kal-El. Se não podia salvar o planeta, Jor-El estava determinado a salvar ao menos a vida do filho.

Diagrama do foguete finalizado de Jor-El. Ainda que não estivesse ciente disso na época, ele subconscientemente buscou inspiração para o projeto no antigo Erradicador, projetado pelo seu ancestral, Kem-L.

Jor-El ao lado do seu mentor, Non.

O general Dru-Zod.

A tenente Ursa.

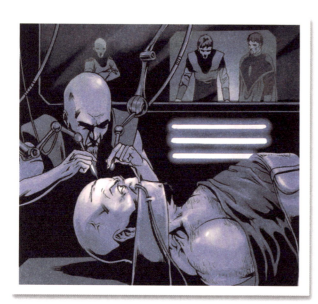

Enquanto as descobertas de Jor-El continuavam sendo ignoradas pelo Conselho, o cientista mais estimado de Krypton, Non, aliou-se ao seu mais brilhante pupilo. Apesar da intimidação das mais altas autoridades kryptonianas, Non começou a falar abertamente sobre a iminente destruição do planeta, às vezes incitando pânico.

Non logo atraiu o interesse do general Zod, que já havia entrado em conflito com o Conselho pela relutância de Krypton em restabelecer a armada interestelar. No comando das forças militares do planeta, Zod fora profundamente afetado pela perda de mais de quarenta homens durante a invasão de Brainiac a Kandor. Ele sentia que o domínio sobre as viagens espaciais o ajudaria a encontrar e a destruir o conquistador alienígena.

Então, quando soube dos avisos de Non, Zod os levou em consideração, acreditando que o Conselho, outra vez, estava sendo motivado mais pelo medo do que pela razão. Ele recrutou a sua leal tenente Ursa para a causa e os dois desertaram do Conselho.

No entanto, suas ações tiveram consequências. Na calada da noite, Non foi sequestrado em sua própria casa e lobotomizado. Ele foi encontrado perto da Selva Escarlate de Krypton, violento e praticamente irracional, uma casca vazia da pessoa que fora.

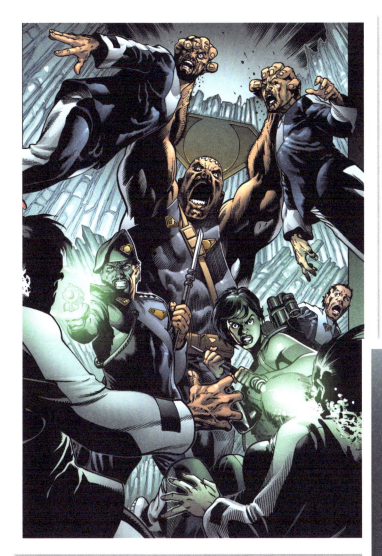

Provocado, Zod e suas forças militares invadiram o Conselho, matando cinco de seus membros antes de serem capturados. Ainda que muitos integrantes da elite regente de Krypton exigissem a pena capital para eles, Jor-El argumentou que as vidas dos criminosos deviam ser poupadas. Em vez disso, ele conseguiu que Zod, Ursa e Non fossem condenados à Zona Fantasma, uma bizarra prisão dimensional. Lá, os três seriam forçados a permanecer num estado espectral de existência, incapazes de interagir com o mundo material, num reino onde o tempo permanecia essencialmente estático.

Meu Kal-El,

Seu pai gravou centenas de horas de projeções holográficas para você, usando cristais de pedras solares, mas, até o momento, não consegui fazer isso. Ele me mostrou muito desse planeta, a Terra, para onde estamos mandando você, e ainda que eu não vá fingir que entendo as tradições deles, achei a ideia de uma carta particular um tanto bela, ao seu próprio modo. Então, foi assim que decidi lhe dizer adeus, meu filho. Meu menininho.

Jor-El contou que, para onde está indo, você será como um deus. Sua aparência será igual à deles, mas o sol de lá, lentamente, lhe dará habilidades que o diferenciarão. Alguém da Terra vai criar você. Essa pessoa poderá ver o pequeno sorriso que você acabou de começar a dar. Ela poderá sentir o seu peso nos braços e quanto é caloroso segurá-lo.

Se ao menos tivesse como ir com você, meu Kal-El, não haveria nada que pudesse me impedir. Contudo, tenho que deixá-lo partir, ainda que vá ser necessária toda a minha força para colocá-lo naquela nave e permitir que você me abandone.

Eu amo você, meu pequeno Kal-El. E sinto muito que nunca vá entender quanto.

Sua mãe,
Lara

CARTA DE LARA PARA KAL-EL (TRADUÇÃO AO LADO)

Apesar de ser intensamente monitorado pelo Conselho Científico de Krypton, Jor-El conseguiu finalizar a construção da nave de Kal-El. Nos momentos finais do planeta, ele e Lara disseram adeus ao filho e o enviaram em direção ao seu destino.

A EXPLOSÃO DE KRYPTON, REGISTRADA NOS BANCOS DE MEMÓRIA DE BRAINIAC. A NAVE DE KAL-EL PODE SER VISTA CLARAMENTE ESCAPANDO DO DESTINO DO PLANETA.

Contudo, Kal-El não foi o único sobrevivente de Krypton. Centenas de cidadãos de Argo City foram poupados, graças aos esforços do irmão de Jor-El, um cientista chamado Zor-El, e da esposa dele, Alura. Ao contrário do Conselho de Krypton, Zor-El deu ouvidos aos avisos do irmão e ergueu uma cúpula protetora sobre a sua cidade, usando engenharia reversa da tecnologia de campos de força recuperada a partir de uma das naves de Brainiac.

Quando Brainiac percebeu que tinham usado a sua própria tecnologia, descobriu os sobreviventes de Argo City e os atacou de maneira brutal. Sem tempo a perder, Zor-El colocou em ação o seu plano de emergência. Ele e Alura puseram a sua filha adolescente, Kara, numa nave projetada a partir da de Kal-El e a enviaram numa rota que seguia a do seu primo.

Devido a uma reviravolta do destino, a nave de Kara ficou presa em animação suspensa durante o voo. Levaria anos até ela seguir o primo mais novo até o planeta Terra.

# Diário de Smallville

XXXLVI · 1º de março

## Estranhas luzes avistadas

### Por Hugh Melville

SMALLVILLE, KS. — Moradores de Smallville que ousaram se aventurar na fria noite de ontem foram premiados com um espetacular show de luzes nesse ano bissexto, de acordo com testemunhas.

Ainda que a maioria dos cidadãos tenha permanecido dentro das suas casas, devido à aproximação de uma nevasca, várias pessoas afirmaram ter visto um objeto brilhante, semelhante a um cometa, ou uma trilha de objetos, cortando o céu noturno na noite de 29 de fevereiro.

— Eu estava lá no meu celeiro, me certificando de que tudo estava trancado, quando vi — disse John McCullogh, 67. — Como uma luz branca bem clara caindo pelo céu.

De acordo com McCullogh, o objeto, que parecia um cometa, desapareceu nas proximidades de uma colina ao leste da sua propriedade.

— Para ser honesto, eu mal notei — contou Al Braverman, outra testemunha das estranhas luzes. Al e a esposa, Beryl, estavam bem ocupados na hora das luzes misteriosas. — A gente teve que encostar o carro, porque Beryl não podia mais esperar. O bebê estava determinado a nascer a qualquer minuto.

Enquanto se preparava para fazer o parto do próprio filho no acostamento, Braverman notou com o canto do olho o que chamou de "uma explosão".

— Sim, foi tão claro quanto era possível — afirmou. — Houve um clarão branco, mas não ouvi barulho ou coisa do tipo. Claro, pode ter sido porque Beryl estava berrando no meu ouvido.

— Sim, eu a vi — disse o policial Drew Craig, que mais tarde encontraria os Braverman e o seu novo e saudável filho de 3,5 kg, Kenneth, antes de escoltá-los ao consultório do dr. Kevin Whitney, no centro de Smallville. — Estava fazendo uma última ronda antes de a tempestade chegar e quase saí da estrada quando o céu se iluminou. Sendo um meteoro ou não, se movia mais rápido que qualquer coisa que já vi. Sério, mais rápido que uma bala.

Se algum objeto de fato caiu nas imediações de Smallville, levará algum tempo até as autoridades locais poderem investigar. Segundo Craig, "as únicas pessoas que vivem naquela região são os Kent, e eles estão com neve até o teto no momento.

— Espero poder voltar lá em uma semana ou duas, mas, sinceramente, o delegado Parker diz que já temos pouco pessoal, e a nevasca está deixando todo mundo meio ocupado".

Não foi possível entrar em contato com Jonathan e Martha Kent, pois as linhas telefônicas estavam inoperantes por causa da tempestade.

## Continuam as tempestades de inverno
## Maior parte do estado está paralisada

### Por Tom Thornton

CONDADO DE LOWELL, KS. — A maior parte do estado do Kansas está hoje enterrada sob um grosso cobertor de neve e, de acordo com os meteorologistas, não há previsão de que as tormentas diminuirão.

Naquela que está se provando a tempestade de neve mais rigorosa em décadas, algumas áreas do centro do estado informam que mais de 50 cm de neve já se acumularam no solo, com a velocidade passando dos 56 km/h. Até o momento, o condado de Lowell é uma das áreas mais afetadas, com os meteorologistas dizendo que, possivelmente, outros 25 cm de neve cairão esta noite, com a temperatura ficando entre 10º e 12º Celsius negativos.

No momento, muitos dos moradores do condado de Lowell fora dos limites da cidade de Smallville estão sem eletricidade. Os representantes da Companhia Elétrica S&S afirmam que levará algum tempo até que as condições melhorem o suficiente para permitir que os seus funcionários consertem as linhas de transmissão que foram afetadas. Enquanto isso, as autoridades insistem para que os cidadãos permaneçam na segurança das suas casas e esperem a tempestade passar.

Para informações de contato emergencial e na necessidade de (CONTINUA NA PÁGINA 8A)

Quando Jonathan e Martha Kent descobriram Kal-El dentro da nave, presumiram que a criança havia sido vítima de uma experiência de algum programa espacial estrangeiro. Incapaz de conceber filhos, o casal decidiu adotá-lo em segredo, encobrindo as evidências da nave no campo onde havia caído.

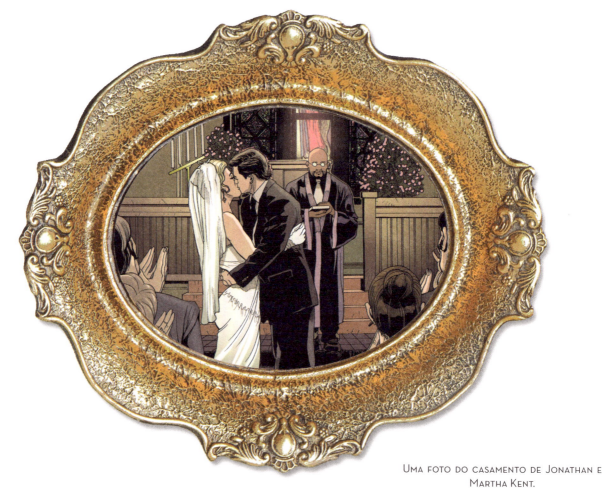

Uma foto do casamento de Jonathan e Martha Kent.

Kal-El e a mãe adotiva, Martha Kent. Como o seu nome kryptoniano era desconhecido pelos Kent na época, o casal decidiu chamar a criança de Clark, o nome de solteira de Martha.

Uma página de um dos muitos álbuns de fotografias de Martha Kent. Conforme suas células absorviam a energia do sol amarelo da Terra, o corpo de Clark começou a demonstrar breves erupções de incrível poder. Em certa ocasião, o jovem Clark foi pisoteado pelo touro de um vizinho, mas teve apenas as roupas rasgadas.

Conforme Clark crescia, aumentavam sua força, velocidade e quase invulnerabilidade. Seus pais adotivos se esforçaram para lhe dar uma criação normal, mas logo ficou claro que a vida dele seria qualquer coisa, menos normal.

A fazenda dos Kent, com o cachorro de estimação da família, Shelby.

Meu herói, por clark Kent

  Meu herói é meu papai, Jonathan Kent. Quando eu crescer, quero ser forte e bom em rezolver problemas que nem ele, como na vez em que a sra. Summers ficou doente e ele aparou a grama do jardim dela e nem pediu dinhero. Ele também deixa eu ficar acordado até tarde quando a mamãe vai pra Kansas visitar o tio Bert. Eu não trocava o meu papai por nenhum pai no universo inteiro.

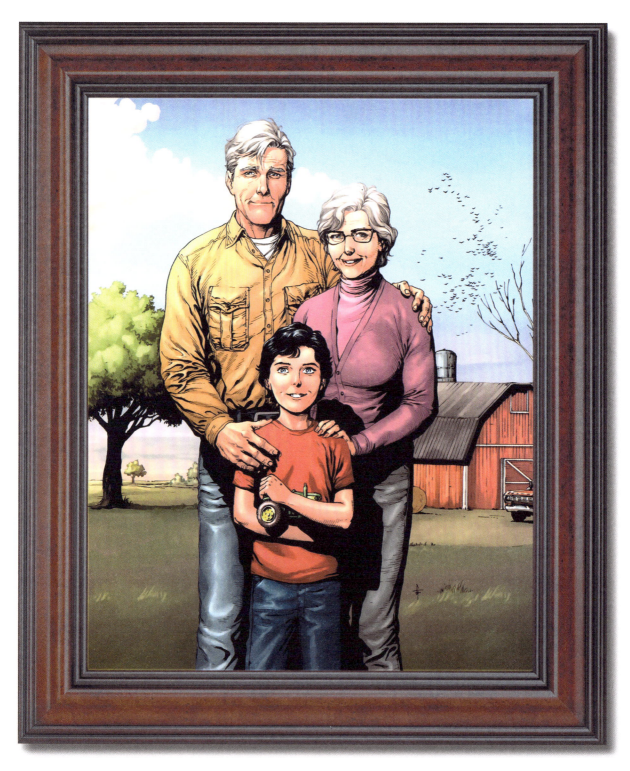

A família Kent.

Clark com o melhor amigo, Pete Ross. Um jogo de futebol americano resultou num braço quebrado para Pete e numa forte lembrança para Clark de que ele era muito diferente do resto dos seus colegas da escola.

Lana Lang. A amiga mais antiga de Clark.

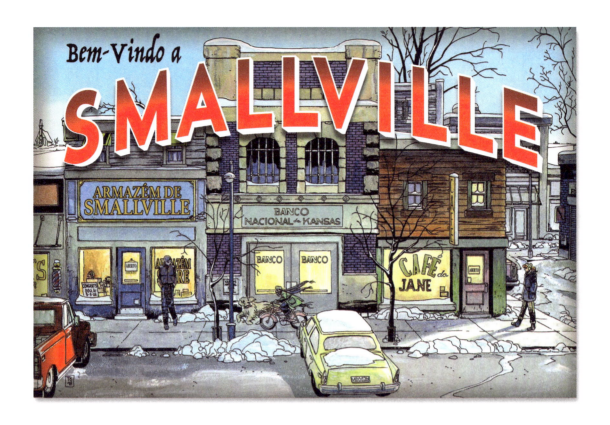

Clark e Lana logo se tornaram mais do que apenas amigos de infância. Clark confiava em Lana e pôde revelar os seus poderes. Lana encontrou em Clark o primeiro amor.

Clark voltou aos esportes quando ganhou mais controle sobre os seus poderes.

Clark ao lado do seu rival no colégio, Kenny Braverman.

Duas figuras trágicas do passado de Clark, ambas vítimas de acidentes causados por direção alcoolizada. Seu par no baile de formatura, Margaret Zabusky foi atropelada por um motorista sob efeito de álcool na noite do baile, enquanto Scott Brubaker bateu o próprio carro enquanto dirigia bêbado, levando Clark e Lana para casa após uma festa.

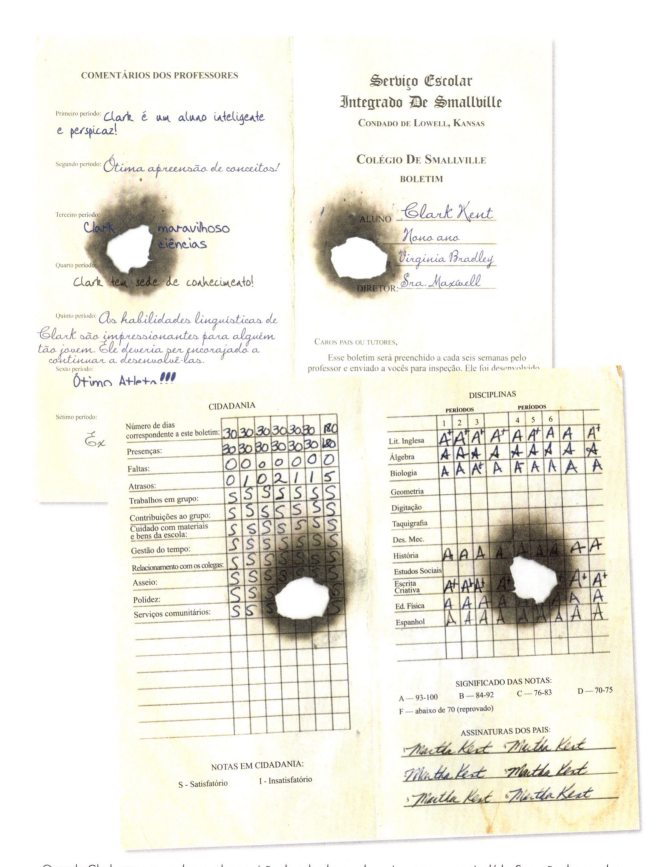

Quando Clark começou a desenvolver a visão de calor, levou algum tempo para controlá-la. Sua mãe desenvolveu óculos especiais para ele, usando lentes feitas com a sucata da nave que o havia trazido para a Terra. O resultado pareceu manter os poderes sob controle, já que a visão de calor não conseguia romper o vidro kryptoniano.

*Seu destino não está numa cama de hospital. Grandes conquistas estão por vir. Tome as rédeas do seu destino. Melhores amigos, melhores médicos, melhor horizonte, nenhuma preocupação.*
Sam 17/2

Quando Sam faleceu, de câncer, Clark encontrou esse bilhete debaixo da cama dele. A morte do amigo marcou Clark e o ajudou a moldar a sua perspectiva sobre a vida.

Clark e o amigo Sam Loeb.

O pastor de Smallville, Jeph Linquist.

O barbeiro de Clark, Sam Wilson, ao lado do delegado de polícia Douglas Parker. Depois de Wilson despedaçar um par de tesouras tentando cortar o cabelo de Clark, ele decidiu que a visão de calor e um pequeno pedaço de metal refletor da sua nave kryptoniana eram a melhor aposta no que dizia respeito à higiene pessoal.

Mamãe me trouxe esse diário e disse que eu deveria anotar as coisas nele. Para mim, parece uma perda de tempo, mas ela acha que, com tudo que está acontecendo, faria eu me sentir melhor. Não sei direito sobre o que falar. Não que não esteja acontecendo um monte de coisas comigo.

Fiquei doente hoje. Isso não deveria ser nada de mais, mas, para mim, foi. Não lembro a última vez que me senti um pouquinho gripado. Mamãe e papai contaram que eles ficaram acordados várias vezes quando eu era bebê, mas, quando penso nisso, é difícil me lembrar até de quando me senti cansado. Acho que já estava ficando acostumado com quem eu sou. Estava começando a achar que nada poderia me fazer mal. Então, veio o dia de hoje, e estou bem mal. E agora estou com medo de acontecer de novo.

Tudo começou na feira do condado de Lowell. Encontrei esse garoto chamado Lex que estava vendendo uns livros velhos que ele já tinha lido. Ele parecia legal. Botava uma banca, mas nem fez graça com os meus óculos novos nem nada. Acho que ficou surpreso por eu gostar de ler.

Enfim, começamos a conversar sobre alienígenas. Do espaço sideral. Não contei para ele da minha condição nem nada assim, mas foi legal bater um papo com alguém que leva esse tipo de coisa a sério. Então, de repente, Lex deu um sorriso e puxou um pote de vidro de debaixo da mesa. Dentro, havia uma pedra verde brilhante. Mas não tive muito tempo para olhar para ela ou perguntar o que era. Porque foi naquele momento que comecei a me sentir mal.

Aconteceu tudo de uma vez. Senti um aperto no estômago e as minhas pernas se dobraram. Nunca me senti tão fraco antes. Minha cabeça ficou leve. Como se eu fosse desmaiar, ou vomitar, ou as duas coisas ao mesmo tempo, se é que isso é possível. Não sei muito bem o que aconteceu depois, mas acho que apaguei por uma fração de segundo e caí em cima da mesa com todos os livros e as coisas de Lex. Ele começou a gritar comigo, mas eu nem ouvia. Eu estava cambaleando. Eu só conseguia pensar em ir para casa. Sair de lá e ficar sozinho com seja lá o que fosse essa dor que eu sentia.

Depois de alguns minutos, o mal-estar já tinha quase passado. Comecei a achar que as coisas estavam voltando ao normal. Talvez fosse só algum tipo de gripe que o meu corpo processou bem rápido ou algo assim, sei lá. Mas nem tive tempo para pensar nisso, porque foi quando o tornado chegou e as coisas ficaram bem loucas.

Ah, sim, e acho que, tipo, eu voei. É, agora posso voar, pelo jeito. Então, aí está. Foi a melhor coisa que já aconteceu comigo.

Está ficando tarde, agora, e pela primeira vez, estou me sentindo um pouco cansado. Acho que ainda não superei essa gripe ou seja lá o que estiver errado comigo. Escrevo mais amanhã. Sabe, sobre voar e tudo mais.

Então, acho que... continuamos depois.

O jovem Lex Luthor com o seu precioso meteorito.

Quando um tornado atravessou a feira do condado de Lowell, Clark descobriu que tinha a habilidade de voar, salvando a vida de Lana Lang ao usar este poder.

O resultado de um dos muitos tornados que devastaram Smallville.

O pai de Lex Luthor, Lionel, morreu sob circunstâncias obscuras, atribuídas ao seu "coração fraco". Apesar de Lex nunca ter sido investigado a respeito da morte do pai, considero um tanto suspeito que Lionel tenha sido salvo por Clark apenas alguns dias antes, quando os freios do seu carro falharam misteriosamente.

Também é digno de nota o fato de que Lionel foi negligente ao ponto de não incluir Lena, irmã de Lex, entre os seus beneficiários.

Metrópolis é a chave. Para ser o homem mais importante do mundo, você precisa se estabelecer na cidade mais importante do mundo. População de 11 milhões e com perspectiva de aumento. O único reino digno de se reinar.

Nota relacionada: quando eu construir o meu prédio, o coração do distrito comercial parece o local mais lógico para fazê-lo. Tornar a Torre (as Torres?) LexCorp a maior da cidade garantirá junto aos turistas um fluxo de renda adicional, através de um possível mirante e uma loja de lembranças. Claro, o escritório executivo deve ser mais alto que o mirante. Uma hierarquia precisa ser estabelecida e mantida a todo tempo.

Quando fundos suficientes forem estabelecidos para a mudança, a maior parte do dinheiro, senão todo, deve ser imediatamente investida em capital estrangeiro. Delineei isso na pasta "a fazer". Ainda que demore alguns dias para ganhar sustentação financeira em Metrópolis, é mais importante parecer ter dinheiro que possuir capital, e é de suma importância que eu incremente o meu valor sem compartilhar a minha jogada com os competidores locais.

Caridade é importante. Proporciona uma enganadora cortina de fumaça para o público e automaticamente cria uma aura de dúvida ao redor de qualquer... prática criativa de obtenção de recursos.

Nenhuma área estará fora dos limites. Há muito conhecimento a ser obtido no estudo de campos considerados "fantasia" ou "ficção científica" pelos cidadãos comuns. A genialidade não deve ser desperdiçada com o mundano. Há menos competição e mais espaço para lucros enormes quando se lida com o bizarro.

Controlar a mídia é um aspecto fundamental de um negócio bem-sucedido. A opinião pública pode causar oscilações no valor das ações e pode ajudar a transformar um bom investimento em algo brilhante.

Nota relacionada: título provisório para autobiografia: "Simplesmente brilhante".

Lista daqueles que me prejudicaram: Richard McGuire, Edward Kelly, Justin Gilliam, Tommy Birch, Thomas Valentine, Joey Calhoun, ~~Clark K.~~

UM DOS RAROS EXEMPLOS DAS ANOTAÇÕES PESSOAIS DE LEX LUTHOR. PODE-SE APENAS PRESUMIR QUE, DURANTE O SEU AMADURECIMENTO, LEX DECIDIU MANTER PARA SI PENSAMENTOS PARTICULARES EM VEZ DE SE ARRISCAR A MANCHAR A SUA PESSOA PÚBLICA.

# Mon-El

Esta é uma grande novidade. Tão grande quanto possível. Não acho mais que eu seja o último kryptoniano. Isso é incrível, não é? Não estou sozinho.

Deixa eu começar pelo início. Um dia desses, meus pais me mostraram a nave. A que me trouxe para cá. E quando toquei nela, vi umas imagens. Vi os meus pais de verdade e o planeta do qual supostamente vim. Krypton, ele explodiu. E quando eles me mostraram... Bom, aquilo na verdade me deixou um pouco assustado.

Então, meio que ignorei isso por um tempo. Agi como se nunca tivesse visto a nave e voltei a ser apenas um garoto normal. Não sei. Acho que pensei que, se eu agisse como se não fosse de verdade, tudo voltaria a ser do jeito que era antes. Mas, depois da feira, de voar e tudo mais... quero dizer, as coisas já eram diferentes, de qualquer forma. Então, imaginei que seria melhor aprender o máximo que pudesse sobre o lugar de onde vim, para começo de conversa.

Durante meu tempo livre, tenho assistido às projeções da nave e do tal cristal de pedra solar que o meu pai biológico, Jor-El, me deixou. E ele respondeu a um monte de perguntas. Mas, ao mesmo tempo, ele continuava ressaltando um ponto. Eu era o último. O último filho de Krypton. Sou o único da minha espécie, e tudo que era kryptoniano, ou kryptonense, sei lá, morre comigo. Você ouve uma coisa dessas e não tem nada que faça você se sentir melhor sabe?

Só que aí, ontem, aconteceu. Era uma segunda-feira normal, estava cuidando da minha vida e voltando a pé da escola para casa. Então, ouvi um estampido enorme e, com a minha visão telescópica, vi um foguete voando pelo céu. Então, voei até ele e tentei pará-lo, mas não sou forte o suficiente. Porém, aqui está a grande notícia: depois que o foguete caiu, um garoto levantou e saiu andando dos destroços. Um garoto vestido como um kryptoniano, de capa e tudo. Ele não se lembra de nada, mas seus poderes são quase idênticos aos meus. Ele até se parece um pouco comigo. Ele não sabe como se chama, mas se lembra do símbolo do "S" da Casa de El. Já que era "monday" (que é segunda-feira, em inglês), o estamos chamando de Mon-El, por enquanto.

Meu pai disse para eu não ficar muito esperançoso, mas acho que esse cara não só é de Krypton, como pode ser o meu irmão. Agora que anoiteceu, vamos sair daqui a pouco para testar mais os poderes dele, então preciso ir. Só queria escrever logo isso. Não estou mais sozinho.

Isso é inacreditável.

A chegada de Mon-El à Terra, capturada pela câmera de Martha Kent. Foi o pouso inesperadamente difícil que fez com que ele sofresse de amnésia.

Depois de viver com os Kent por uma semana, a memória de Mon-El retornou quando Clark acidentalmente o expôs ao chumbo. Na verdade, Mon-El era um alienígena chamado Lar Gand do planeta Daxam. Após estudar a explosão de Krypton, Lar ficou fascinado com o foguete que escapou da destruição e decidiu seguir sua trilha até a Terra.

Quando Clark expôs Mon-El ao chumbo, a grande fraqueza dos daxamitas, ele foi forçado a salvar a vida do novo amigo da única forma que conhecia: com o projetor da Zona Fantasma que o pai de Clark havia colocado no foguete. Clark colocou o amigo na estase da Zona Fantasma, jurando que, algum dia, encontraria uma cura para o envenenamento e o soltaria da prisão espectral.

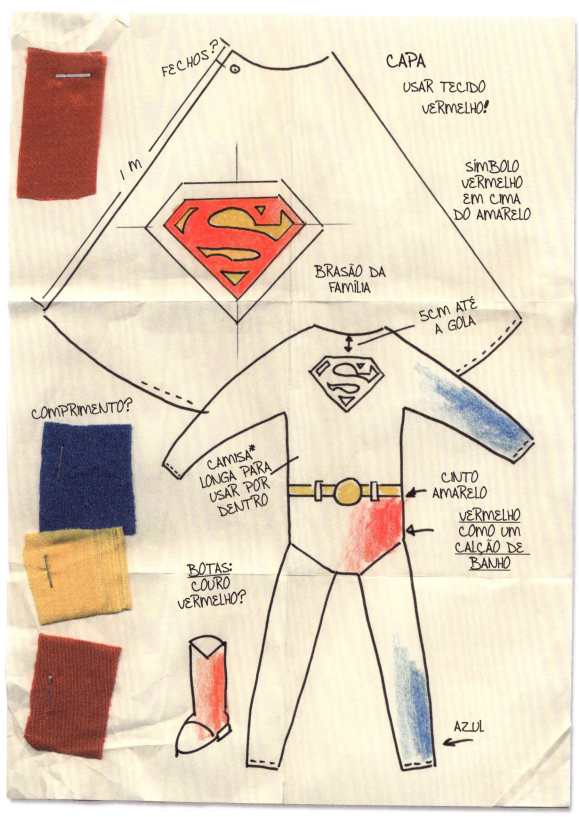

Numa tentativa de ajudar o filho a abraçar a sua herança, Martha Kent costurou uma tradicional vestimenta kryptoniana a partir dos cobertores encontrados junto com ele. Depois de cinco tesouras quebradas, uma máquina de costura destruída e uma serra elétrica danificada, Martha enfim pediu a ajuda de Clark e a visão de calor dele para finalizar o traje.

A reação de Clark ao primeiro traje não foi bem a que Martha Kent esperava. No entanto, feliz ou não, naquele dia nascia o Superboy.

## A Legião dos Super-Heróis

Hoje, quando eu estava voltando da escola, alguns garotos voadores me levaram para o futuro. Sim. Estou olhando para a primeira frase agora, e parece loucura. Já li quadrinhos do Iron Munro que começavam de forma bem menos forçada. Mas cada palavra é verdade, juro. Os garotos eram mais ou menos da minha idade, e vestiam uns trajes esquisitos, parecidos com aqueles que minha mãe fez para mim. E o que é mais legal ainda é que eles eram super-heróis. Disseram que eram do século XXXI e vieram para o presente numa Bolha Temporal para me ver. Só para me ver. Quando perguntei sobre isso, eles decidiram me levar de volta (ou adiante?) para o futuro deles.

Foi absolutamente fantástico. Eles têm um clube de super-heróis em Smallville, que, no futuro, é muito bizarra, por sinal. Imagine como Metrópolis aparece na TV, mas com prédios mais alto e muitas coisas voando. Enfim, eles combatem o crime por lá e se aliam a outros heróis, cada um com o próprio conjunto especial de superpoderes. Cósmico tem poderes magnéticos, Satúrnia pode ler mentes, Relâmpago controla eletricidade, e esses são só os membros fundadores. Tinha até um cara chamado Brainiac 5 que tinha pele verde, mas falava que nem um professor de inglês, ou algo do tipo.

Uma coisa sobre a legião: eles são, na maioria, seres de lugares bem distantes. Acho que há muito mais viagens espaciais daqui a mil anos, então a Terra é lotada de raças e espécies diferentes. Mas o que me surpreendeu mesmo é que algumas pessoas ainda têm a mente tão fechada quanto as de agora. Existe um grupo chamado de supremacistas humanos. Eles odeiam todas as formas alienígenas, dizendo que "a Terra é para os humanos" e coisas do tipo. Em vez de perceberem quão maravilhoso é ter a chance de se comunicar com seres de lugares tão distantes, como uma das luas de Saturno, eles preferem pegar em armas e atirar em qualquer um que pareça diferente. Não entendo. Quero dizer, como você pode não querer conversar com alguém de um planeta onde todo mundo consegue mudar de forma? (Isso existe mesmo lá!) Não dá para entender.

Enfim, quando tive que partir, Cósmico estava falando sobre me incluir no clube deles, como membro oficial. Eles só precisam convencer Brainiac 5 de que viagem no tempo não é algo tão sério quanto ele pensa. Eles até me deram como lembrança um anel de voo da Legião dos Super-Heróis.

Certo, vou parar de escrever agora. Acabei de perceber que ainda não contei para os meus pais sobre os durlanianos (esses são os metamorfos) e mal posso esperar para ouvir o que eles vão dizer. Acho que vou começar a usar o meu traje de Superboy por baixo das roupas, para estar pronto quando a Legião vier me visitar outra vez. Ah, sim, é assim que eles me chamam por lá. Superboy.

Foi um dia muito bom.

Imagens do primeiro encontro entre Clark e a Legião, feitas pelas nanocâmeras exteriores da Bolha Temporal. Cósmico, Satúrnia e Relâmpago pegaram a Bolha "emprestada" sem pedir permissão. Não tenho certeza se eles imaginaram que se safariam dessa.

A primeira viagem do Superboy a Smallville do século XXXI.

Uma imagem minha nos meus dias de juventude. Devo ter dado a impressão de ser um pouco elitista.

Relâmpago e Cósmico em ação contra membros de uma organização de supremacistas humanos.

Satúrnia usando as suas habilidades telepáticas.

Superboy ao lado de outras duas das nossas integrantes de longa data, Moça-Tríplice e Etérea. A Moça-Tríplice pode se dividir em três corpos individuais, enquanto Etérea atravessa objetos sólidos.

Clark entretendo o pai com histórias sobre a Legião. Apesar de um pouco céticos, os Kent passaram a esperar o inesperado quando o assunto era o filho.

Pouco tempo depois do seu primeiro encontro com a Legião, o Superboy encontrou outro foguete que caiu em Smallville. Como descobriu depois, Jor-El havia mandado um protótipo para o espaço primeiro, antes de enviar o filho. A nave carregava uma cobaia viva: o cachorro da família, Krypto.

Ainda que, a princípio, o teste tenha se mostrado bem-sucedido, a nave se perdeu no espaço durante anos. Ela voltou à sua trajetória original e pousou em Smallville.

Posteriormente batizado pela imprensa como Supercão, Krypto usava uma capa vermelha customizada, costurada por Martha Kent.

45

## Pai e filho resgatados de enchente

**POR KEVIN REAGAN**

ABILENE, KS. — Os bombeiros se recusam a levar crédito pelo resgate na água de um garoto de 11 anos e do pai dele, na noite da última sexta-feira. Em vez disso, insistem que o verdadeiro herói foi um misterioso bom samaritano.

Pai e filho seguiam por uma estrada vicinal de baixa altitude, quando, por volta das 23 horas, ignoraram uma barricada bem delimitada e foram direto para a área onde as águas se elevavam.

Quando o motor afogou e morreu, ambos tentaram nadar até um local seguro, mas foram pegos pela violenta correnteza. Enquanto o pai conseguiu se agarrar à raiz de uma árvore, a criança se perdeu na correnteza.

— Estava escuro e eu não conseguia ver nada — relembrou o homem. — Eu não fazia ideia de para onde o meu menino tinha ido. [Eu] só conseguia ouvi-lo gritando.

Segundo relatos, quando os bombeiros chegaram, o homem e o garoto já estavam fora de perigo.

— Não havia nada para fazer além de enrolá-los em cobertores e abrigá-los — afirmou Richard Wallace, chefe do Departamento de Bombeiros local. — Nossos faróis os iluminaram assim que encostamos. Eles estavam bem ao lado da barricada, tremendo.

Quando questionados sobre como escaparam das águas, tanto o homem quanto o filho disseram que um estranho os tirou da enchente tão rápido que não conseguiram ter nem um vislumbre do seu rosto.

— Não sei como ele fez isso — falou o homem. — Nem cheguei a ver como ele era. Era como se ele se movesse feito um borrão ou algo assim. Tudo que sei é que ele tem uma pegada bem forte.

Apesar de não haver traços de álcool na corrente sanguínea do motorista, as autoridades afirmam que ele foi preso mesmo assim e pode ser indiciado por ter ignorado a barricada.

O filho se encontra no Hospital Comunitário de Geary, recuperando-se da hipotermia e de algumas escoriações leves causadas por detritos flutuando na água.

## Incêndio em casa de família se apaga sozinho

**Por Bob Brown**

WAMEGO, KS. — As autoridades ainda não são capazes de explicar como as chamas numa residência local supostamente se extinguiram sozinhas na noite de ontem.

Segundo a polícia, a casa, um rancho desocupado de cinco quartos na Rodovia 99 Norte, pegou fogo devido à fiação defeituosa de uma caixa de fusíveis no porão. Ainda que não se suspeite de nenhum ato criminoso, há muitas posições a cerca da razão pela qual as chamas de repente se apagaram logo antes da chegada dos caminhões dos bombeiros ao local.

— Estávamos observando do outro lado da rua — afirmou Meredith McKeown, a vizinha que avisou do incêndio ao corpo de bombeiros. — Nem um minuto antes de os homens chegarem, pareceu que um tornado em miniatura ou algo do tipo passou ao redor da casa. O vento soprou de forma estranha. Nunca vi nada igual.

De acordo com McKeown, bem como mais dois vizinhos e outras testemunhas, Kevin e Tina Montone, o vento criou um túnel de ar temporário, sugando a fumaça da casa e extinguindo o fogo em segundos.

— Não sei como chamar aquilo — disse Kevin Montone. — Que tal de "estranho"?

Apesar de ainda não haver uma estimativa da extensão dos danos, as autoridades insistem que, sem os misteriosos ventos, a casa não poderia ser recuperada. Em viagem de férias, o proprietário e a família não foram encontrados para comentar sobre o assunto.

*Uma página de um dos cadernos de recortes secretos de Martha Kent.*

# Terremoto não causa danos

**POR FRANK BRADLEY**

GRAND JUNCTION, CO. — Um terremoto grave fez tremer o oeste do Colorado e parte do sudeste de Utah no início da manhã de ontem. Apesar da intensidade do tremor, não houve relatos sobre feridos e poucos sobre danos em propriedades.

De acordo com o Departamento Nacional de Geologia, o terremoto de magnitude 6,7 teve início por volta das 10h19 (hora local) de terça-feira, a cerca de 65 km a sudoeste de Grand Junction. O tremor fez os prédios balançarem um pouco, algo raro para um abalo dessa intensidade.

As autoridades locais foram pegas de surpresa pelo que afirmam ser o terremoto mais intenso do último século e estão ainda mais surpresas pela falta de danos.

— O prédio estava tremendo, e então parou — afirmou Don Peters, proprietário da Gráfica Peters, empresa localizada no quinto andar de um grande complexo de escritórios. — Achei que o terremoto havia terminado, até que olhei pela janela e vi os postes e os fios elétricos balançando. Era como se algo estivesse segurando o nosso prédio no lugar. Depois de alguns segundos, estávamos tremendo outra vez, mas não de um jeito tão ruim.

A polícia informou que histórias similares foram relatadas por toda a área de Grand Junction, onde estruturas supostamente se realinharam sozinhas durante o abalo sísmico. Especialistas ainda buscam esclarecimentos sobre o fenômeno.

— Não há explicação porque não há nada para explicar — relatou Thomas Chapin, sismologista da Universidade de Utah. — Prédios não param de tremer de uma hora para outra durante um terremoto enquanto o solo abaixo deles continua a se mover. Estamos lidando aqui com uma cidade que não está acostumada a atividades sísmicas nesse grau e uma população que não sabe muito bem como processar aquilo que vivenciou.

# Ponte aguenta até o último minuto
## Colapso aguarda a saída de todos os operários

**POR MIKE VEIL**

BLUE VALLEY, NE. — Uma tragédia foi evitada quando operários escaparam do desabamento da ponte Cornelius, um dos marcos históricos mais importantes de Blue Valley.

Batizada com o nome do rio que atravessa, a ponte passava por um projeto de restauração, desenvolvido para fazer com que a sua treliça instável se tornasse adequada aos atuais requisitos de segurança.

No sábado, a ponte começou a apresentar sinais de colapso, levando os operários a evacuar a estrutura pelos dois lados do rio. Contudo, dois deles, os irmãos Eric e Elden Eidemiller, queriam finalizar os reparos num determinado feixe do piso.

— Achei que não havia nada com que me preocupar — disse Eric Eidemiller. — Estruturas velhas fazem barulhos estranhos o tempo todo. Achei que todos estavam entrando em pânico sem motivo. Eu queria acabar o serviço.

Quando a ponte começou a tremer, os irmãos Eidemiller perceberam que deveriam ter escutado os avisos dos colegas.

— Eu tinha certeza de que já era tarde demais para fazer alguma coisa — admitiu Eric. — Pelos sons que a ponte estava emitindo, não faz sentido que ela tenha aguentado como aguentou. Acho que as leis da física deram mais uma chance a mim e ao meu irmão.

— A ponte na verdade caiu um pouco — contou Elden Eidemiller. — Meu irmão e eu estávamos correndo para terra firme, e ela começou a cair. Lembro-me de pensar que era o fim. Estávamos mortos. Então, ela meio que parou, simples assim, como se estivesse pendurada em pleno ar por pura força de vontade.

Independentemente das razão para o desabamento tardio da ponte, os irmãos Eidemiller conseguiram se salvar.

— A ponte esperou a gente sair — contou Eric. — Estávamos no chão havia só uns poucos segundos antes de a estrutura despencar. Tivemos muita sorte.

Foi declarado que a construção de uma nova ponte sobre o rio Cornelius é de alta prioridade para a cidade. Ainda que nenhum projeto tenha sido aprovado pelo município até o momento, os Eidemiller esperam poder participar da construção.

— Essa velha garota salvou as nossas vidas — disse Eric. — O mínimo que podemos fazer é garantir que ela tenha uma substituta adequada.

Apesar de participar ativamente da Legião como Superboy quando visitava o século XXXI, Clark tentou permanecer desconhecido do público na sua própria época.

*Clark e Lana se despedindo.*

O jornalista Ed Wilson. Uma grande influência na vida de Clark, que um dia iria herdar o chapéu fedora de estimação de Wilson.

Sabendo que tinha uma responsabilidade com o mundo além de Smallville, Clark deixou a casa dos pais logo após a formatura do colégio. Ainda que a sua primeira parada tenha sido Metrópolis, ele se sentiu despreparado para a vida na cidade grande e, em vez disso, decidiu viajar pelo mundo.

*Terri em Paris*

Enquanto estava em Paris, Clark conheceu uma mulher chamada Terri Chung. Os dois ficaram íntimos, e ele foi com ela para o Butão, um pequeno país nos Himalaias, localizado próximo à fronteira da China. Lá, Clark se tornou discípulo do pai de Terri, um sacerdote chamado Rhana Bhutra.

Durante a longa caminhada até o templo de Rhana Bhutra, Clark cruzou o caminho de um homem ao qual os nativos se referiam como "Gotham". Passariam anos até que ele percebesse que aquele homem era Bruce Wayne, e o futuro combatente do crime de Gotham conhecido como Batman.

## A Mudança para Metrópolis

Nunca tinha percebido como a cidade é barulhenta. É muito mais difícil se desligar para dormir à noite. Nunca foi assim em Smallville, mesmo para uma audição como a minha. O pai roncando no quarto ao lado. Um gambá andando pelo milharal. Os batimentos cardíacos de Lana a dois ou três quilômetros de distância. A recepção terrível da TV do sr. Baker enquanto ele assistia ao Late Show. Bert, Caleb, Morris e Tom no centro, terminando um jogo de pôquer barulhento na garagem de Bert. Eu quase tinha que me esforçar para ouvir isso tudo. Mas não aqui. Metrópolis não precisa desse tipo de empenho.

Aqui nesse caixote que se passa por meu apartamento, há muita coisa para se escolher. Os vizinhos de cima estão brigando em português. Tem três garotos do lado de fora ouvindo a mesma música de novo e de novo. A senhora no apartamento de abaixo não para quieta, e tem um homem no prédio em frente que, aparentemente, não conhece os protocolos sociais no que se refere às horas aceitáveis para a prática do trompete. E isso são só as coisas que qualquer pessoa normal poderia escutar. Consigo ouvir tudo com a minha audição, desde a mulher cantando no chuveiro a quinze quarteirões de distância até o morador de rua com um chiado no nariz na esquina próxima ao banco na praça Metropolitana. Vai levar um tempo até eu aprender a abstrair tudo isso. Engraçado como não notei esse tipo de coisa em Paris, Veneza ou Bangkok. Talvez não esteja sendo honesto comigo mesmo. A verdade é que sou só mais um menino da fazenda, de olhos arregalados, tentando encontrar o meu lugar na cidade grande.

Esta é minha primeira noite no apartamento, mas a quinta em Metrópolis. Tenho sorte de ter encontrado esse lugar. O hotel Bodwin não era barato, apesar de as acomodações se esforçarem para provar o contrário. Porém, agora que estou aqui na minha nova casa, tudo parece real pela primeira vez. O emprego no restaurante Balducci. A seleção para a Universidade de Metrópolis. Sei lá. De alguma forma, parece que não estou fazendo o que deveria.

Desde que cheguei, voltei para casa todos os dias, em Smallville. A mãe e o pai não sabem e eu não admitiria nem se eles perguntassem. Só que toda noite, mais ou menos nessa mesma hora, sobrevoo a casa e fico lá em cima por alguns minutos. Escuto o pai roncando, e então vou embora.

Esta noite é o começo de uma nova vida para mim, então, não vou até Smallville. Vou ficar aqui deitado nesse colchão no chão e fazer o melhor para ignorar tudo. Vou fechar os olhos e ficar pronto para seja lá o que vier em seguida. E vou tentar ao máximo não olhar através do teto e descobrir por que meus vizinhos estão brigando.

Na época em que se matriculou na Universidade de Metrópolis, Clark trabalhava como cozinheiro no restaurante Balducci. Ele vivia num apartamento modesto, que ele deixaria por ter recebido um auxílio-moradia da Universidade, indo morar com o seu amigo e colega de classe, Gordon Selkirk.

Durante o tempo que passou no Balducci, Clark conheceu uma garçonete chamada Ruby Carson e os dois começaram um relacionamento que nenhum deles esperava que fosse durar. Apesar disso, eles continuaram amigos por anos, e Clark até apresentou Ruby ao futuro marido dela, Ed Molina.

# METRÓPOLIS

Apesar de o seu território ter sido estabelecido em 1702, Metrópolis não ganhou esse nome até 1905. O "Grande Damasco" sempre foi líder em avanço científico, dando à cidade o seu outro apelido famoso, a Cidade do Amanhã. Com uma população de cerca de 11 milhões de pessoas, esta é de fato a maior cidade do mundo.

1. A Torre LexCorp
2. Prédio do *Estrela Diária*
3. Prédio da WayneTech
4. Prédio do *Planeta Diário*
5. Torre Hammersmith
6. Rua Sullivan, 1.938
7. Departamento de Polícia de Metrópolis nº 55
8. Arena Esportiva Shuster
9. Parque Centenário
10. Praça Glenmorgan (Metropolitana)
11. Torres Kindle
12. Laboratórios S.T.A.R.
13. Universidade de Metrópolis
14. Distrito Financeiro Metropolitano
15. Distrito das Maravilh
16. Avenida Papp 8006
17. Sede da Polícia Cientí
18. Penitenciária de Segu Máxima da Ilha Stry
19. Torres do Residencia Simon
20. Avenida do Amanhã
21. Cemitério Valhalla

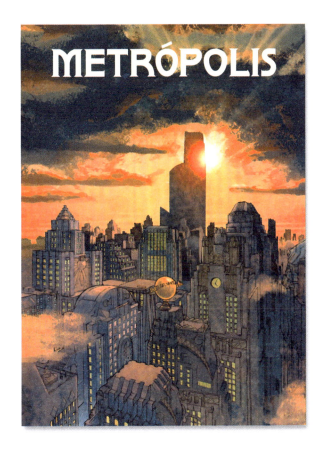

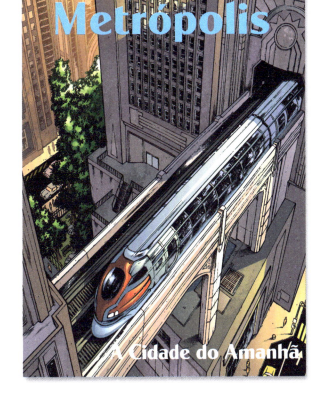

22. Prefeitura de Metrópolis
23. Edifício Federal Conrad B. Montgomery
24. Estádio Memorial Frank Berkowitz
25. Bar Ás de Paus
26. Baía de Hobs (Beco do Suicídio)
27. Siderúrgica Iron Works
28. Parque Overlook
29. Ponte Mortimer
30. Ponte Clinton
31. Ponte Queensland
32. Prédio da Galáxia Comunicações
33. Prédio da *Newstime*
34. Parque Siegel
35. Ponte Reeve

Clark conheceu Lori Lemaris quando estava no último ano da Universidade de Metrópolis. Os dois namoraram por algum tempo antes de Clark descobrir que Lori, na verdade, era uma sereia do lendário continente perdido da Atlântida.

Logo depois de Clark descobrir esse segredo, Lori retornou ao seu lar submarino. Por algum tempo, as circunstâncias levaram Clark a acreditar que Lori havia morrido. No entanto, ela voltou para a vida dele algum tempo depois, apesar de eles nunca terem retomado o romance.

Ao fazer uma excursão ao famoso Aquário Flutuante de Metrópolis, a Arca, Clark salvou Lori de um aparente afogamento quando o barco afundou devido a uma colisão com um rebocador em fuga. Na época, ele não percebeu que não era o único com um segredo fantástico.

*Paris, Cidade-luz*

Após a faculdade, Clark passou mais tempo no exterior, onde começou a perseguir ativamente a carreira jornalística, e a seguir a carreira de uma repórter chamada Simone D'Neige.

Kobe Asuru

Depois de Paris, o jornalismo levou Clark ao oeste da África, onde obteve certo reconhecimento escrevendo para a *Folha de Gana* sobre o ativista Kobe Asuru. Tido como um mentor pelo jornalista, Asuru foi assassinado, apesar de Clark ter feito o melhor que podia para protegê-lo.

A morte de Asuru deu início a uma reforma política em larga escala, e a cobertura de Clark para a história chamou a atenção de um dos jornais mais estimados de Metrópolis, o *Planeta Diário*.

# PLANETA DIÁRIO

| TEMPO |
|---|
| Ameno e ensolarado, calor amanhã |

50 CENTAVOS ★★★★ UM GRANDIOSO JORNAL METROPOLITANO ★★★★

## MISTERIOSO SUPER-HOMEM SALVA AVIÃO ESPACIAL

**POR LOIS LANE**

A celebração do aniversário de 250 anos da cidade teria sido encurtada hoje de forma trágica, não fosse pela misteriosa intervenção de um homem voador. Diante de uma silenciosa audiência de espectadores incrédulos, a rápida queda do avião espacial experimental *Constituição* foi impedida quando um homem, exibindo extraordinária superforça, realinhou a aeronave e a pousou no Aeroporto Internacional de Metrópolis.

A confusão teve início quando um pequeno avião civil passou pelo cordão de segurança e colidiu com a enorme e pouco testada aeronave. Incapazes de aprumar o gigantesco avião espacial, os pilotos do *Constituição* tentavam conduzi-lo para uma área menos populosa quando, de repente, o veículo começou a recuperar altitude.

Como passageira do *Constituição* naquele momento, posso atestar que a visão da câmera da parte inferior do avião espacial era, no mínimo, chocante. Ela mostrava uma imagem sombreada de um homem, aparentemente sem ajuda, levantando o avião com as próprias mãos e virando-o em direção à pista de espera do aeroporto de Metrópolis. A tripulação do *Constituição* conseguiu baixar o trem de pouso, permitindo que o avião pousasse sem mais incidentes.

Com o *Constituição* seguro em solo, fui capaz de sair do avião e confrontar o salvador, um homem de cabelos escuros, traços fortes e bem-definidos. Antes que ele pudesse responder quaisquer questões sobre os estranhos poderes e as habilidades que tem, fomos rodeados por centenas de espectadores. Parecendo impressionado e quase assustado pela excitação da turba, este "super-homem" começou a pairar no ar, como se sem esforço algum. Com uma expressão de pânico no rosto, ele se ergueu sobre a multidão e voou. Em segundos, não era mais visível.

Ainda que relatos sobre homens e mulheres voadores circulem desde antes da Segunda Guerra Mundial, um avistamento público não acontece desde CONTINUA NA PÁGINA 6.

Quando iniciou a carreira profissional no *Planeta Diário*, Clark decidiu alterar um pouco a própria personalidade para se distanciar do "super-homem" dos jornais. Mais uma vez usando os seus óculos grossos e deformadores, ele também começou a arquear os ombros e a agir de forma ligeiramente atrapalhada.

Foto tirada por Jimmy Olsen, estagiário de fotografia, do editor-chefe do *Planeta Diário*, Perry White, e da sua estrela da reportagem um tanto teimosa, Lois Lane.

Jimmy Olsen estava por perto para capturar o primeiro encontro oficial entre Lois e Clark.

Alguns dos membros mais notáveis da equipe do *Planeta Diário* ao longo dos anos.

Steve Lombard. Principal jornalista esportivo.

Perry White num dos seus momentos de bom humor.

Catherine "Cat" Grant. Colunista de fofocas e renomada paqueradora da redação.

Jimmy Olsen nos seus primeiros dias como estagiário.

Enquanto trabalhava para vários grupos de comunicação, incluindo o *Estrela Diária*, o apresentador de *talk shows* Jack Ryder trabalhou no *Planeta Diário* por algum tempo, mas nunca se integrou de verdade ao restante da equipe.

O alter ego de Ryder, o risonho vigilante conhecido como Rastejante.

Simone D'Neige. Adição posterior à equipe do *Planeta*, contratada como consultora de marketing para aumentar a circulação do jornal pelo então coordenador editorial Franklin Stern.

Ron Troupe. Correspondente político residente do *Planeta*.

Alice Kesel, a Allie, o alicerce do *Planeta Diário*.

## ESTRELA DIÁRIA

# Por que não deveríamos confiar neste forasteiro

**POR GIL FRIESEN**

Há um homem em Metrópolis que é mais rápido que uma bala. Ele é mais poderoso que uma locomotiva e é capaz de saltar sobre os mais altos edifícios com um único impulso. Esse é o tipo de coisa que você ouviria no rádio nos tempos de outrora: um homem em um traje brilhante capaz de sair voando a toda velocidade durante grandes crises. No entanto, isso é realmente tudo o que há para se contar nessa história? Será que deveríamos ignorar a insistente voz no fundo das nossas mentes só porque esse misterioso homem aparentemente pode ignorar as leis da física?

A História nos diz que o conhecimento é a chave para a segurança. Esse "Homem de Aço", como foi intitulado pela imprensa, ou "Superman", como os jornalistas do *Planeta Diário* o denominaram, é um grande ponto de interrogação. E ao falar de alguém que pode erguer sozinho enormes aviões espaciais ou lançar um helicóptero como se fosse um brinquedo, então talvez devêssemos mudar a pontuação para um grande ponto de exclamação.

Para examinar essa figura tão colossal, vamos primeiro discutir o que sabemos:

• Ele fez a sua estreia em um dos foros mais públicos possíveis quando salvou o avião espacial *Constituição*, na celebração do aniversário de 250 anos de Metrópolis. É óbvio que ele queria exibir o que podia fazer e seria difícil escolher um local melhor. Ora, se eu fosse cético, ainda poderia me perguntar se esse homem misterioso teve algo a ver com o acidente, para começo de conversa.

### Quais são as suas razões? Ninguém ajuda ninguém do nada.

• Sua segunda e mais recente aparição foi ainda mais ostentosa. Não contente em deixar os seus atos heroicos falarem por si, ele apareceu do nada, segundo dizem, usando um espalhafatoso traje colado vermelho e azul, complementado por uma capa combinando (só podemos presumir que para efeito dramático).

• Em ambas as ocasiões, o Superman agiu para a salvar a vida de Lois Lane, repórter do *Planeta Diário*, que, desde então, redigiu duas narrativas favoráveis sobre ele num jornal cujas vendas atualmente estão longe do seu auge. A srta. Lane obviamente espera que nenhum dos seus leitores seja capaz de perceber a história nas entrelinhas.

Agora, vamos falar sobre o que não sabemos:

• De onde ele é? Esse Superman é um cidadão norte-americano, um imigrante ilegal, um espião estrangeiro? A lealdade dele deveria ser a maior das nossas preocupações.

• Ele tem um nome? Uma família? Há outras pessoas iguais a ele por aí? Se um homem com tal poder se voltar para o crime, precisamos saber quantos como ele teremos que enfrentar. Não pode haver um plano de contingência sem essa informação vital.

• Que tipo de armas ele possui? O voo dele é um fenômeno natural ou o resultado de uma nova maravilha da ciência?

• Quais são as suas razões? Ninguém ajuda ninguém do nada. A força policial, os bombeiros, os técnicos de atendimento de emergência e os profissionais da medicina são todos compensados pelo seu tempo e pelos seus esforços. O que esse homem ganha salvando vidas? O que ele lucra e qual é o seu objetivo final?

Esse é apenas um punhado de coisas que cada homem, mulher e criança em Metrópolis precisa perguntar a si mesmo. É da índole do ser humano querer acreditar que esse ser extraordinário está aqui para nos salvar e melhorar as nossas vidas. Mas, e se não estiver?

Essa simples pergunta pode fazer toda a diferença.

Enquanto fazia uma apuração com Lois, Clark usou o traje de Superman pela primeira vez, quando ela foi derrubada do alto do prédio da LexCorp. Ele apanhou tanto Lois quanto um helicóptero da empresa em queda, atraindo a atenção de uma cidade fascinada, mas ainda cética. Embora se pensasse que ninguém havia registrado em foto a estreia do Superman, essa imagem foi enviada para Lois por uma fonte anônima anos depois. Ela a emoldurou e a manteve na escrivaninha do seu escritório de casa.

## O Parasita

Do que posso entender a partir dos comunicados da imprensa, o nome do monstro é, na verdade, Rudy Jones. Como exatamente um zelador qualquer do *Planeta Diário* se tornou um enfurecido e rosado vampiro de energia ainda é um mistério. Na época, eu nem sabia que a criatura costumava ser uma pessoa. Vê-la ali, no corredor do prédio da LexCorp... se alimentando de homens e mulheres inocentes — bom, não havia nada de humano naquilo.

Meu primeiro pensamento foi de remoção. Soquei o Parasita através de algumas paredes até sairmos para a rua, pensando que seria o suficiente para deixá-lo fora de combate. Mas a coisa deslocou o seu peso e caímos na calçada, sendo que levei a maior parte do impacto da queda. Antes que eu pudesse reagir, ele se atracou no meu pescoço com os dentes de lampreia. "Perturbador" não é uma palavra forte o bastante para descrever a situação. De alguma forma, ele estava sugando a energia do meu corpo e, o pior de tudo, se deleitando enquanto o fazia. Fiquei fraco de repente. Dei tudo de mim para conseguir desferir um único soco.

Com o golpe, tirei a criatura de cima de mim e a mandei para o outro lado da rua, gastando toda a energia que ainda tinha. Quando me levantei, minhas pernas estavam tremendo. Seja lá o que que o Parasita tenha feito comigo, eu não estava me recuperando da maneira que deveria. Naquele momento, tudo que conseguia pensar era não permitir que o monstro se aproximasse de mim novamente.

A visão de calor fazia mais sentido. Ele pareceu não gostar, então continuei. Quando o carro atrás dele explodiu com o calor, troquei para o sopro congelante. A explosão já o havia deixado mais lento, e o frio fez o resto do serviço. No entanto, não parei até o fogo apagar e o Parasita estar envolto em uma sólida camada de gelo.

Pelo que ouvi desde então, as autoridades assumiram a partir dali. Fui embora assim que me certifiquei que o Parasita estava nocauteado. Porém, a situação toda foi nada menos que bizarra e ainda estou arrependido de ter saído tão rápido. Fico repassando a briga na minha cabeça. Encontrei poucos monstros de verdade nessa vida, mas não há outra palavra para descrever o que Rudy Jones se tornou. Preciso descobrir mais sobre essa situação. Preciso saber como e por quê. E preciso descobrir se há outros monstros. Talvez alguns estejam se escondendo debaixo dos nossos narizes.

Duas fotos de celular tiradas no primeiro encontro do Superman com o Parasita. Fui informado de que esse tipo de fotografia amadora era bastante popular na época do herói.

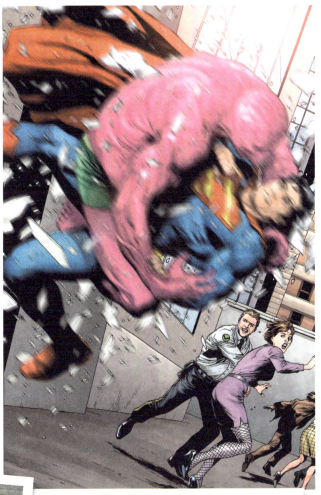

Imagens restauradas de Rudolph Jones feitas por câmeras de segurança. Acredita-se que a transformação no Parasita foi ocasionada pela ingestão acidental de vestígios de um composto tóxico que estava sendo desenvolvido pela LexCorp.

65

**TEMPO**
Parcialmente nublado, chance de chuva amanhã.

# PLANETA

50 CENTAVOS  ★★★★ UM GRANDIOSO JORNAL METROPOLITANO ★★

# CONHEÇA O NOVO SALVADOR DA CIDADE: SUPERMAN!

**POR LOIS LANE**

À primeira vista, o homem deveria parecer ridículo. Ele se veste com um colant digno dos lutadores dos anos 1930, arrematado com um esquema de cores primárias e um "S" gigante no peito. Contudo, de imediato fica evidente que não há nada de ridículo a seu respeito. Em vez disso, ele exala uma confiança silenciosa através dos seus traços fortes e olhos calorosos. E essa não é uma tentativa de fazer um sagaz jogo de palavras. Ainda que eu esteja bastante ciente de que ele é capaz de disparar um tipo de raio de calor com as vistas, não há controvérsia quanto a haver algo de muito acolhedor nele. É o tipo de homem a quem você pediria informações se estivesse perdido. Como diria a minha mãe, ele tem uma cara honesta.

Quando se senta, antes de tudo eu pergunto o seu nome. O herói sorri e diz que gosta daquele que já escolhi para ele.

— Então, é Superman — digo, e começamos a conversar.

Ele fica perceptivelmente hesitante ao falar sobre o seu passado. Entende que se tornou uma celebridade instantânea, mas ainda valoriza a privacidade. Então, para manter a leveza, direciono a conversa ao tema das suas habilidades.

— As pessoas só falam sobre isso — comento.

Há aquelas mais óbvias, que todos agora já conhecem. Ele é superforte e pode desafiar a gravidade com apenas um pensamento. Ele também é à prova de balas e diz que não consegue se lembrar da última vez em que viu uma gota do próprio sangue. Enquanto responde a cada pergunta, o Superman parece gentil e notavelmente casual a respeito de tudo, como se vivesse com aquele fenomenal conjunto de aptidões já há algum tempo.

E então, temos aqueles olhos outra vez.

— Tenho visão de calor — conta. — Mas também posso detectar outros espectros de luz que a maioria das pessoas não consegue. E também tenho visão de raios X. — Desnecessário dizer que um silêncio ligeiramente desconfortável se seguiu a esse comentário antes de o Superman se deslocar um pouco no sofá e então mudar de assunto. — Também tenho uma espécie de supersopro. Vem a calhar para apagar incêndios. Ou… — ele para por um segundo e olha para o copo d'água em frente a ele. Então, sopra nele gentilmente e eu vejo a água se solidificar e congelar diante dos meus olhos.

Digo que é um truque bonitinho e o sorriso dele brilha outra vez.

— Então, por que dar uma entrevista? — pergunto. — Você poderia ter ignorado o meu pedido, continuado com o número de homem misterioso. Está só tentando botar os pingos nos is?

Então ele fica sério e observo um lado seu que vi apenas quando ele está em ação. Isso não é um jogo, e o Superman quer que isso fique claro.

— Estive pensando no assunto por um tempo e acredito que o público merece saber algo sobre mim. Se fosse o contrário, eu gostaria de saber o que está havendo. Como um homem pode fazer todas essas coisas. E… posso ainda não estar disposto a explicar tudo agora, ou mesmo saber como fazê-lo, na verdade, mas só queria que as pessoas soubessem. Quero que elas percebam que não precisam ter medo de mim.

Ele se levanta e coloca o copo de gelo sobre a mesa.

— Obrigado pela água, srta. Lane — diz, como se o simples gesto de lhe oferecerem uma bebida gelada significasse o mundo para ele.

Eu sorrio enquanto ele se dirige para a sacada e abre a porta. Então, vejo um homem com uma capa vermelha abobalhada voar pelos ares e parecer nada menos do que majestoso. Só quando o Superman se vai percebo que acreditei em cada palavra dele.

# ÁRIO

**EDIÇÃO EXTRA ESPECIAL**

★★★★★★

TERÇA, 21 DE OUTUBRO DE 2000

Foto de James Olsen

Determinada a ser a primeira repórter a entrevistar o Superman, Lois Lane jogou um carro para fora de um píer apenas para chamar a atenção do herói. O Superman salvou a vida dela e Lois conseguiu a entrevista exclusiva.

Em nota complementar, ter feito a primeira foto do Superman que veio a ser publicada catapultou a carreira de Jimmy Olsen, estagiário do *Planeta Diário*.

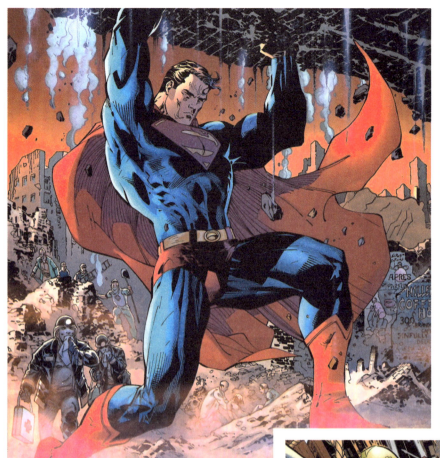

Superman provou que cumpriria o que prometeu. Ele se tornou a principal atração turística de Metrópolis e o filho favorito da cidade.

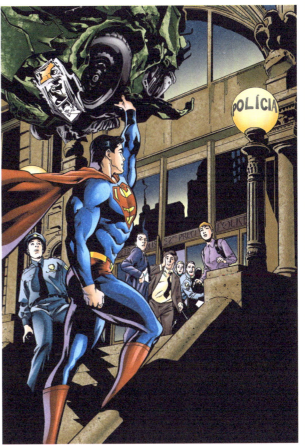
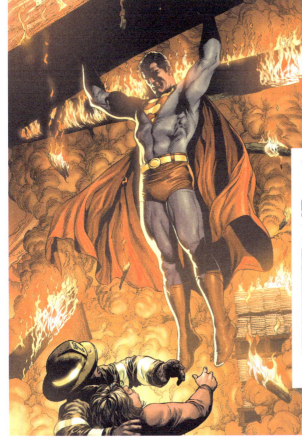

# O Batman

Bom, ele não é um monstro. Isso eu posso dizer sobre o Batman. No entanto, ele com certeza quer que todos pensem que é.

Estou fazendo essa coisa de Superman já há algum tempo e comecei a me perguntar se estou me limitando ao me manter apenas numa cidade. Metrópolis me mantém bastante ocupado, mas, quando leio sobre todo o resto que anda acontecendo no mundo, sinto que não estou fazendo um trabalho bom o suficiente. Preciso estar em mais lugares. Metrópolis foi uma decisão quase arbitrária da minha parte. Eu poderia viver em qualquer lugar e há muitas cidades por aí onde a minha ajuda seria útil.

Então, esta noite, visitei Gotham. Como é a cidade com o maior número de assassinatos no país, imaginei que seria um bom lugar para começar. Queria entender pelo menos por que é tão diferente de Metrópolis. E, para ser honesto, queria saber mais sobre o vigilante que foi avistado por lá: uma criatura voadora gigante chamada Batman.

Voei para a cidade um pouco depois da meia-noite e foi um choque imediato para os meus sentidos. Não consigo explicar, mas a cidade passa uma espécie de sensação desagradável. Não quero parecer dramático, mas, de alguma forma, tudo parece perdido entre as sombras, da enervante mistura de arquitetura art déco e gótica às pessoas andando pelas ruas, que fazem o Beco do Suicídio parecer uma vizinhança de alta classe. Até o lixo tem um cheiro diferente. E Gotham parece ter... mais lixo.

Não levou muito tempo para que eu encontrasse o Batman. Pelas histórias nos tabloides, eu esperava por uma criatura alada ou um monstro mutante como o Parasita. Porém, ele é apenas um homem sob uma fina camada de Kevlar com uma capa. Sem poderes ou habilidades extraordinárias. Era só um ser humano comum com um cinto cheio de bugigangas. Francamente, achei que ele fosse mais alto.

De qualquer forma, decidi levá-lo às autoridades. O prefeito de Gotham deixou bem claro que a "ajuda" do Batman não era desejada na cidade. Se eu ia ajudar a limpar Gotham, esse louco usando orelhas de morcego seria a melhor forma de começar.

O fato é que, quando me revelei, ele nem titubeou. Era como se ele estivesse me esperando. Uma rápida sondagem com a visão de raios X confirmou. Ele usava um capuz revestido de chumbo. Um capuz revestido de chumbo. Só para o caso de ele um dia topar comigo. Quem tem um plano de contingência assim?

E não parou por aí. Quando ele falou, disse ter equipado o seu traje para reagir à minha singular densidade corporal. Se eu chegasse muito perto dele, um dispositivo desencadearia uma explosão e uma pessoa inocente em algum lugar seria morta pela detonação. A afirmação era um disparate, mas os batimentos cardíacos dele nem oscilaram. Esse homem paranoico usando uma fantasia de morcego estava preparado para deixar um inocente morrer se isso significasse que ele não teria que ir para a cadeia.

As coisas aconteceram rápido a partir daí. Apesar de a princípio eu achar que isso era só uma tática de distração, o Batman me levou até uma assassina chamada Magpie e, trabalhando juntos, acabamos com as operações dela. Depois, ficou claro o que aconteceria. O Batman sabia que eu não deixaria que ele fosse embora depois do que havia feito. Mas então ele pegou uma pequena cápsula no seu cinto e a entregou para mim. Era a bomba que ele tinha mencionado mais cedo. Ele sorriu quando disse isso. A vida inocente que ele havia colocado em risco era a própria.

Agora, estou de volta a Metrópolis. De volta à cidade que tem o cheiro que uma cidade deveria ter. Tive apenas um rápido vislumbre de Gotham, mas eu estaria mentindo se dissesse que ela não desafiou as minhas próprias concepções. Ela não funciona como essa cidade. Lá, a corrupção começa com o prefeito e vai escalões abaixo. Alguém como eu, que tenta trabalhar com o sistema, não faz sentido lá. E só de ver como Gotham funciona me fez querer redobrar os meus esforços aqui em Metrópolis. Porque não posso correr o risco de deixar a minha cidade se tornar algo como aquilo. E, acima de tudo, não posso deixar que eu me torne algo como o Batman.

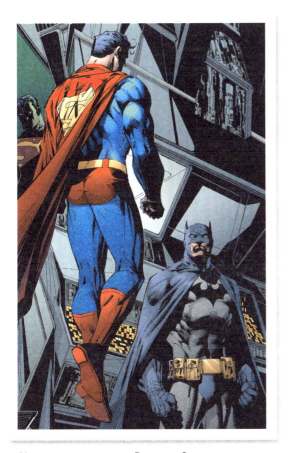

Uma foto posterior de Batman e Superman juntos. Os dois passariam de aliados desconfiados ao que a maioria das pessoas consideraria amigos.

A ladra assassina conhecida como Magpie.

Anos após o seu primeiro encontro com Batman e Superman, Magpie foi encontrada morta por ordem de outro inimigo do Batman, o criminoso conhecido como Tubarão Branco.

Ainda que Batman não tivesse nenhum poder super-humano, o Superman ficou impressionado pelo suprimento quase ilimitado de dispositivos do Cavaleiro das Trevas, incluindo este protótipo de submarino que o herói usou uma vez para resgatar o Superman de uma civilização nanoscópica.

Mais tarde, Batman trouxe a campo um jovem chamado Dick Grayson como parceiro, Robin. Ao longo dos anos, Superman acabaria lutando ao lado do garoto em diversas missões.

Vendo o herói de Metrópolis como uma espécie de mentor e como um grande contraponto ao parceiro habitual, o sombrio e recolhido Batman, Robin foi bastante influenciado pela atitude inflexivelmente otimista do Homem de Aço.

Quando Grayson enfim cresceu e deixou o seu papel de Robin, ele adotou o nome Asa Noturna, inspirado por uma antiga história kryptoniana de um combatente do crime semelhante ao Batman.

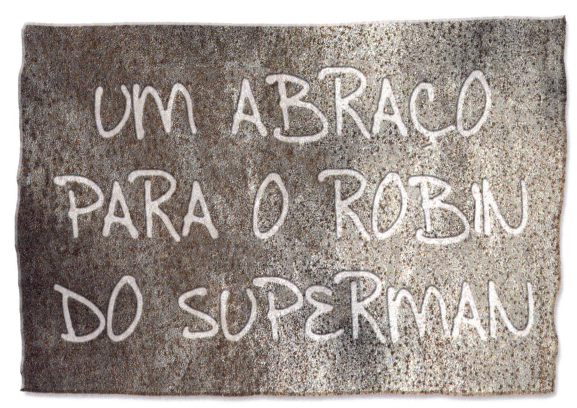

Uma placa de metal que Superman deu de presente ao segundo jovem a adotar o título de Robin, Jason Todd. Ele "autografou" a folha metálica com a unha na primeira vez em que encontrou o aprendiz de super-herói.

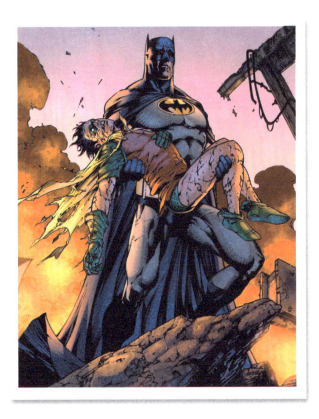

Apesar de tanto Batman quanto Superman terem grandes esperanças em Jason, a carreira do segundo Robin foi interrompida dramaticamente pelas mãos do maior inimigo do Batman, o instável criminoso conhecido como Coringa.

73

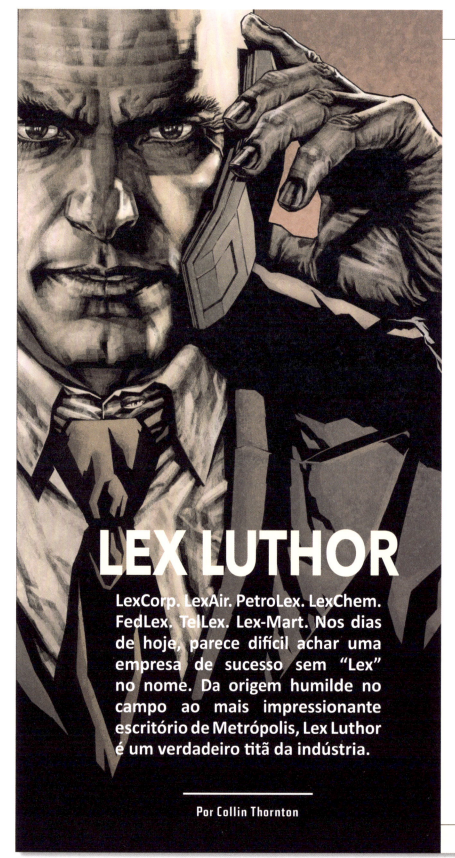

# LEX LUTHOR

**LexCorp. LexAir. PetroLex. LexChem. FedLex. TelLex. Lex-Mart. Nos dias de hoje, parece difícil achar uma empresa de sucesso sem "Lex" no nome. Da origem humilde no campo ao mais impressionante escritório de Metrópolis, Lex Luthor é um verdadeiro titã da indústria.**

Por Collin Thornton

*Revista Newstime*

A vista dos escritórios executivos da Torre LexCorp é tão inspiradora quanto se pode imaginar. Olhar para baixo através da espessa janela de vidro, vendo os homens e as mulheres de Metrópolis zanzando pelas ruas feito formigas, provavelmente causa um impacto sobre qualquer pessoa, mas Lex Luthor diz que considera tal comentário um insulto aos homens e às mulheres da sua bela cidade.

Tudo em Lex Luthor grita poder. Do seu terno caro à sua mesa enorme, passando pelos muitos indivíduos com quem precisei falar apenas para obter acesso ao seu escritório no topo do prédio mais alto de Metrópolis. Entretanto, ao ouvi-lo falar, é possível ver que ele é apenas um homem do povo.

— Sou uma pessoa reservada, mas não confunda isso com indiferença — diz ele, enquanto dá pequenos goles num copo de água mineral que custa mais do que uma semana de trabalho de muitas pessoas. — Apesar de não discutir as minhas raízes com frequência, com certeza não as esqueço. Galguei os degraus dessa cidade à moda antiga, e nunca sugeriria que qualquer outro homem ou mulher não possa fazer o mesmo.

O uso da expressão "à moda antiga" por Luthor poderia ser, em si mesmo, um desserviço para a sua carreira. Desde o momento em que se tornou conhecido pelo público, Luthor tem sido responsável por alguns dos avanços tecnológicos mais inovadores que a cidade já viu. O primeiro deles foi o Lex-Wing, uma brilhante proeza da engenharia que de fato catapultou a ascensão do magnata ao poder. Nos meses seguintes ao projeto aéreo revolucionário, Lex solicitou nada menos que vinte novas patentes e recebeu quase 40 milhões de dólares em capital de risco como resultado. Um gênio indiscutível, ele considera o sucesso precoce apenas o começo.

— Não descanso sobre os meus louros — afirma ele. — Essa cidade merece mais do que isso. Nós todos merecemos mais do que

# Departamento de Polícia de Metrópolis
RELATÓRIO DE DETENÇÃO nº 11-004-86

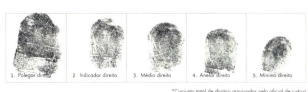

*Conjunto total de digitais arquivadas pelo oficial de justiça.

**Indisponível para consulta pública**

**Título do caso:**
SEQUESTRO DO *RAINHA DO MAR*

**Tipo de infração/crime:**
CONDUTA PERIGOSA

**Data e hora da denúncia:**
24/05 22h54

**Policial relator:**
Chadwick Coleman

*ARQUIVADO PELO OFICIAL: 26/05*

**Envolvidos:**

| Nome | Sexo | Raça | Idade | Data de Nascimento | Endereço |
|------|------|------|-------|---------------------|----------|
| LUTHOR, LEX | ▇▇▇ | ▇▇▇ | ▇▇▇ | ▇▇▇ | ▇▇▇ |

**Propriedade:**

| Classe | Descrição | Marca | Modelo | Nº de Série | Valor |
|--------|-----------|-------|--------|-------------|-------|
| N.I. | | | | | |

**Relato:**

No dia 24 de maio, aproximadamente às 22h15, eu, o policial Chadwick Coleman, fui designado para efetuar a prisão do sr. Lex Luthor quando ele foi trazido até a nossa delegacia pelo herói conhecido como Superman. Nesse momento, o Superman informou que o prefeito Frank Berkowitz recentemente o havia designado como agente especial e que estava seguindo as ordens dele ao trazer Luthor sob custódia. Uma ligação para a assessora de imprensa do prefeito confirmou essa afirmação.

De acordo com o Superman, Luthor conscientemente colocou em perigo os passageiros do seu cruzeiro de luxo, o *Rainha do Mar*, quando deixou de informá-los sobre a possível tentativa de sequestro por um grupo de terroristas armados. De acordo com o próprio bilionário, ele admite que foi avisado do provável ataque pelo seu comitê de segurança avançada, mas se recusou a tomar as providências cabíveis. Luthor ordenou que os seus homens nada fizessem quando o ataque ocorreu, desejando, em vez disso, ver o Superman em ação.

Depois de o Superman chegar ao local e subjugar os sequestradores, Luthor presenteou o herói com um cheque de 25 mil dólares, numa tentativa de manter os serviços dele como um empregado particular. O herói recusou o dinheiro e foi nesse momento em que Luthor revelou que sabia dos planos dos terroristas e deliberadamente decidiu não agir.

Duas das mais leais assistentes/guarda-costas de Luthor: Mercy Graves e Hope Taya. Ambas excepcionais no combate corpo a corpo, Hope e Mercy foram recrutadas por Luthor entre a lendária tribo de guerreiras conhecida como as Amazonas.

Uma foto de Hope após ela trair Luthor e revelar informações confidenciais ao *Planeta Diário*. Com a mente apagada e deixada para morrer, ela foi resgatada pelo Superman.

Com recursos quase ilimitados, Lex Luthor empregou vários agentes ao longo dos anos. E desde que o Superman colocou em xeque o seu papel como o homem mais poderoso de Metrópolis, um considerável número deles foi contratado ou criado com o único propósito de destruir o Homem de Aço.

Quando descobriu que uma mulher chamada Jenny Vaughn era obcecada pelo Superman, Luthor armou para fazer da brilhante e jovem química um exemplo. Ele realizou uma lavagem cerebral nela e a transformou na super-heroína Toxina, numa tentativa de forçar o Superman a se aposentar, arquitetando a trágica morte de Vaughn e colocando a culpa diretamente sobre os ombros do herói.

Luthor encomendou uma androide chamada Hope em outra tentativa frustrada de acabar com o Superman, ao causar a destruição da robô nos céus de Metrópolis.

No intuito de competir com os atos heroicos do Superman, Luthor empregou um exército de soldados rasos usando sofisticadas armaduras de batalha controladas pelo pensamento. Mais tarde, ficou provado que as armaduras causavam danos cerebrais nos seus usuários; dessa forma, ele foi forçado a desativá-las.

*Planeta Diário - Editorial*

# A verdade sobre Luthor

Por Perry White

Quando encontrei Lex Luthor pela primeira vez, ele era só um menino, fazendo o melhor que podia para convencer o mundo de que era um homem. Eu estava trabalhando infiltrado para uma matéria, fazendo o melhor que podia para me enturmar com a gangue de Bruno Mannheim — naqueles dias, ele ainda era um capanga do seu pai, Boss Moxie, mas estava subindo rápido nas fileiras da Intergangue, e eu queria saber por quê. Luthor era só mais um garoto pretensioso numa boate quando nos conhecemos. Custou a ele apenas uma boa meia hora para abrir caminho até uma posição a serviço de Mannheim e, poucas semanas depois, Luthor estava por conta própria, formando um império financeiro baseado em tecnologia que nem mesmo alguém com a genialidade dele seria capaz de criar.

Não vou especular sobre como Luthor entrou em contato com essa tecnologia. Os negócios entre Lex e Mannheim estão todos de acordo com a lei, como o seu exército de advogados de rapina menciona sempre que pode. Claro, não há evidências que comprovem que ele algum dia esteve envolvido com qualquer ato ilícito. Qualquer um que pudesse revelar algo dessa natureza desapareceu misteriosamente ao longo dos anos.

Aquilo sobre o qual posso discorrer pode não apontar de forma direta para nenhuma atividade criminosa vinda dos escritórios da LexCorp, mas com certeza diz muito sobre o ego do assim chamado "salvador financeiro da cidade". O que posso é falar sobre a contínua "loteria" de Luthor.

Todas as manhãs, alguns minutos após as 10 horas, Luthor vai até a sua sacada ridiculamente nababesca, bem acima das pessoas que ele considera suas iguais. Com os braços esticados, feito um César contemporâneo, Luthor escolhe um homem ou mulher "de sorte" para ser trazido até a LexCorp e ter um fantástico desejo realizado. Todos nós vimos as histórias nos noticiários. Uma mulher de Bakerline viu a sua creche quase falida ser reformada. Um universitário prestes a abandonar a faculdade devido a problemas financeiros teve as mensalidades e a moradia pagas por um generoso cheque do sr. Luthor. E uma dona de casa e talentosa chef amadora de Nova Troia foi presenteada com o seu restaurante dos sonhos em uma das melhores áreas da cidade.

Sim, certamente existem privilégios em aceitar Lex Luthor como o seu senhor e salvador particular. No entanto, o que esse espetáculo de "boa vontade" diz sobre esse homem? Por que não doar dinheiro para organizações de caridade que precisam da ver-

> ...nos apinhamos em torno do seu prédio durante horas toda manhã, implorando para que os nossos sonhos sejam realizados sem que não tenhamos que trabalhar de verdade para realizá-los?

ba tanto quanto qualquer outro sonhador de Metrópolis — senão mais? E o que isso diz sobre nós, como cidadãos dessa grande cidade, que nos apinhamos em torno do seu prédio durante horas toda manhã, implorando para que os nossos sonhos sejam realizados sem que não tenhamos que trabalhar de verdade para realizá-los?

É assim que Lex Luthor opera. E é assim que ele quer que você se comporte. Ele precisa que a cidade seja dependente dele. O povo só significa algo para ele quando está de joelhos, rastejando à sua frente. E ainda por cima, a qualquer momento, o estimado sr. Luthor poderia decidir (CONTINUA NA PÁGINA 14)

A despeito da validade dos muitos editoriais de Perry White contestando os empreendimentos de Luthor, muitos consideravam as opiniões dele um tanto distorcidas por uma rixa pessoal. Essa percepção do público apenas aumentou quando se descobriu que Alice, esposa de White, teve um caso com Luthor, que gerou um filho. Inicialmente desconhecendo as verdadeiras origens da criança, Perry criou o menino como o próprio filho, inclusive o batizando Perry White Jr.

CAPA DA BIOGRAFIA NÃO AUTORIZADA DE LUTHOR. INFELIZMENTE, O LIVRO NUNCA FOI PUBLICADO, UMA VEZ QUE O AUTOR FOI ASSASSINADO QUANDO COMEÇOU A INVESTIGAR O PASSADO DE LUTHOR.

# O Ultra-Humanoide

Eu não deveria ficar surpreso por tudo se mostrar ligado a Luthor mais uma vez. Acho que estou mais cansado disso do que de qualquer outra coisa. Ele faz o que bem entende. Arruína quantas vidas achar que deve, mas ninguém consegue provar nada. Ele se safa com menos do que um aceno de mão. (Afinal de contas, a polícia não quer um processo por calúnia e difamação no colo.) É exaustivo até para mim. Não parece haver jeito de fazer dele um assunto encerrado.

A última vítima de Luthor foi um homem chamado Morgan Wilde. Ele era um cientista que encontrou uma forma de isolar o campo elétrico do corpo humano. A princípio, pode não soar como uma grande realização, mas se considerarmos que estamos falando daquilo que muitos chamam de alma humana, aí começa a se parecer com uma descoberta que poderia mudar o mundo. Lex Luthor não gosta de ter ajuda no que diz respeito a mudar o mundo, então enviou os seus homens para comprar Wilde. Quando o cientista se recusou, o laboratório dele foi destruído, e Wilde e a esposa foram mortos. Não há, é claro, nenhuma evidência que conecte a morte dos Wilde a Luthor. Mas, como sempre, nunca há.

O U.L.T.R.A. Humanoide

No entanto, a verdade é que Wilde não morreu naquele laboratório. De algum modo, através do uso da tecnologia que inventou, ele foi capaz de transferir a sua consciência para o corpo de Edward Carlisle, vice-presidente sênior da LexCorp. Wilde criou um termo para um homem cuja alma substitui a de outro: U.L.T.R.A. Humanoide. E foi exatamente o que ele se tornou, começando a sabotar o funcionamento interno da companhia de Lex, dando um emprego até para o supervilão indutor de insanidade conhecido como Madness para a sua causa. Porém, como descobri recentemente, o Humanoide não planejava uma simples vingança.

Noite passada, eu o encontrei. Ele estava usando o corpo do chefe de segurança de Luthor, um homem chamado James Drake. A ideia do Humanoide era usar os estágios finais da reforma da Torre LexCorp para tomar o controle do seu transmissor e repassar a sua consciência para toda a cidade. O plano era insano, assim como a parte de me enfrentar com um protótipo da armadura de combate da LexCorp.

O Ultra-Humanoide original, inimigo da Sociedade da Justiça da América. Teria ele ligações com Wilde?

O único jeito de deter Drake e a transmissão foi derrubar os dois ao mesmo tempo. Então, quando o Humanoide me atacou, garanti que a nossa luta nos levasse até o próprio prédio da LexCorp. A luta deteve Drake e destruiu o prédio, acabando com a possibilidade de o Humanoide fazer a transmissão.

Na maioria dos casos, tento fazer com que os danos à propriedade sejam mínimos, e me sinto culpado quando isso não é possível. Hoje, no entanto, eu estaria mentindo se dissesse que a expressão no rosto de Luthor não valeu o esforço de derrotar o U.L.T.R.A. Humanoide. Se não consigo derrubar o império de Luthor pela lei, vou ter que me contentar com dias como esse. Vou ter que aceitar essas pequenas vitórias quando elas vierem.

PLANET

CATCONTA
CONTACAT
CATCONTA
CONTACAT
CATCONTA

Por Catherine Grant

Dizem que Lois Lane, estrela da equipe de reportagem do *Planeta Diário*, andou criando as próprias manchetes essa semana — e não na sua mesa de trabalho. Uma fonte dos afiliados do *Planeta* no exterior afirmou que ela foi vista na noite de ontem jantando à luz de velas com ninguém menos do que o Superman, fazendo dela o alvo do despeito de quase toda garota de Metrópolis. E como se um encontro com o homem mais fantástico do mundo não fosse o suficiente para causar uma pontinha de inveja na típica garota da alta-roda, o local do encontro o faria: nada menos que o topo da Torre Eiffel, em Paris.

Isso configura o terceiro suposto contato entre o Superman e a srta. Lane em três semanas. Como esperado, esses desdobramentos têm feito as pessoas se perguntarem como o outro pretendente de Lois, o bilionário Lex Luthor, reagirá a essa novidade. De acordo com uma fonte íntima de dentro da LexCorp, Lex e Lois já são passado, se é que algum dia foram alguma outra coisa. Aparentemente, Lois desprezou as investidas do magnata, afirmando que Luthor só queria adicioná-la à sua coleção de mulheres "conquistadas".

Agora, ao que parece, a experiente repórter deve estar de olho num prêmio maior. E em Metrópolis, assim como no mundo, não há prêmio maior que o Superman.

Enquanto a atração de Lois pelo Superman foi imediata, levou algum tempo até ela desenvolver uma preferência por Clark Kent em detrimento da sua persona de super-herói.

Lois Lane cresceu como uma típica "filha de militar". Seu pai, o general Sam Lane, queria desesperadamente um menino e, enquanto Lois se tornou uma mulher forte e independente, apesar da falta de encorajamento do pai, sua irmã Lucy permaneceu em grande parte à sua sombra.

O general Sam Lane.

O general Sam Lane e a sua esposa, Ella.

Mais tarde, Lucy Lane se casou com Ron Troupe, repórter do *Planeta Diário*, após engravidar dele. Embora tenham sido felizes durante algum tempo, o casal logo se separou quando Lucy passou a ver Ron como outra parte da vida de Lois da qual ela havia tentado se apropriar.

# Metallo

O general Sam Lane não gostou muito quando me levantei e saí da sala. Ele ainda estava falando. Ainda estava tentando conduzir o interrogatório do super-homem de outro mundo. O governo agora sabe que sou um alienígena. Não sei direito como descobriram ou que detalhes eles têm, mas sabem que não nasci nesse planeta. E, exatamente como pensei que aconteceria, isso os deixa alarmados. Quando saí daquela sala em particular, os homens estavam assustados o suficiente para tentar me manter lá de todo jeito que podiam.

Então, é claro que primeiro eles sacaram as armas. Não há nada que pessoas assustadas gostem mais do que de armas. Uma fileira de soldados que pareciam tão jovens quanto Jimmy se alinhou no corredor, me dizendo para parar, e que iriam atirar se eu desse motivo. Eu não parei, então, acho que isso foi motivo suficiente.

Desde que passei a usar esse traje, me preocupo com ricochetes. Balas não podem me ferir, mas elas rebatem em direções que não posso prever. Num corredor com paredes revestidas de metal como aquele, as coisas podiam ficar perigosas extremamente rápido. Então, depois de um segundo, usei a minha visão de calor para derreter as armas. Eu estava com raiva do general. Traído pelo meu próprio país. Pessoalmente ofendido pelo que aqueles homens achavam de mim e talvez um pouco envergonhado por ter sido descoberto, eu não estava no meu melhor momento, então, não ouvi o zumbido dos mecanismos atrás de mim até que a coisa me acertou.

Eu reconhecia o rosto que sorria para mim, me olhando de cima. John Corben. Nós nos conhecemos no prédio do *Planeta* quando ele tentou convencer Lois a voltar para ele. Não gostei do sorriso dele naquele dia e gostei menos ainda quando o vi escondido dentro de uma armadura robótica. Então, arranquei fora o braço da coisa.

Tendo chegado tão perto daquele jeito, o sorriso de Corben ficou ainda maior. Descobri por que quando um painel se abriu na placa peitoral da armadura. Lá dentro, havia uma pedra verde brilhante bastante familiar. Agora, pensando a respeito, era quase idêntica à pedra que Lex Luthor me mostrou na feira do condado de Lowell quando éramos meninos. E, assim como no passado, me senti fraco e enjoado na mesma hora. Então, uma nova leva de soldados começou a atirar em mim.

As balas ricochetearam, mas, dessa vez, me machucando. Elas tiraram sangue e, a cada segundo que passava, a dor aumentava. Então, uma bala me acertou na testa, tirando um pouco de pele. Mas essa não foi a parte que me perturbou. Repito que a minha única preocupação eram os ricochetes. Antes que eu pudesse reagir, a bala foi direto para o peito de Corben.

Ele não estava sorrindo mais. Foi recuando enquanto fumaça e faíscas saíam do seu traje, antes da coisa toda explodir. O impacto me derrubou no chão, mas isso não foi o suficiente para os homens assustados e as suas armas. Eles continuaram atirando, continuaram seguindo ordens, a despeito do que isso significava para Corben. Eles nem me deixariam ajudá-lo. As ordens deveriam ser seguidas estritamente. Eu já estava me sentindo mal, mas aquele cenário não ajudava em nada.

Então, reuni as forças que ainda me restavam e voei. Fraco, com raiva e enojado, atravessei o teto das instalações e segui em frente. Queria colocar distância suficiente entre mim e o que havia acontecido lá. No entanto, mesmo agora, ainda não parece que voei longe o suficiente.

Considerado pelo general Lane como o filho que nunca teve, o sargento John Corben era o seu brutamontes de confiança desde que entrou no Exército. Apesar de só ter tido um único encontro malsucedido com Lois, Corben estava determinado a convencer a filha do seu ídolo que eles eram feitos um para o outro. Então, quando o general Lane deu a Corben os meios para atacar o Superman, seu maior concorrente pela afeição de Lois, o sargento pulou de cabeça.

Equipado com a armadura do Metallo desenvolvida por Lex Luthor, Corben atacou o Superman, somente para quase não sobreviver ao encontro. Luthor fez melhorias na sua criação, combinando homem e máquina em um ciborgue inumano e um dos maiores inimigos do herói.

# Ilha Stryker

### FORMULÁRIO DE AVALIAÇÃO NO 17 5-3A

**NOME:** CORBEN, JOHN

**PSEUDÔNIMO:** METALLO

**PESO:** VARIÁVEL

**ALTURA:** VARIÁVEL

**CABELOS:** ORIGINALMENTE LOUROS

**AVALIAÇÃO FEITA POR:** WARDEN C. BAILEY

Desde a minha última avaliação, John Corben não mostra sinais de progresso na reabilitação. Quando muito, desde a última vez que nos falamos, sinto que ele criou um ódio ainda maior pelo Superman, culpando o herói pelas suas infelicidades, incluindo o seu estado atual como ciborgue.

Corben ainda tem uma forte ligação com a realidade, apesar da sua recusa em aceitar a responsabilidade pelas suas ações. Por essa razão, não acredito que a transferência para uma unidade psiquiátrica seja justificada no momento, apesar da insistência de um dos seus guardas regulares, Ron Phillis. Aparentemente, Phillis afirma que Metallo vem esbravejando há algum tempo sobre ter perdido a alma para o diabo, apesar de eu nunca ter presenciado uma dessas pitorescas cantilenas.

Este mês, Corben esteve relativamente quieto. Os campos de amortecimento energético na sua cela vêm funcionando de modo apropriado e ele ainda é incapaz de se fundir com qualquer tecnologia, já que a sua cela foi projetada para isso. Se os equipamentos mostrarem qualquer sinal de interferência, nosso procedimento será a transferência imediata para a penitenciária Slabside. Porém, no momento, Corben parece bastante protegido onde está.

Graças à ajuda mística de um demônio chamado Neron, Metallo mais tarde começou a adaptar a tecnologia exterior à sua própria pessoa, tornando-se capaz de sobreviver somente mantendo apenas a sua cabeça intacta, em alguns casos. Depois de algum tempo, Corben readquiriu uma forma mais humanoide e, com ela, adotou um traje similar ao seu velho uniforme verde e laranja. Seus poderes sofreram melhorias feitas por Lex Luthor, apesar de Metallo não ter sido exatamente um participante voluntário das experiências do bilionário.

# Kryptonita

A fonte de energia de Metallo era a mesma rocha que Lex Luthor havia descoberto quando era adolescente, em Smallville. Batizada de kryptonita, esse material radioativo surgiu no núcleo instável de Krypton. Quando o planeta explodiu, estilhaços da rocha foram lançados por todo o espaço ao redor, e muito do material acabou vindo parar na Terra.

Ainda que a radiação da kryptonita verde também seja mortal para humanos após exposição prolongada, seu efeito sob os kryptonianos é instantâneo e quase paralisante. Até mesmo vestígios da substância podem deixar qualquer nativo de Krypton extremamente fraco e, se não for contida por uma barreira de chumbo, a rocha pode rapidamente se mostrar fatal mesmo para o mais forte dos kryptonianos.

Uma das maiores massas de kryptonita que já chegaram à Terra. Embora haja algum mistério quanto ao local do planeta em que ela originalmente caiu, o meteorito foi por fim descoberto no Tibet.

Mais tarde, descobriu-se que a kryptonita existia em várias cores, cada uma produzindo um efeito diferente.

A kryptonita vermelha causava mudanças aleatórias e, às vezes, estranhas no Superman por cerca de 48 horas.

A kryptonita azul era prejudicial para a criatura conhecida como Bizarro, do mesmo modo que a kryptonita verde era prejudicial ao Superman.

A kryptonita dourada poderia destruir permanentemente a capacidade do Superman de absorver a luz do sol amarelo, deixando-o sem poderes.

O anel de kryptonita de Lex Luthor. Ele o obteve com o criminoso Anthony Gallo e o usou por vários meses. Por fim, Luthor precisou substituir a mão por uma prótese robótica quando descobriu que o anel o envenenava aos poucos.

# Shazam

Além da kryptonita, a outra grande fraqueza do Superman era a sua suscetibilidade à magia. Embora o seu primeiro encontro com elementos místicos tenha sido quando ele ajudou o super-herói Dr. Oculto, a magia se tornou um problema recorrente na vida do Homem de Aço. Essa desconfiança em relação a elementos sobrenaturais provou ser um pequeno problema durante diversos trabalhos em equipe do Superman com outro dos seres mais poderosos da Terra, o herói agora conhecido como Shazam.

Os caminhos de Shazam e Superman se cruzaram pela primeira vez quando um acontecimento místico no Museu de História Natural de Metrópolis levou o Homem de Aço a Fawcett City, o lar do Shazam. Os dois logo se viram unindo forças para encarar as ameaças mágicas dos vilões Eclipso e Sabbac, bem como as parcerias humanas entre Lex Luthor e o maior inimigo do Shazam, o cientista dr. Thaddeus Silvana.

Quando o Superman descobriu que o Shazam, na verdade, era um garoto chamado Billy Batson que recebeu as suas fantásticas habilidades de um bruxo, ele confrontou o feiticeiro. Percebendo que o garoto precisava mais de orientação do que qualquer outra coisa, Superman revelou a Billy a sua identidade secreta como um gesto de boa vontade.

Shazam possui a sabedoria de Salomão, a força de Hércules, o vigor de Atlas, o poder de Zeus, a coragem de Aquiles e a velocidade de Mercúrio.

Uma imagem de um encontro posterior entre Superman e Shazam. Os dois foram forçados a lutar quando o Superman estava sob controle da maligna entidade Eclipso.

# Mulher-Maravilha

Superman logo conheceu uma mulher que se tornaria uma das suas amigas mais confiáveis, a princesa amazona chamada Diana. Possuindo muitas habilidades similares às do Homem de Aço, incluindo superforça e resistência, Diana se tornou uma guerreira pela paz em nome da sua ilha-nação de Themyscira, viajando pelo "mundo dos homens" como Mulher-Maravilha.

Quando se encontraram pela primeira vez, Superman se sentiu instantaneamente atraído por Diana. Porém, eles logo perceberam que, a despeito dos seus poderes parecidos, eles eram pessoas muito diferentes. A Mulher-Maravilha havia sido criada para ser uma guerreira, enquanto Clark foi criado para abominar a violência.

Apesar disso, os dois se tornaram amigos íntimos e ícones igualmente respeitados na comunidade dos super-heróis.

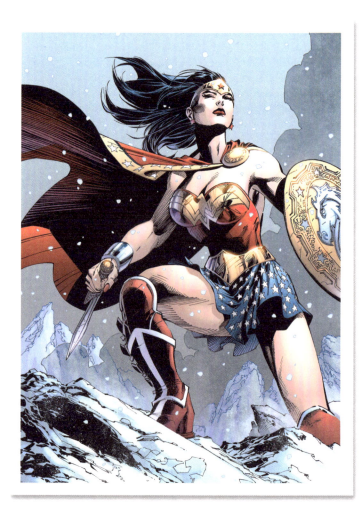

Mulher-Maravilha no seu elemento natural, o campo de batalha.

## A Liga da Justiça

  Até Bruce achou que era uma boa ideia. Bom, levou um tempo para convencê-lo, mas ele, por fim, concordou. O mundo precisa de heróis em quem se espelhar. Há muitos de nós agora. As pessoas comuns devem ficar apavoradas com todos esses super-humanos em trajes espalhafatosos pipocando pelo país inteiro. Quero dizer, a não ser que a gente mostre o bem que podemos fazer. Precisamos formar uma equipe, como a Legião de que fiz parte quando era garoto. Se vamos continuar a lutar por eles, o povo precisa de uma declaração oficial de quem somos e ao que somos leais. Eles precisam da Liga da Justiça.

  Bruce não caiu de amores pela ideia de colocar um rótulo em nós, ou mesmo de nos apresentarmos abertamente ao público. E essa é uma decisão dele. Ele pode ficar nas sombras o quanto precisar e chafurdar na própria paranoia. No entanto, o público precisa de uma declaração importante e ousada, e Diana concorda. Enfim, Flash bolou o nome e, pelo que parece, ele vai ser o encarregado das operações cotidianas da equipe. Barry tem experiência policial, então, faz sentido.

  Falando em nomes, Flash disse que eles agora nos chamam de "trindade". Parece um pouco dramático, mas de algum modo, Bruce, Diana e eu somos vistos como os rostos do movimento super-heroico. Apesar de indivíduos com poderes misteriosos datarem desde antes da Segunda Guerra Mundial, com os homens e as mulheres da Sociedade da Justiça da América, somos vistos como as pessoas que começaram tudo isso. Tanto é que a Liga quer a nossa permissão oficial antes de iniciar as atividades. Eles nos querem como fundadores, ainda que provavelmente tenhamos as agendas mais ocupadas entre todos.

  Contudo, a Liga é mesmo uma boa ideia. Com potências como Flash, Aquaman e Lanterna Verde na equipe, eles certamente têm poder de fogo. Há ameaças por aí que nem mesmo eu posso derrotar sozinho, e sei por experiência própria que eles são boas pessoas. Na verdade, não consigo pensar numa equipe mais adequada para acalmar as desconfianças do público. E mais ainda: acho que podemos fazer muitas coisas boas para esse mundo.

  Isso vai ser bom para mim. Sinto falta daquela sensação de pertencimento que tinha com a Legião. Aquela sensação de ter amigos que entendem o que é possuir esse tipo de poder ou vir de algum lugar completamente diferente. Pessoas que sabem como voar ou são fortes o bastante para moverem montanhas. A Legião foi uma das experiências mais incríveis da minha vida e é difícil para mim não ver a Liga da Justiça como uma ideia igualmente convidativa.

  Liga da Justiça. Não ligo para o que Bruce diz. Soa muito bem.

Vistos como fundadores da Liga da Justiça, Superman, Batman e Mulher-Maravilha se tornaram ícones no cenário dos super-heróis e serviram como inspiração para as futuras gerações de heróis.

Uma das muitas encarnações posteriores da Liga da Justiça. A formação da equipe mudava constantemente, admitindo entre os seus membros tanto veteranos experientes quanto um pouco de sangue novo, de tempos em tempos.

Bizarro

| TEMPO |
|---|
| Ensolarado, atipicamente quente, máxima de 27ºC |

50 CENTAVOS   ★★★★ UM GRANDIOSO JORNAL METROPOLITANO ★★

# Clone bizarro destruído pelo Superman

**POR LOIS LANE**

METRÓPOLIS – O céu sobre o prédio do *Planeta Diário* se tornou um campo de batalha hoje, quando o Superman foi atacado por uma poderosa criatura de pele pálida vestida com uma versão ligeiramente imperfeita do seu próprio traje. Apelidado de "Superman Bizarro" pela multidão na rua, a criatura senciente parecia possuir todas as miraculosas habilidades do herói, ainda que nem um fio da sua inteligência.

A contenda teve início por volta das 10h15 desta manhã, quando o Superman irrompeu de maneira violenta pela porta da frente do *Planeta* e colidiu com um ônibus metropolitano. Supostamente lançado para fora do prédio rodopiando por um golpe da bizarra duplicata, Superman se recuperou em pouco tempo e atacou a criatura semelhante ao monstro do Frankenstein. Conforme os dois travavam um combate nas apinhadas ruas da cidade, uma multidão, que incluía esta repórter, começou a se formar.

Quando cheguei ao local, por uma razão ou outra, atraí na mesma hora a atenção do sósia Bizarro. Ele agarrou o meu pulso com a força de um torno e, antes que eu pudesse reagir, me levantou em pleno ar enquanto grunhia algo incompreensível. Enquanto voávamos, fui capaz de estudar as feições do monstro. Elas possuíam uma aparência primitiva, como se poderia esperar de um homem das cavernas. A pele era branca como cal e o cabelo, um desalinho negro e despenteado.

Ele notou que eu o estudava e, com os seus olhos negros, encarou os meus. Por mais estranho que pareça, ele me segurou com força e me beijou. Ainda que isso não tenha sido bem-vindo, a criatura parecia dizer que não queria me fazer mal e depois ilustrou o seu argumento ao me pousar em um telhado nas proximidades.

A breve trégua na violência serviria apenas como a calmaria antes de uma cruel tempestade. Assim que o Superman pousou próximo a nós no telhado, Bizarro emitiu um grito gutural e atacou o herói, furioso. A luta continuou no ar e culminou em uma explosiva colisão quando o Homem de Aço voou de encontro à criatura à toda velocidade.

Depois disso, houve uma espécie de calmaria inquieta, enquanto esperávamos a espessa nuvem de poeira se dissipar para que pudéssemos ver o que havia acontecido. O Superman de fato tinha sobrevivido ao impacto, mas o mesmo não podia ser dito do Bizarro, reduzido a nada mais que uma suave chuva de flocos brancos, que flutuavam em direção às ruas da cidade logo abaixo.

Até a publicação desta reportagem, nada se sabia sobre a origem do misterioso sósia do Superman. O prefeito agendou uma coletiva de imprensa para amanhã de manhã, mas uma fonte do seu gabinete admitiu que as autoridades não têm informações novas até agora.

O Superman não pôde ser encontrado para comentários.

Foto de James Olsen

CEGADA NUM ENCONTRO COM UM SEQUESTRADOR NO ANO ANTERIOR, LUCY LANE FOI SALVA PELO BIZARRO QUANDO SE JOGOU DA BEIRA DE UM PRÉDIO EM UM MOMENTO DE AUTOAVERSÃO EXTREMA. BIZARRO A AJUDARIA INVOLUNTARIAMENTE UMA SEGUNDA VEZ QUANDO A EXPOSIÇÃO À POEIRA EXPELIDA POR ELE DE ALGUMA FORMA RESTAUROU A SUA VISÃO.

O Bizarro original foi criado por um dos cientistas de Lex Luthor, um homem misterioso chamado dr. Teng, que buscou inspiração para a criação do clone na existência de um lendário monstro morto-vivo conhecido como Solomon Grundy.

Obtendo informações sobre as estruturas celular e molecular do Superman através de sensores escondidos no próprio escritório de Luthor, Teng empregou uma biomatriz para criar uma duplicata exata do herói. Contudo, o experimento falhou por causa do DNA alienígena do Superman, e a carne do clone se cristalizou. O resultado foi um bizarro arremedo do Superman com a capacidade mental de uma criança irritada.

Luthor posteriormente criaria mais um clone Bizarro, bem como — por mais estranho que pareça — o Coringa. Ambas as criaturas viriam a desenvolver os seus próprios matizes singulares de raciocínio caótico.

| | | | |
|---|---|---|---|
| **NOME DO ARQUIVO** | DARKSEID | | |
| **ALTURA** | 2,30 m | **PESO** | 233 kg |
| **OLHOS** | VERMELHOS | **CABELOS** | NÃO POSSUI |

**CODINOMES CONHECIDOS**
UXAS

**BASE DE OPERAÇÕES**
APOKOLIPS

**PROFISSÃO**
DITADOR

**AFILIAÇÕES**
ELITE REGENTE DE APOKOLIPS

**AUTOR DO ARQUIVO**
SUPERMAN

### ANOTAÇÕES

Darkseid é o tirânico regente do planeta Apokolips, um mundo corrupto que está constantemente em guerra com o seu planeta-irmão, Nova Gênese. Enquanto Nova Gênese é o lar dos aparentemente benevolentes Novos Deuses da Supercidade, uma raça de seres tão poderosos quanto eu, Apokolips serve como o outro lado da moeda. É um mundo de opressão e crueldade, uma representação perfeita da própria personalidade de Darkseid.

Fui apresentado aos Novos Deuses pelo Povo da Eternidade, um grupo de jovens combatentes pela liberdade que se opunham ao plano secreto de Darkseid de invadir a Terra. Anos atrás, o ditador fez um acordo de paz com o Pai Celestial, o regente de Nova Gênese. Como um gesto de boa-fé, Orion, filho de Darkseid, foi levado para ser criado em Nova Gênese; e Scott Free, filho do Pai Celestial, foi levado para Apokolips. Enquanto Scott rejeitou os ensinamentos da cruel sargento de Darkseid, a Vovó Bondade, e se tornou o exímio artista de fugas conhecido como Senhor Milagre (ver arquivo de membro da Liga da Justiça Internacional: Senhor Milagre), Orion aceitou os ensinamentos do Pai Celestial e também se tornou um herói (ver arquivo de membro da LJI: Orion). O Povo da Eternidade me informou que o pacto vigorou por anos, mas ao enviar Mântis, um guarda de elite, para a Terra, um planeta neutro, Darkseid quebrou o acordo e a guerra certamente não tardaria a vir.

Ainda que eu tenha ajudado o Povo da Eternidade a defender a Terra, escolhi não me envolver mais profundamente na guerra dos Novos Deuses, proibindo ambos os lados de operar em nosso planeta. Como eu viria descobrir depois, minhas ameaças nada significaram para Darkseid, que retornaria à Terra repetidamente na sua busca por uma misteriosa fórmula que ele chama de Equação Antivida. Ele e a sua comitiva provaram ser alguns dos oponentes mais poderosos que já encarei e, a despeito dos nossos muitos encontros, acho que até então vi apenas uma pequena fração do poder de Darkseid. Se encontrado, Darkseid deve ser considerado uma ameaça de nível ômega. Ver links abaixo para mais detalhes:

Poderes e habilidades
Arquivo de casos
Histórico detalhado
Parentes e aliados conhecidos

O Povo da Eternidade (atrás, da esquerda para a direita): Vykin, Belos Sonhos, Serifan, Grande Urso (dirigindo) e Mark Moonrider (na frente).

Orion, filho de Darkseid, passou a vida em constante conflito interior, tentando rejeitar os modos cruéis de Apokolips e abraçar a paz do seu lar adotivo, Nova Gênese.

O Pai Celestial.

Metron, explorador residente dos Novos Deuses e coletor de informações.

Mantis (à direita), um vampiro de energia e um dos integrantes de confiança do círculo interno da elite de Darkseid.

Uma imagem do primeiro encontro do Superman com Magtron, o aventureiro de Nova Gênese com poderes solares.

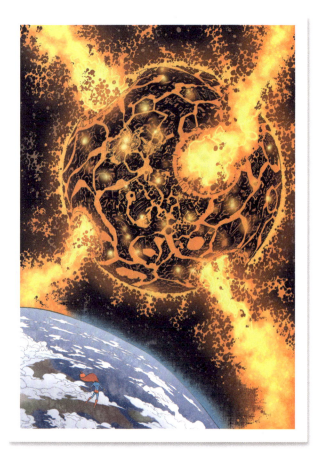

O planeta Apokolips.

Kalibak, o outro filho de Darkseid, cuja crueldade rivaliza com a do pai e cujo poder rivaliza até com o do Superman.

# Apokolips

De vez em quando, consigo escutar o megafone do lado de fora do túnel. "Darkseid é!", retumba ele. Às vezes, "Todos saúdam Darkseid!". Me pergunto como deve ser ouvir isso a cada um ou dois minutos pela vida toda. Acho que deve ser bem típico de Apokolips.

O túnel no qual estou me escondendo parece uma recriação em escala humana de um buraco de rato na parede. Lixo e pilhas de material que não reconheço recobrem quase todo o chão. Tubos e fiações entrando e saindo das paredes assimétricas de metal. Não tenho dúvidas de que essa é a casa de alguém. Dá até para considerar um apartamento de luxo aqui, nesse lugar que chamam de Armagetto. Só estou feliz de o ocupante atual não estar no momento, para eu poder recuperar o fôlego.

Até agora, Darkseid não faz ideia de que estou no seu planeta. Ele me convocou com o Efeito Ômega, os misteriosos raios de energia que ele, de alguma forma, é capaz de disparar dos olhos. Mas eu estava vestido como Clark Kent na hora, então Darkseid casualmente me atirou da janela dos seus aposentos, na pilha de lixo da rua que deve ser recolhida pelos seus "inferiores". Tantas mãos desesperadas estavam me rasgando lá embaixo, cada uma querendo apanhar alguma coisa para ajudar a tornar a sua vida um pouco menos miserável. Tive sorte de escapar com o meu traje de Superman intacto. Ao mesmo tempo, Clark vai ter que comprar terno, gravata e óculos novos quando voltar a Metrópolis.

Então, agora, aqui estou, escrevendo em um pedaço de papel do lixo, na tentativa de manter essas memórias vivas na minha mente. Alguns minutos atrás, encontrei alguns retalhos para enrolar por cima do meu uniforme. As cores claras do Superman chamam tanta atenção quanto um sinalizador nesse lugar, então, se quero andar por aí sem ser detectado, eles são a minha melhor chance, mesmo que o cheiro deles me faça desejar que houvesse um jeito de abrir mão dos meus sentidos ampliados de vez. O melhor que posso fazer agora é permanecer nas sombras e achar um jeito de voltar para casa. Não tenho chances contra Darkseid e os seus homens na casa deles. Então tenho que

Gritos lá fora. Preciso ir.

Este breve relato foi encontrado pelo herói Orion anos após o Superman tê-lo deixado num túnel abandonado em Apokolips. Quase imediatamente após escrever isso, o Homem de Aço dispersou uma rebelião e foi jogado em um dos muitos poços de fogo do planeta. Ele sobreviveu, mas perdeu a memória e foi submetido aos esforços de lavagem cerebral da leal serva de Darkseid, a Fabulosa Grace.

Após liderar um grupo de defensores da liberdade do Armagetto ao encontro dos seus destinos, Superman enfrentou Orion e Magtron sob a alcunha de Savior. Felizmente para Kal-El, Orion usou o seu computador vivo chamado Caixa Materna para devolver as suas memórias. Enfurecido com o seu papel involuntário no massacre de muitos dos chamados Cães Famintos de Apokolips, Superman atacou Darkseid, sendo mandado de volta para o seu mundo quando o deus sombrio se viu sobrepujado pelo herói.

## Departamento de Polícia de Metrópolis

Quando Metrópolis decidiu estabelecer uma Unidade de Crimes Especiais (UCE), o sargento Dan Turpin foi convidado a chefiar a divisão. Consciente de onde residiam suas verdadeiras capacidades, Turpin sugeriu Maggie Sawyer, policial de Star City, para a posição. Ela aceitou o trabalho e ascendeu na carreira, sendo promovida a inspetora antes de finalmente ser transferida para Gotham.

Dois dos amigos mais próximos do Superman no DPM, Dan Turpin e Maggie Sawyer.

Maggie Sawyer desenvolveu uma amizade não apenas com o Superman, mas também com Lois Lane. Certa vez, ela até deixou que Lois bancasse a oficial de polícia no intuito de escrever, como infiltrada, uma reportagem exclusiva para o *Planeta*.

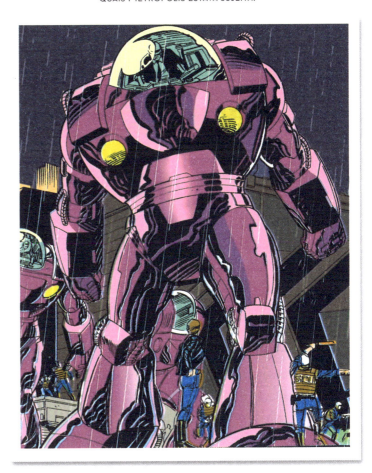

A UCE frequentemente utilizava armamento avançado no intuito de combater todo tipo de ameaças de supervilões às quais Metrópolis estava sujeita.

A tenente Lupe Lecadio. Substituta de Maggie Sawyer na UCE e um tanto imprevisível em campo.

Quando o Superman começou a agir em Metrópolis, encontrou apoio na figura do capitão Bill Henderson. Um dos favoritos do DPM, Henderson mais tarde foi promovido a inspetor e, então, a comissário.

Nem todos na polícia de Metrópolis eram fãs do Superman. O capitão Greg Reagan, da equipe da S.W.A.T. de Metrópolis, via as ações do super-herói como indesejados atos de vigilantismo.

# DEPARTAMENTO DE POLÍCIA DE METRÓPOLIS
BOLETIM DE OCORRÊNCIA #WR 9005-1
Boletim registrado em:

## FORMULÁRIO DE DEPOIMENTO PARA TESTEMUNHA

Nome:
Endereço:
Data:

Referência a: Sanguin
Número do caso: 4876

Relato:

Eu estava num restaurante, jantando com o meu namorado, Jimmy Olsen, e estávamos conversando sobre coisas normais quando, de repente, ele dá um pulo por cima da mesa e me joga no chão. Eu não fazia ideia do que estava acontecendo, só ouvi uns barulhos altos. Então, me toquei de que eram tiros, como algum tipo de metralhadora. Foi terrível. Jimmy estava em cima de mim, tentando me proteger, mas dava para ver um pouco das pessoas por cima do ombro dele. Eles estavam gritando e caindo. Tinha até uma garotinha. Não consegui ver quem estava dando os tiros, mas, de repente, a pessoa parou. E começou a gritar sobre como estamos desperdiçando as nossas liberdades e que ele e o amigo dele não tinham morrido por esse tipo de coisa. As pessoas ainda estavam gritando e chorando, então não me lembro exatamente do que ele falou. Daí ele disse para a gente entrar na linha, ou o Sanguinário ia fazer com que a gente entrasse. Foi aí que Jimmy levantou e ficou tentando chamar o Superman. Eu nem vi como era o tal Sanguinário. Desculpem não poder ajudar muito.

Assinatura da testemunha: *Lucy Lane*
Assinatura do oficial:

O sanguinário original era um assassino chamado Robert DuBois, que enlouqueceu depois que seu irmão caçula perdeu os braços e as pernas enquanto lutava pelo país. Após a prisão do original, um segundo Sanguinário, um criminoso chamado Alex Trent, assumiu o papel. Os dois rivais eventualmente tentaram provar quem era digno do nome "Sanguinário" numa luta de boxe na prisão. Porém, quando Trent puxou uma arma para o oponente, DuBois tentou fugir da prisão no caos que se seguiu e foi abatido pelos guardas. Mais tarde, Trent foi horrivelmente desfigurado quando membros da sua própria gangue tentaram queimá-lo vivo pelo seu fracasso.

Anos depois, um terceiro Sanguinário surgiu para desafiar o Superman e, apesar da sua semelhança com DuBois, a identidade dele nunca foi descoberta.

# Fúria

Para ser honesto, eu estava indo bem até me dizerem que a coisa que eu estava enfrentando era Lois. Lá estava eu, trocando socos com uma criatura de dois metros e meio que podia bater tão forte quanto o Bizarro e saltar tão alto quanto um arranha-céu. Aí, um estranho me diz que, na verdade, eu estava enfrentando uma Lois Lane mutante que fora atingida por uma explosão de bioenergia. De acordo com o cientista que gritava comigo de longe, Lois agora era como eu, uma bateria viva coletando energia solar. Exceto que, no caso dela, por ter coletado poder em excesso, iria explodir. Foi um pouco difícil me concentrar depois de ouvir isso.

Já sei há algum tempo que Lois tem uma tendência a me desestabilizar. Não consigo escrever quando ela está olhando por cima do meu ombro. Não consigo me soltar contra algum supervilão se ela estiver por perto, correndo risco. Não consigo dizer a ela quem eu sou de verdade e nem o que penso quando ela me olha daquele jeito, com as sobrancelhas levantadas, do outro lado da redação. As coisas são diferentes quando se trata dela. Então, nem preciso dizer que não sabia como lidar com o fato de ela ter se transformado num enfurecido gigante de pele laranja.

Assim, de repente, meu brilhante plano de "acertar o monstro alienígena gigante até ele cair" mudou para "ficar parado e aguentar os socos". Toda vez que a criatura me tocava, minha pele queimava e uma sensação de vertigem me invadia. Mas não havia como conversar com ela. Era como se Lois nem soubesse quem eu era. E um segundo depois, descobri por quê.

Não reconheci a voz, no começo. Quando percebi que havia alguém gritando atrás de mim, as únicas palavras que entendi foram: "Estou aqui! Estou bem!" Era Lois. Ela não era aquela... coisa enfurecida. Ela estava atrás de mim. E estava bem.

Tudo se encaixou. A queimação começou a fazer sentido. Meu corpo estava tentando absorver a radiação solar emitida pela criatura. Doía, mas se eu aguentasse por um tempo, minhas células dariam conta do recado. Em teoria, elas poderiam drenar por completo a energia do monstro.

Então, quando ela me deu um abraço de urso, eu aguentei. Parecia que o meu sangue estava pegando fogo, mas aguentei. E, lentamente, ela começou a enfraquecer, até que o seu corpo ficou mole e ela desmaiou no chão. O gigante de pele laranja tinha ido embora. No seu lugar, havia uma frágil e exausta mulher que eu nunca tinha visto antes.

Não tive muito tempo depois disso. Podia sentir a energia dentro de mim. O esforço era incrível. Eu precisava deixar o poder sair, mas, para fazer isso, tinha que ir para longe das pessoas. Dei uma última olhada de soslaio em Lois ali, no meio da multidão, e voei para longe.

Minha cabeça ficou uma bagunça depois daquilo. Havia uma tempestade. Voei naquela direção. Havia relâmpagos, e então uma sensação de liberação, e aí... nada. Dois dias depois, acordei numa cratera num campo que não reconhecia.

Estou de volta ao meu apartamento agora, mas acho que vou esperar até amanhã para voltar ao trabalho. Apesar das 48 horas de inconsciência, ainda sinto que uma boa noite de sono me faria bem. Tenho certeza de que não há um músculo no meu corpo que não esteja dolorido no momento, mas poderia ser pior. E estaria mentindo se dissesse que não estou ansioso para ver Lois de novo, mesmo que eu não tenha ideia de como explicar a ausência de três dias de Clark. Acho que vou deixar para resolver isso de manhã.

A dra. Kitty Faulkner e seu alter ego, Fúria, uma ameaça recorrente na galeria de vilões do Superman.

**JUNHO – AGOSTO**

**PEGADAS DE PATAS**

**NESTA EDIÇÃO:**
- Febre Felina!
- Denúncia: Canis
- Pelos pássaros
- Super-heróis caninos

O CHIMPANZÉ TITANO FOI EXPOSTO A DIVERSAS EXPERIÊNCIAS PELO DR. THOMAS MOYERS.

TENTATIVAS DO SUPERMAN DE DOMINAR TITANO

# Sociedade de Proteção aos Animais
DESDE 1938

# INFORMATIVO

## A tragédia de Titano
Por Maxwell Madison

A primeira vez que ouvi falar do chimpanzé Titano foi quando Lois Lane, repórter do *Planeta Diário*, passou no nosso escritório no centro da cidade com a intenção de fazer um apelo em nome do animal. Tendo visto em primeira mão as cruéis experiências realizadas no inocente animal pelo seu captor, o dr. Thomas Moyers, Lane ficou chocada e "realmente perturbada", nas próprias palavras dela. Infelizmente, a tortura de animais em nome da ciência é um grande lugar-comum no mundo de hoje e, no caso de Moyer, completamente legal. Então, quando a srta. Lane nos procurou, não pude ajudá-la, porque nosso escritório já estava sobrecarregado de casos. Na época, nenhum de nós sabia que a história de Titano estava prestes a se tornar uma poderosa lição sobre abuso de animais, que seria aprendida pelo mundo todo.

Ainda que os detalhes permaneçam desconhecidos do público até o momento, o que sabemos é que as experiências com Titano continuaram após os protestos da srta. Lane e envolveram algum tipo de fonte experimental de energia. Devido ao que a polícia se referiu como um "bizarro curto-circuito", essa mesma fonte de energia ficou instável, resultando em algo nada menos do que inacreditável. A força de Titano começou a aumentar, bem como o seu tamanho. Ainda que o Superman tenha feito o melhor que pôde para dominar o animal, o chimpanzé logo se parecia com um King Kong moderno, mais alto do que alguns dos maiores arranha-céus de Metrópolis.

A inocente vida de Titano foi precocemente interrompida pelas mãos do mesmo homem que, para início de conversa, o havia transformado em um monstro. Atingido pelo que nos disseram ser um raio de fissão experimental pertencente ao dr. Moyers, o primata foi reduzido ao seu tamanho natural antes de falecer. Porém, a história de Titano segue viva. Graças à brilhante reportagem de Lois Lane para o *Planeta Diário* — que eu não poderia recomendar mais aos nossos leitores —, as práticas inumanas de Moyers foram expostas. O cientista encara um inquérito diante do Congresso que pode, de fato, resultar em uma condenação à prisão.

Caso Moyers seja de fato punido pelas suas ações, isso só pode ser visto como um passo na direção certa. No entanto, a mudança real que poderia resultar do sacrifício de Titano ainda será definida. Metrópolis não pode fazer vista grossa tão facilmente a esses horrores. Com certeza, há esperança de que a morte de Titano provoque uma centelha de consciência em um nível inédito quanto ao flagelo dos testes em animais.

Com a sua ajuda, podemos garantir que a morte de Titano não tenha sido em vão e que outros animais sejam poupados de tratamentos desumanos similares. Doe o seu tempo ou o seu dinheiro ao escritório local da Sociedade Humanitária hoje mesmo. Veja o verso deste boletim para mais informações.

# Bibbo

Bibbo Bibbowski era um excelente exemplo da influência do Superman sobre os cidadãos de Metrópolis. Antes de conhecer o herói, ele não era mais do que um simples arruaceiro, procurando por briga. No entanto, após encontrar o Homem de Aço, Bibbo mudou sua conduta e até se tornou dono de um dos botecos mais queridos da cidade, o Ás de Paus.

Bibbo Bibbowski, autoproclamado fã nº 1 do Superman..

## Predador

Tendo crescido nas ruas do Beco do Suicídio, José Delgado queria fazer diferença na sua comunidade. Depois de se formar na Universidade de Metrópolis, ele se tornou o orientador educacional do seu antigo colégio, ganhando o respeito dos estudantes. Apesar de ter tido sucesso em persuadir muitos jovens a não optarem por uma vida de crimes, ele descobriu que podia fazer muito mais para ajudar a sua vizinhança adotando a identidade do vigilante combatente do crime Predador.

**JOSÉ DELGADO**
*Orientador educacional*

Colégio Hobs
Alameda Orb, 428
Metrópolis
555-213-1432

Apesar de ter desistido do seu papel como Predador em mais de uma ocasião, José continuou retornando ao mundo dos super-heróis, percebendo que sempre havia mais coisas boas a serem feitas.

Michael Jon Carter viajou no tempo utilizando tecnologia roubada, na esperança de recomeçar a vida no passado como o herói chamado Gladiador Dourado. Nada avesso ao licenciamento da sua imagem em busca de lucro rápido, o Gladiador obteve uma reputação justificavelmente duvidosa, apesar de ter salvado o universo em mais de uma ocasião.

Uma das muitas propagandas dos "serviços" do Gladiador Dourado.

Jefferson Pierce, que por algum tempo foi morador de Metrópolis, procurou melhorar as condições de vida no Beco do Suicídio lutando contra o crime sob a alcunha de Raio Negro. Ele posteriormente se mudou para outras vizinhanças problemáticas tanto em Gotham quanto em Brick, numa busca contínua pela melhoria da vida dos menos privilegiados.

O Gladiador Dourado em ação, ao lado de seu parceiro-robô, Skeets (à esquerda).

# Cidade de Metrópolis
## Gabinete do Prefeito

# Decreto

**Visto que** O herói conhecido como Superman chegou a Metrópolis num tempo de grande necessidade, pois, à medida que monstruosidades científicas e invasores alienígenas se tornavam mais frequentes na nossa grandiosa cidade, e lutou contra eles, provando que a sua principal prioridade é o nosso povo. Por essa razão, celebramos a vida e o legado deste que foi apropriadamente chamado de "Homem de Aço".

**Visto que** O Superman se provou um trunfo para o Departamento de Polícia de Metrópolis e o tem servido bem, como agente especializado sob a autoridade direta deste gabinete. Ele prestou auxílio nas prisões de inúmeros criminosos, de menor ou maior periculosidade, e auxiliou o Corpo de Bombeiros em ocasiões de crise extrema. As vidas salvas pelo Superman em Metrópolis ao longo desse tempo poderiam, sozinhas, povoar quarteirões inteiros da nossa bela cidade.

**Visto que** Embora seja descendente de alienígenas, o Superman adotou nossa cidade como sua e a trata com um respeito raramente visto em quaisquer cidadãos. Considerando que alguém com seu poder e suas habilidades, ele poderia facilmente adotar uma posição de apatia em relação ao homem comum. O Superman, em vez disso, demonstrou uma implacável busca pela justiça sob as leis do país que escolheu chamar de lar..

**Assim** Eu, Frank Berkowitz, prefeito de Metrópolis, em reconhecimento a este que é o maior dos super-heróis, decreto, por meio deste, o dia 18 de abril como o

"DIA DO SUPERMAN"

*Frank Berkowitz*
Frank Berkowitz
Prefeito

## Sr. Mxyzptlk

Esta é uma ocasião em que fico feliz em relaxar e deixar que Lois me tire um furo de reportagem. Não importa quanto ela seja verdadeira, duvido que muitos leitores considerem que a história do Sr. Mxyzptlk seja baseada em qualquer coisa que se pareça com fatos. E ainda que Lois não se lembre de nada do que aconteceu, faz muito mais sentido que seja dito por ela do que por mim.

Percebi que havia algo de esquisito assim que o homem de branco passou pela porta da redação. Tinha alguma coisa de estranha nele. Não posso descrever exatamente, mas havia algo ali que eu não conseguia enxergar como autêntico.

A primeira coisa que o homem de branco fez quando entrou todo faceiro no *Planeta* foi abordar Lois e começar a massagear os pés dela. Não é algo que as pessoas saiam fazendo por aí, ainda mais com alguém como Lois. É naturalmente desconfiada, então, para Lois não só aceitar bem esse tipo de coisa, como também retribuir o flerte... Bom, não fazia sentido. Mas pode ser também que eu estivesse com ciúmes. Foi isso que disse a mim mesmo na hora, pelo menos. Especialmente porque o que Lois fez em seguida foi cancelar o nosso almoço e ir embora com esse estranho homem de branco.

Para ser honesto, não é como se esta tivesse sido a primeira vez que Lois teve uma completa falta de consideração com Clark Kent. É a desvantagem da vida dupla do Superman. Nunca posso ser completamente eu mesmo em nenhuma das personalidades, então dou a impressão de ser muito rígido na maior parte do tempo. Tento ser algo e pareço falso. É surpreendente que Lois me dedique tanto do tempo dela.

Enquanto me preparava para uma tarde chafurdando em autopiedade, a cidade tinha outros planos para mim. Primeiro, recebi a informação de que lençóis estavam ganhando vida numa fábrica de tecidos na Zona Leste. Soava ridículo, mas, antes mesmo de eu chegar lá, o fator de loucura da cidade já tinha aumentado as apostas e, quando vi, estava me engalfinhando com um primata amarelo numa calçada apinhada. E como se já não fosse estranho o suficiente, depois disso passei voando perto da loja de departamentos Stacy's e uma vendedora sinalizou para mim, gritando algo sobre manequins vivos. Com o dia do jeito que estava, imaginei que fazer a vontade dela não seria a pior coisa do mundo.

Havia umidade na vitrine da loja. Essa foi a primeira coisa que notei. Então, vi Lois, parada na minha frente, mas olhando para o outro lado. Toquei no ombro dela e fiquei surpreso quando ele me pareceu duro, como plástico, mas ainda quente ao toque. Metrópolis pode preparar você para muitas coisas, mas lá, naquela vitrine, ver Lois congelada, sem se mover, um grotesco tipo de manequim vivo, bom, nada pode realmente preparar uma pessoa para isso.

Era magia. E eu odeio magia. Mas pelo menos a lista de suspeitos era relativamente curta.

A primeira coisa que eu precisava fazer era encontrar o homem vestido de branco. E, quando o achei, ele sorriu e na mesma hora alterou a sua aparência para aquela que só posso presumir que seja a sua verdadeira forma. Ele parecia quase um desenho animado vivo, com um nome que combinava. Ele se chamava Mxyzptlk, afirmava ser da quinta dimensão e estava aqui para me desafiar para algum tipo de jogo, para a própria diversão. As regras eram simples: eu apenas tinha que fazê-lo dizer o próprio nome ao contrário e ele iria embora.

A hora seguinte foi insana e consideravelmente fora da minha zona de conforto. Porém, depois de sobreviver a uma luta com um prédio do *Planeta Diário* ambulante, fui capaz de adulterar uma máquina de escrever gigante para tapear o diabrete e mandá-lo de volta para casa. Para falar a verdade, eu mesmo não entendo o que aconteceu. Conversei com o pessoal do departamento de física teórica da Universidade de Metrópolis por meia hora depois disso, e ainda não consigo compreender aquilo com o que lidei hoje.

Por sorte, a magia de Mxyzptlk se desfez depois que ele foi embora e tudo voltou a ser como era antes de o homem de branco aparecer no prédio do *Planeta*. Fiquei sabendo que ele não vai poder voltar antes de noventa dias, se é que vai voltar.

Quanto mais penso nisso, mais preocupado fico com essa tendência perturbadora desse tipo de... ameaças. É quase como se a cidade estivesse compensando o fato de alguém como eu viver nela. Como se eu atraísse uma nova espécie de criminosos. No entanto, acho que tudo que posso fazer é continuar a luta e esperar fazer mais bem do que mal.

Isso e esperar que a próxima ameaça deixe Lois — e os pés dela — de fora.

Ainda que a maioria das evidências sobre Mxyzptlk desaparecesse quando ele ia embora da nossa dimensão, de tempos em tempos, o diabrete permitia que a sua imagem perdurasse na forma de uma ocasional fotografia. Felizmente, o Superman foi capaz de interceptar as imagens mais reveladoras que possivelmente poderiam estabelecer um elo entre o Homem de Aço e Clark Kent.

# A Banshee Prateada

Dos mais poderosos inimigos de origem mágica do Superman, a Banshee Prateada era capaz de sugar a vida de uma pessoa usando apenas a sua voz. Aparentemente invulnerável a armas de fogo e dotada de um devastador grito supersônico, a Banshee enfrentou o Superman pela primeira vez quando ela saqueou de maneira violenta diversos sebos de livros em Metrópolis.

Mais tarde, o Superman descobriu que a verdadeira identidade da Banshee era Siobhan McDougal, que fora banida para um mundo inferior quando o seu irmão interrompeu um sagrado ritual de família. Lá, uma anciã apiedou-se dela e lhe ofereceu uma nova vida como Banshee Prateada se ela recuperasse um livro ancestral pertencente ao Clã McDougal.

Voltando-se imediatamente para a violência e a morte, Banshee Prateada perdeu qualquer fiapo de humanidade durante a busca, atraindo a atenção do Superman no processo. A entidade da Banshee Prateada viria a tomar outros hospedeiros humanos, incluindo uma funcionária do *Planeta Diário* chamada Artemisia Lancaster.

Página arrancada da história oficial do Clã McDougal. Tomo místico detentor de poder incalculável, o livro do Clã McDougal na verdade registrava nas páginas as ações do Superman em tempo real.

## Homem dos Brinquedos

# Asilo Arkham
## Para criminosos insanos

Desde em 1921   Capacidade 500   *"Até a mente mais doentia pode ser curada"*

**AUMENTAR MEDICAÇÃO**

### PERFIL PSICOLÓGICO DO PACIENTE

DATA: 19 out.
PSIQUIATRA RESPONSÁVEL: DR. Jeremiah Arkham

CODINOME: Homem dos Brinquedos

NOME COMPLETO: Schott (SOBRENOME)  Winslow (PRIMEIRO NOME)  Percival (NOME DO MEIO)

ALTURA: 1,63 m   PESO: 70 kg

CABELOS: castanhos   OLHOS: azuis

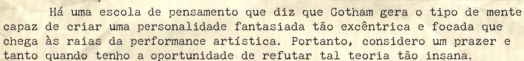

**AVALIAÇÃO:**

Há uma escola de pensamento que diz que Gotham gera o tipo de mente capaz de criar uma personalidade fantasiada tão excêntrica e focada que chega às raias da performance artística. Portanto, considero um prazer e tanto quando tenho a oportunidade de refutar tal teoria tão insana.

Winslow Schott é um exemplo primoroso de alguém que não atende a essa descrição deveras limitada. Nascido em Londres, adotou a persona de "Homem dos Brinquedos" quando foi demitido da Companhia de Brinquedos John Bull. Dotado de uma brilhante mente criativa e científica, ele transformou a paixão pela carreira numa violenta obsessão, criando versões mortais de brinquedos clássicos a fim de buscar vingança contra aqueles que lhe custaram o emprego.

Tendo primeiramente se digladiado com a heroína britânica conhecida como Godiva, o Homem dos Brinquedos fugiu para os Estados Unidos, onde tentou assassinar o executivo por trás da sua demissão e o verdadeiro proprietário da Companhia de Brinquedos John Bull, Lex Luthor. Foi naquela bela cidade que o Homem dos Brinquedos seria derrotado pelo que se tornaria o seu maior inimigo e sua mais nova obsessão: o Superman.

Visitei Winslow diversas vezes desde a sua transferência para Gotham. E ainda que ele de fato tenha problemas com a fixação e uma preocupante obstinação, eles não são resultado do ambiente de Gotham. É verdade que ele entrou em conflito com o Batman, mas a fixação do paciente em relação ao Superman permanece, apesar desses encontros. Ele também mantém uma insalubre necessidade de se cercar de crianças. Na mente de Winslow, os adultos arruinaram as coisas para as crianças, e ele vê uma terrível necessidade de corrigir esse erro.

Na verdade, é um tanto firme quanto a nunca ter machucado uma criança, apesar de todas as evidências contrárias. Nas nossas conversas, sempre que insisto nesse assunto, e que ele é de fato responsável pela morte de Adam Morgan, filho da repórter Catherine Grant, do *Planeta Diário*, Winslow começa a segurar a cabeça, com dor, balançando-se na cadeira de uma forma que me diz que a nossa sessão chegou ao fim. Se ao menos eu pudesse quebrar essa barreira e forçá-lo

Alguns dos vários "Homens dos Brinquedos" robôs. Em cima, da esquerda para a direita: Hiro Okumura e Garoto dos Brinquedos. Embaixo, da esquerda para a direita: Jack Nimble, o Homem dos Brinquedos que assassinou Adam Morgan e uma variante não batizada do Homem dos Brinquedos.

Schott não foi o único Homem dos Brinquedos a deixar sua marca no mundo, mas, como Jimmy Olsen descobriria depois, ele era o único Homem dos Brinquedos humano. Um notável inventor, Schott criou androides realistas que enganaram até os sentidos ampliados do Superman. O jovem inventor Hiro Okumura, o androide estilo marionete Jack Nimble, o desconcertante Homem dos Brinquedos e o Homem dos Brinquedos obcecado por mães que assassinou o filho de Catherine Grant estavam entre os brilhantes "brinquedos" em tamanho natural que Schott trouxe ao mundo.

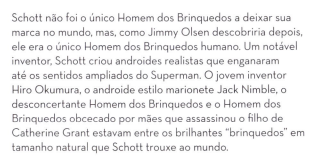

# Brainiac

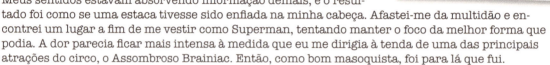

Num minuto, estou conversando com uma mulher agradável com uma barba cheia e, no outro, minha cabeça está latejando com uma dor súbita e vejo a imagem de um alienígena de pele verde dilacerado por algum tipo de canhão de raios. Nem preciso dizer que hoje fiz uma visita um tanto memorável ao circo.

Fui ao Circo Farnum & Beatty com Cat, o filho dela, Adam, e Jimmy. Cat vem tentando me tirar do escritório já faz algum tempo e, para ser honesto, foi bom dar uma saída por ao menos alguns minutos. Cat consegue me distrair, e coisas como o Superman ou até Lois ficam em segundo plano. No entanto, enquanto estava na fila para pegar alguns cachorros-quentes, senti uma onda de dor na cabeça e então, como sempre, a folga tinha acabado e eu estava de volta ao trabalho.

Foi como se tudo tivesse sido ligado ao mesmo tempo. Meus sentidos estavam absorvendo informação demais, e o resultado foi como se uma estaca tivesse sido enfiada na minha cabeça. Afastei-me da multidão e encontrei um lugar a fim de me vestir como Superman, tentando manter o foco da melhor forma que podia. A dor parecia ficar mais intensa à medida que eu me dirigia à tenda de uma das principais atrações do circo, o Assombroso Brainiac. Então, como bom masoquista, foi para lá que fui.

A dor parecia ser irradiada da tenda em ondas. Minha vista estava distorcida e eu não conseguia nem voar. Então, concentrei-me em botar um pé na frente do outro e continuei andando. Durante todo esse tempo, tinha lampejos de algo mais na minha mente. Lembranças, ou pesadelos. Um homem verde chamado Dox. Algum tipo de transmissor de matéria. E um acidente. Ou uma punição? O homem verde foi morto. Não, não morto, desencarnado. Flutuando pelo espaço até encontrar Milton Moses Fine, um artista de circo naturalmente alinhado com o plano psíquico. E o homem verde entrou na mente de Fine e forçou a consciência dele para o fundo da própria mente. Mas havia algo de corrupto nas imagens. Como se elas não fossem reais ou, na melhor das hipóteses, estivessem mostrando só metade da história.

Quando consegui entrar na tenda, o "Assombroso Brainiac" estava com todo o gás. Usando uma cartola combinando com um terno preto, o homem fez um gesto rápido em pleno ar e, sem que ele me tocasse, uma força misteriosa me mandou para o outro lado do terreno, até parar numa roda gigante.

Apesar de a história do alienígena não ter me parecido exatamente verdadeira, não havia dúvida quanto ao poder da mente daquele homem. Ele podia levitar objetos e a si mesmo, disparar algum tipo de raio e até enviar pensamentos para dentro da minha mente, como se ele fosse irromper bem de dentro do meu crânio. Porém, enquanto o Assombroso Brainiac havia me escolhido como alvo, Milton Moses Fine tinha o próprio inimigo na figura da sua namorada, Janet. Uma simples garrafa de vidro jogada na cabeça dele foi o suficiente para interromper a sua personalidade de Brainiac e pará-lo por um momento. Então, ainda que eu não quisesse machucar Milton, um leve tapa com as costas da mão o deixou inconsciente e teve também o mesmo efeito em "Brainiac".

Os médicos no Hospital Geral de Metrópolis estão dizendo que foi um tipo de psicose. Que ele desenvolveu uma personalidade distinta que se adequa à sua "romântica vida circense". Mas isso não se encaixa. Ainda que as visões que tive pareçam esquisitas, de algum modo, o alienígena verde chamado Dox teria sido coincidência demais. Durante o tempo que passei com a Legião, tive um amigo chamado Querl Dox, com a mesma pele verde e o mesmo cabelo louro. E eles o chamavam de Brainiac 5, referindo-se ao quinto Brainiac. O quinto Assombroso Brainiac.

Talvez Fine estivesse manipulando as minhas lembranças, de alguma forma. Puxando lembranças do meu passado para incorporá-las à sua fantasia. Ou talvez haja um alienígena vivendo no cérebro dele, esperando pela oportunidade ideal de se libertar outra vez. Ou talvez, como Fine, eu esteja pensando demais e precisando de uma noite de folga.

Talvez um dia.

---

Um fragmento do diário do Superman, dissertando sobre o primeiro encontro que teve com o meu ancestral, Vril Dox, o Brainiac original.

Circo Farnum & Beatty
★ ★ ★ ★ ★ APRESENTA ★ ★ ★ ★ ★
O assombroso
BRAINIAC!
24 - 31 DE MARÇO
DIARIAMENTE ÀS 15H E ÀS 19H
NA ALAMEDA DOS JOGOS

Milton Moses Fine sob o controle total de Brainiac.

O suposto renascimento do meu ancestral.

O palpite do Superman estava correto, e Brainiac era muito mais do que uma simples invenção da imaginação ativa de um artista circense. Milton Moses Fine fora de fato possuído pelos vestígios psíquicos de Vril Dox, o Brainiac original. Contudo, a despeito das afirmações na época, essa essência não era a verdadeira forma de Dox.

Ao manipular Lex Luthor, Dox foi capaz de alterar o corpo de Fine para torná-lo mais semelhante à forma de vida dominante no meu planeta natal, Colu. Seu corpo verde foi complementado com implantes biônicos, que ampliavam consideravelmente as suas habilidades psiônicas.

Enquanto Vril Dox procurava constantemente por meios de aprimorar essa consciência remota, levaria anos até que o Superman visse a verdadeira forma de Brainiac, e durante esses muitos encontros iniciais, ele viu apenas uma fração do poder do meu ancestral.

Um dos antigos Brainiacs aprimorados, Brainiac 2.5.

Outro dos meus ancestrais, Vril Dox II. Fundador da força policial intergaláctica conhecida como L.E.G.I.Ã.O., o manipulador e frequentemente individualista filho do Brainiac original ainda assim ajudou a pavimentar o caminho para os dias mais recentes da Legião dos Super-Heróis.

A poderosa nave estelar de Brainiac.

A verdadeira forma original de Brainiac.

119

## O Galhofeiro

# MINHA MANHÃ COM OSWALD

**POR LOIS LANE**

Ao longo dos anos, tenho certeza de que muitas pessoas sonharam em passar um dia com Tio Oswald, a famosa personalidade da TV. Seu amado programa infantil entreteve várias gerações com pegadinhas extravagantes, chistes visuais e um humor que pode ser qualquer coisa, menos sutil. Infelizmente, nunca estive entre os seus numerosos fãs e, depois de hoje, posso afirmar que nunca estarei.

Estava um pouco indisposta na manhã em que conheci Oswald Loomis. Se estivesse na minha condição normal, teria ficado sabendo das bolhas de sabão que encheram uma apinhada vizinhança no centro ou do enorme monte de pipocas que misteriosamente bloqueou os trilhos da linha R do metrô, entre Bakerline e Nova Troia. Mas estava atrasada para o trabalho, então, parei o primeiro táxi que vi, sem pensar momento algum que havia algo de esquisito acontecendo em Metrópolis e que talvez eu devesse estar preparada.

Na hora em que me dei conta de que havia algo errado, estava presa no banco de trás de um táxi, ouvindo que fui sequestrada pelo "Galhofeiro". Reconheci Loomis instantaneamente. Ele tem uma feição característica que uma pessoa tende a não esquecer, mesmo que não tenha assistido a mais que um minuto do seu programa em todos esses anos que esteve no ar. Conforme falava, ele mencionou que precisava da minha ajuda para escrever a sua história. Queria que o mundo soubesse que o programa dele estava prestes a acabar e o magnata da televisão Morgan Edge era o culpado. Porém, mais do que isso, ele queria que o mundo testemunhasse o início da sua nova carreira como o Galhofeiro.

Após me levar até o seu "esconderijo", o Estúdio C no edifício da Galáxia Comunicações, Loomis começou a me falar das suas pegadinhas. Cada uma soava mais ridícula do que a outra, e uma delas envolvia até uma flor gigante de borracha que esguichava água. Contudo, a parte realmente estranha nessa história era que ele vinha planejando esse ataque à cidade há 25 anos. Loomis vinha se preparando para o cancelamento do seu programa todo o tempo em que devia estar desfrutando de uma carreira de sucesso.

Nossa conversa foi interrompida quando Morgan Edge em pessoa começou a bater à porta trancada do Estúdio C. Loomis riu

**Oswald Loomis, o Galhofeiro**

e provocou o chefe, e se dirigiu até uma alavanca vermelha. Depois de puxá-la, não houve mais sons do outro lado da porta.

Descobri depois que Loomis havia instalado um alçapão no corredor e tentara ejetar Egde para fora do prédio, fazendo o homem mergulhar dezenas de andares até a calçada lá embaixo. Por sorte, o Superman estava por perto para salvar o milionário e, em dois tempos, o Homem de Aço me resgatou da não tão terrível ameaça do Galhofeiro. Na verdade, Loomis nem resistiu. Quando viu o Superman, ele caminhou na direção do herói e se rendeu. Nem chegou a fazer uma piada.

Por volta das 16h55 de hoje, Loomis escapou da custódia da polícia. Fui informada de que ele disparou gás lacrimogênio da sua lapela para fazer a sua fuga em estilo fiel ao do Galhofeiro. Em algum lugar, Oswald Loomis ainda está à solta e, muito provavelmente, preparando o seu retorno.

A cada vez que o Galhofeiro retornava a Metrópolis, suas "pegadinhas" pareciam ficar mais mortais. Dono de uma mente que oscilava entre estar ou não fora da realidade, o Galhofeiro depois ganhou um novo corpo de um demônio chamado Lorde Satanus, para ajudar Loomis a continuar a sua caótica obra em Metrópolis.

O Galhofeiro após um demoníaco aprimoramento.

Como alguém que nunca deixou passar uma oportunidade, numa ocasião o Galhofeiro chegou a roubar a armadura do herói conhecido como Aço.

## Professor Emil Hamilton

O professor Hamilton, um ex-criminoso cuja perícia científica auxiliou o Homem de Aço em várias ocasiões.

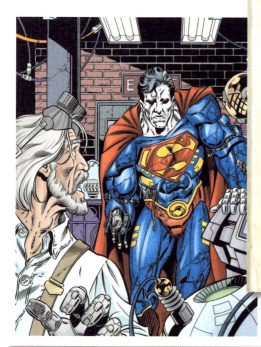

Um modelo posterior do Superman Robô, resultado da genialidade de Emil combinada à tecnologia kryptoniana.

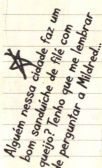

Fico pensando quanto um sistema de teletransporte sobrecarregaria a rede elétrica, se fosse realizável.

O projetor de campo de força está pronto para a batalha. Gostaria de ter uma fonte de energia melhor, mas ele já faz com que até alguém da minha estatura seja um tanto formidável em combate.

Problemas básicos com o sistema do Superman robótico:

- Durabilidade. Metais terrestres convencionais não se adequam à densidade física do Superman. Materiais kryptonianos seriam uma possibilidade?

- Longevidade de voo. Não tenho certeza se a fonte de energia permitirá viagens de longa distância como esperávamos.

- Memória. A retenção regular do robô é boa, mas danos à máquina podem causar graves perdas de memória. Talvez por causa de uma sobrecarga no sistema de reparos? Preciso investigar.

- Personalidade. Imitar a personalidade do Superman NÃO FUNCIONA. Deveria ter previsto problemas relacionados à fixação em interações com pessoas comuns. Muitos perigos se tornam realidade quando humanos são levados a acreditar que o robô é o verdadeiro Superman, como o incidente na base paramilitar mostrou.

Alguém nessa cidade faz um bom sanduíche de filé com queijo? Tenho que me lembrar de perguntar a Mildred...

Este problema com o café deve ser resolvido o mais cedo possível. Sabor e temperatura DEVEM SER ESTABILIZADOS A TODO CUSTO! A falta de um bom estimulante está começando a afetar o meu trabalho.

Luthor mudou a posição do satélite dele outra vez. Deve estar tentando compensar a invasão do sistema de retransmissão. Não deve ser algo difícil de resolver.

O velho gerador de ondas magnéticas está pendurando as chuteiras. Embora o campo de força seja um grande aprimoramento com relação ao meu modelo original, gostaria de colocar essa velha máquina para funcionar outra vez, nem que seja pela nostalgia.

Amostra de uma página de um dos muitos cadernos de anotação de Hamilton.

O professor Thaddeus Killgrave, um cientista louco em todos os sentidos.

O demoníaco sequestrador de crianças conhecido como Gancho.

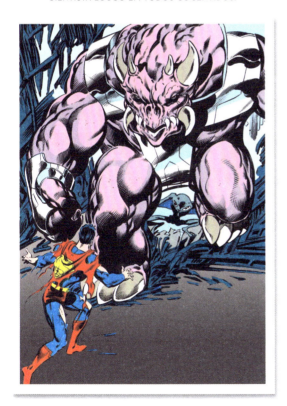

Dreno e Encouraçado. Dreno podia bloquear mentalmente os poderes do Superman e transferir essas habilidades para Encouraçado, tornando a dupla uma desafiadora ameaça para o Homem de Aço.

O Hospedeiro, a consciência combinada de uma perigosa civilização chamada H'V'Ler'Ni que um dia caminhou sobre a Terra e escravizou a humanidade.

## Supergirl Matriz

Devo admitir que sou um tanto fascinado pelas muitas Supergirls que cruzaram o caminho do Superman ao longo dos anos. A primeira delas foi chamada de Matriz, e veio de uma realidade totalmente diferente.

Para entender a história da Supergirl Matriz, é importante antes entender a ameaça do Senhor do Tempo. Como membro da Legião dos Super-Heróis, tive o meu quinhão de batalhas contra esse misterioso e onipotente manipulador do tempo e do espaço.

Num dos muitos dos seus elaborados planos, o Senhor do Tempo criou um Universo de Bolso em miniatura. Nessa dimensão, três kryptonianos escaparam da Zona Fantasma e conquistaram a Terra. Contudo, um grupo de defensores da liberdade, liderados pelo Lex Luthor daquele mundo, ergueu-se como a última esperança da humanidade.

Para combater a ameaça dos criminosos da Zona Fantasma, Luthor criou um ser vivo feito de protomatéria, baseado na matriz molecular de Lana Lang. A ciência de Luthor garantiu a essa forma de vida artificial a habilidade de voar, lançar disparos psicocinéticos, mudar de forma à vontade e se camuflar de modo a parecer invisível. Numa última tentativa de se insurgir contra os kryptonianos, Luthor considerou a sua criatura uma Supergirl e a enviou para o nosso mundo para localizar o Superman.

Foto tirada por uma equipe de pesquisadores na Antártida quando a Supergirl foi descoberta na nossa dimensão.

Uma imagem recuperada do universo de bolso mostrando o primeiro encontro do Superman com o Lex Luthor daquela dimensão.

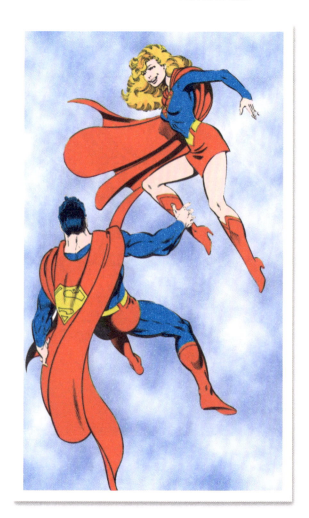

124

Na batalha final contra os kryptonianos da Zona Fantasma, a Supergirl foi reduzida à sua forma original de protomatéria e teve a sua inteligência reduzida à de uma criança pequena. Quando a luta acabou, Superman a trouxe de volta à Terra para viver com os seus pais. Aos poucos, ela foi recobrando a identidade, mas não sem vários obstáculos pelo caminho, incluindo uma equivocada tentativa de ajudar o Superman assumindo a sua identidade.

A Matriz decidiu que a vida na Terra era difícil demais no estado mental em que ela se encontrava. Ela voou para o espaço, com a intenção de voltar um dia.

O adversário da Legião conhecido como Senhor do Tempo.

Superman retornando com a Supergirl Matriz à Terra.

Matriz fingindo ser o Superman.

125

## Os Criminosos da Zona Fantasma

Eles mataram bilhões. Bilhões de pessoas naquele lugar. Preciso continuar dizendo isso a mim mesmo. Bilhões de crianças, mulheres e homens. Por nada.

Fico pensando sobre aquele mundo ser o que Lex o chamou, um "Mundo compacto". A dimensão inteira foi criada do nada pelo Senhor do Tempo. Então, de certa forma, aquelas pessoas nem eram reais. Mas não acredito nisso. Não mesmo. Encontrei com algumas delas. Conversei com o Bruce Wayne deles, o Lex Luthor deles. A origem não importa. Aquelas pessoas eram tão reais quanto eu. Elas tinham o mesmo direito à vida. Todos... todos têm esse direito.

O Lex Luthor daquela dimensão — que é um homem bom — acidentalmente libertou três prisioneiros kryptonianos da Zona Fantasma. General Zod, uma mulher chamada Zaora e outro criminoso chamado Quex-Ul. Os três não vieram do Krypton da minha dimensão, mas o Krypton deles foi destruído assim como o meu. Então, eles voltaram os seus esforços à conquista da Terra.

Aquele mundo fora arrasado na época em que Luthor me levou para lá. Campos verdejantes nada mais eram que áreas de terra calcinada e estéril. As cidades eram apenas ruínas e somente um punhado de defensores da liberdade ainda existia. Contudo, estávamos convencidos de que era o bastante. A despeito das probabilidades, estávamos determinados a deter aqueles kryptonianos a qualquer custo.

Vi Zod reduzir o Bruce Wayne daquele mundo a cinzas e explodir a nave espacial de Hal Jordan. Vi Zaora arrancar a cabeça de Oliver Queen e se unir a Zod para carbonizar a Supergirl daquele universo com as suas visões de calor. Vi Pete Ross morrer e, depois, Lex Luthor.

Eles estavam todos ganhando tempo para mim, cada um deles. Aquele era o plano de Luthor. Encontrar o esconderijo secreto do Superboy daquele mundo, morto há muito tempo, e as rochas que ele escondera ali. Demorou, mas encontrei o que procurava nos destroços. E tão logo pude, mostrei a Quex-Ul.

Era kryptonita dourada. Já que era de um universo diferente, ela não tinha efeito sobre mim, mas tirou os poderes de Quex-Ul. Zod e Zaora foram os próximos, e então tudo acabou. Todos aqueles bilhões mortos e estava tudo acabado.

Sentei ali, do lado de fora da prisão improvisada que fiz para eles, pelo que pareceu ser uma eternidade. Pensei em devolvê-los à Zona Fantasma. Pensei em deixá-los livres para perambularem pela terra arrasada que haviam criado. E pensei em matá-los. Bilhões mortos por suas mãos. Pensei muito em matá-los.

Então, caminhei até a prisão deles e abri o cilindro de kryptonita verde que também havia encontrado no laboratório do Superboy. Vi eles se contorcendo no chão. Eles mataram bilhões. Vi Zod se virar para Quex-Ul e estrangulá-lo até a morte. Bilhões de pessoas. Vi Zaora implorar pela sua vida. Bilhões.

Enquanto caminhava de volta ao laboratório de Luthor, ouvi algo vindo de longe. Era uma voz. A Supergirl ainda estava viva. Então, eu a encontrei, a tomei nos meus braços e parti daquele lugar. O último sobrevivente de Krypton com a última sobrevivente do Mundo Compacto. No caminho, comecei a chorar. Eles mataram bilhões. Não sei por que chorei.

Os criminosos da Zona Fantasma do Mundo Compacto: General Zod, Quex-Ul e Zaora.

O Superman nunca superou o fato de ter matado os criminosos da Zona Fantasma. De fato, anos após o evento, ele ainda era assolado pela culpa pelas suas ações e até as discutiu com uma psiquiatra, a Dra. Claire Foster.

## O Guardião

Jim Harper e a Legião Jovem original.

Um dos fundadores do Projeto Cadmus, Dabney Donovan, foi por fim demitido devido aos seus experimentos imorais. Ele realizaria por conta própria dezenas de experimentos deturpados de clonagem — os chamados DNAliens —, causando muitos problemas para o Superman e para o Guardião.

Jim Harper era um policial que trabalhava no Beco do Suicídio durante os anos 1940. No intuito de fazer mais pela sua vizinhança carente, Harper adotou a identidade do super-herói Guardião. Ele também se tornou o guardião legal de quatro entusiasmados vendedores de jornal, que se tornaram os seus parceiros mirins.

Quando adulto, um dos vendedores de jornal, chamado Thomas Thompkins, ajudou a fundar uma organização chamada "Projeto Cadmus" e começou a se envolver com manipulação de DNA. O projeto se localizava em um aqueduto que corria pelo subsolo das ruas de Metrópolis até uma distante cordilheira. Lá, as experiências foram realizadas em segredo, de modo a evitar o debate sobre a moralidade dúbia que acompanhava a clonagem. Thompkins até trouxe os seus outros amigos ex-jornaleiros para trabalharem como chefes de departamento na organização clandestina.

Um dos maiores sucessos do projeto foi a revitalização de Jim Harper num novo e rejuvenescido corpo. O Guardião se tornou um herói para Metrópolis mais uma vez, além de chefe de segurança do projeto. Ele até se viu auxiliado por uma nova geração de vendedores de jornal, jovens clones dos seus parceiros originais.

O alter ego de Jim Harper, o vigilante combatente do crime conhecido como Guardião.

Dubbilex, o primeiro DNAlien. Dono de uma mente brilhante detentora de habilidades telepáticas, Dubbilex tornou-se um recurso essencial ao projeto.

Imagens do clone de Harper, o Guardião da época do Superman.

# Exílio

Não estou bem. Fiquei tentando me convencer de que estava. Que sou o Superman. Que posso lidar com qualquer coisa. Mas não estou bem e não consigo continuar fazendo isso.

Destruí o meu apartamento um dia desses. Não sei se foi um delírio de febre ou algum outro tipo de alucinação, sei lá. Achei que tinha visto Zod e os outros, aí ataquei. Quando acordei, o lugar estava um desastre. Isso devia ter chamado minha atenção. Eu devia ter partido naquela hora, naquele momento. Mas continuei dizendo a mim mesmo que estava bem. Que o Superman sempre está bem.

Na maior parte do tempo, estava ocupado demais para pensar a respeito. Eu me sentia cansado, esgotado, mas não fazia ideia do porquê. Havia coisas a serem feitas, alienígenas a serem enfrentados. E eu era o Superman, então isso significava que eu estava bem.

Então, acordei vestindo o uniforme do Predador, com o do Superman por baixo. Na minha frente, estava o Guardião, parecendo tão confuso quanto eu. Aparentemente, eu começara um trabalho noturno como Predador. Eu me tornei uma espécie de vigilante violento sem nem saber. Eu me tornei exatamente aquilo que prometi a mim mesmo não me tornar.

Então, estou partindo. Acertei as coisas com Perry no *Planeta*. Ele vai publicar uma série de artigos que escrevi sobre a Intergangue. Com uma denúncia dessa proporção, faz sentido que Clark Kent desapareça por um tempo e se esconda. Eles só não sabem o quão longe vou.

Eu também não, sinceramente. Sei que vou para o espaço, mas não pensei muito a respeito do resto. Preciso me afastar, e isso quer dizer sair da Terra. De outra forma, tudo ainda vai estar perto demais.

Emil Hamilton bolou um aparato portátil de respiração para me manter vivo onde estou indo. A coisa é tão compacta que duvido até que alguém note que a estou usando. Posso prender a respiração por um longo período, mas se vou ficar fora por tanto tempo quanto imagino, o dispositivo deve me manter vivo pelo tempo que eu quiser.

Não estou bem. Sei disso agora. E se estou na Terra, não posso me dar ao luxo de estar assim. Sonâmbulo, alucinando. Se isso está mesmo acontecendo por causa do que fiz naquele Mundo Compacto então não há outra escolha. Pessoas como eu não podem fazer esse tipo de coisa. Eu poderia matar alguém só de esbarrar. Então, vou embora e espero poder entender isso tudo.

Tudo que resta agora é a parte difícil. Tenho que descer as escadas e dar adeus ao pai e à mãe. E a Lana, a Smallville, à Terra. Espero vê-los novamente um dia. Veremos.

# INTERGANGUE:
## Uma víbora entre nós

### Parte Um

**Por Clark Kent**

Intergangue. Todos nós já ouvimos esse nome. Todos nós já vimos os danos que eles podem causar. Com a sua organização e o seu avançado poder de fogo, eles fazem os outros rostos familiares do crime organizado corarem de vergonha. Ameaças como a dos mafiosos conhecidos como 100 parecem ultrapassadas quando comparadas às ações de Bruno Mannheim e os seus afiliados. Mas onde está Mannheim e, mais importante, quais crimes podem ser diretamente imputados a ele? Ele está trabalhando sozinho ou tem um benfeitor secreto, que o supre de informações e tecnologia?

Nesta série de artigos, pretendo responder a essas perguntas e provar que um dos maiores contribuintes do império criminoso de Mannheim é ninguém menos que Morgan Edge, o CEO da Galáxia Comunicações. Através do uso de um informante infiltrado nos altos níveis dessa corporação, estabelecerei ligações concretas que mostram que Edge não apenas tem trabalhado em parceria com Mannheim, como também tomou parte no seu conglomerado criminoso, participando de crimes que vão desde extorsão até assassinato.

Nessa série quinzenal, começarei a detalhar exatamente em quais crimes a Intergangue e o Edge estão envolvidos. Meu objetivo primordial é denunciar as atividades ilegais da Intergangue e dos seus associados e, ao fazê-lo, ajudar Metrópolis a se livrar de algumas cobras perigosas escondidas em meio à relva.

Bruno Mannheim, o Feioso.

Morgan Edge.

Ainda que Clark Kent não soubesse disso quando redigiu sua série de famosas denúncias, mais tarde veio à tona que Morgan Edge e a Intergangue vinham trabalhando com as forças de Darkseid para obter armamento e tecnologia avançados de Apokolips.

# Mongul

Não me lembro exatamente de como cheguei ali. Acho que estava voando baixo naquele momento. Danifiquei o cinturão de Hamilton em algum lugar pelo caminho. Lembro que tive uma visão de Zod outra vez. Zod, Quex-Ul e Zaora. E então me lembro de tudo escurecer por um momento, antes de ver uma brilhante luz branca.

Quando acordei, criaturas me cercavam, me arranhavam. Eu estava fraco demais para reagir de verdade. Uma delas roubou as minhas botas enquanto eu espantava as outras. Tentaram pegar a minha capa, mas a visão de calor as afugentou. Na hora em que os guardas chegaram, eu estava de pé, ainda tentando pegar as minhas coisas. Eu estava em algum tipo de cela de detenção, numa nave que não reconhecia, cercado por mais de dez extraterrestres que não reconhecia, que estavam todos falando uma língua que eu nunca ouvi antes.

Eu havia usado toda a força que ainda tinha em mim, então, quando trouxeram as algemas, eu não estava em condições de enfrentá-los. Depois disso, não demorou muito até me conduzirem por um longo corredor de metal, junto com outros prisioneiros. Saímos da nave em direção àquilo que parecia ser outra nave, mas não sei dizer com certeza. Apenas me misturei à fila, até os guardas me darem a oportunidade que eu estava esperando.

Esperei até o guarda mais próximo a mim virar a cabeça para o outro lado por um segundo. Então, acertei-o com toda a força que tinha. Ele caiu, assim como eu, quando os outros guardas se empilharam em cima de mim. E antes que eu percebesse, estavam me jogando aos pés do que parecia ser um trono. O homem em posição dominante sorriu, disse algo numa língua estranha e disparou um raio de pura energia do seu peito. O raio atingiu o prisioneiro ao meu lado, desintegrando-o. Só os resquícios do disparo foram o bastante para me colocar de joelhos. O homem no trono riu, e eles me arrastaram para longe.

Poucas horas depois, acordei numa caverna mal iluminada. Uma alienígena estava tentando me vestir com uma espécie de traje cerimonial. Ela entendeu quando falei e me disse que eu lutaria em alguma arena de gladiadores. Apenas se eu vencesse seria merecedor da minha liberdade. Assim eram as coisas no Mundo Bélico, e essa era a vontade do seu imperador, Mongul. Era muita informação para absorver de uma vez só, mas antes que eu tivesse mais tempo para me preparar, me vi teleportado para um árido campo de batalha, monitorado remotamente por aquilo que depois eu descobriria ser um estádio inteiro cheio de espectadores.

Eu parecia estar sozinho, então decidi dar uma caminhada e ter uma ideia melhor de como as coisas funcionavam por ali. Se estivesse com a minha força no auge, já teria feito outra tentativa de escapar, mas, fraco como estava, achei que tinha mais chances se esperasse e visse em que luta eles haviam me metido. Depois de alguns minutos de espera, eu nem tinha mais certeza de que haveria uma luta.

Então, senti um puxão no meu calcanhar e, antes que pudesse reagir, estava sendo girado como um bastão de beisebol em direção a uma formação rochosa próxima. Ataquei, socando algo que não conseguia ver e por sorte acertei. A coisa era preta feito piche e parecia mais rochosa que a paisagem. Meu soco o havia jogado num penhasco, mas consegui pegá-lo antes que ele caísse num rio de ácido. Infelizmente, não fui rápido o suficiente para salvar o braço dele.

Enquanto puxava o homem-pedra para cima, ouvi uma voz ribombar nos meus ouvidos. Àquela altura, eu estava equipado com um tradutor universal, então naquele momento conseguia entender o que era dito. A voz pertencia ao homem que tinha visto no trono mais cedo: Mongul. E ele gritava pedindo morte.

Coloquei o meu oponente no chão ao meu lado e disse a Mongul que não derramaria o sangue de outro homem para o divertimento dele. E, de repente, eu estava de volta à minha caverna sendo preparado para outra luta. Isso não seria fácil como tinha pensado.

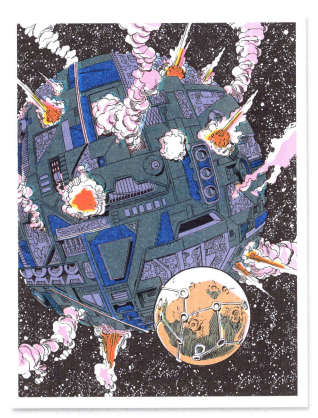

O Mundo Bélico e seu planeta-prisão vizinho.

O imperador Mongul ao lado do seu prezado gladiador, Draaga.

Antes que Mongul pudesse matar o Superman como punição pela sua insubordinação, o herói foi teletransportado pela ancestral figura religiosa conhecida como Clérigo e pela arma kryptoniana chamada Erradicador.

O Superman continuou a lutar nos jogos de Mongul até que encarou o campeão, Draaga. Ele venceu o oponente. Porém, mais uma vez se recusou a seguir as regras do jogo e matar o inimigo.

Embora o Clérigo tenha morrido quando entregou o Erradicador ao Superman, assistir a eventos recentes através do uso do artefato ajudou Kal-El a lidar com a morte dos criminosos da Zona Fantasma.

Apesar de Mongul ter fugido antes que o Superman pudesse detê-lo no primeiro encontro dos dois, o Homem de Aço voltaria a encarar o vilão e seu descendente muitas outras vezes.

Uma das armas favoritas de Mongul, a planta Clemência Negra. Ela prende a vítima num mundo de fantasia enquanto se alimenta das suas energias.

Quando o Mongul original foi morto pelo demônio Neron, o título foi transmitido para o seu filho, Mongul II.

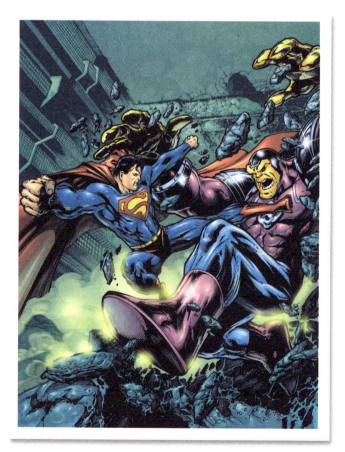

Mongul II, na verdade, ajudou o Superman a treinar para se tornar um lutador melhor, antes de os dois voltarem a se enfrentar.

Mongal, a filha do Mongul original. Ela foi assassinada pelo irmão, que foi alertado da "fraqueza" que ter uma família causa.

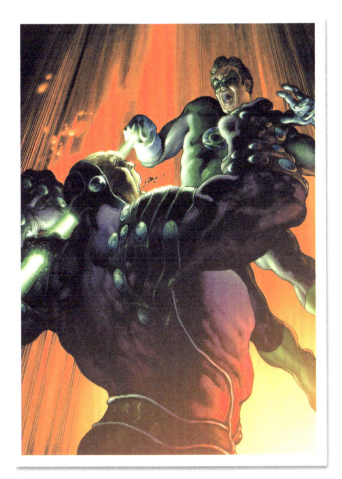

Inimigo também do Lanterna Verde, o segundo Mongul mais tarde se tornaria membro dos notórios incitadores de medo conhecidos como Tropa Sinestro.

## Jimmy Olsen

Conhecido por muitos como "o amigo do Superman", Jimmy Olsen teve uma relação próxima com ambas as personas públicas de Kal-El. Como tal, ele teve a própria cota de aventuras, muitas delas beirando o bizarro.

Quando o Superman voltou do espaço, a forma de Jimmy foi alterada pelo estranho dispositivo chamado Erradicador, fazendo o corpo do jovem se esticar incontrolavelmente. Ainda que os especialistas do Projeto Cadmus o tenham curado da sua aflição, ele ficou traumatizado pelo tempo que passou como "Rapaz Elástico".

Numa breve saída do *Planeta Diário*, Jimmy tentou a sorte como âncora na rede de televisão GBS.

Jimmy teve os seus quinze minutos de fama quando usou o traje de "Garoto Tartaruga" num comercial para a Pizzaria Titano. Mais tarde, o personagem ganhou até a própria série de TV.

Jimmy adotou o codinome Senhor Ação quando tentou brevemente uma carreira de super-herói, depois de receber temporariamente uma variedade de estranhos poderes através das maquinações de Darkseid.

Quando ainda era estagiário do *Planeta Diário*, Jimmy montou um dispositivo que emitia um sinal de alta frequência que apenas o Superman podia escutar. Mais tarde, o Homem de Aço miniaturizou o dispositivo num relógio de pulso para que Jimmy pudesse convocá-lo em momentos de perigo.

# PLANETA

**CLIMA**
Ensolarado e ameno, chance de chuvas amanhã

50 CENTAVOS ★★★★ UM GRANDIOSO

## Gabinete do prefeito é invadido

**POR LOIS LANE**

METRÓPOLIS — Neste ofício, há as histórias que você precisa caçar e aquelas que parecem vir até você. Sem dúvida, esta história pertence ao último tipo, já que por volta das 9h30 da manhã de hoje uma mulher chamada Lady Maxima desfilou pelo edifício do *Planeta* e exigiu ver o Superman.

Convencida de que tenho algum tipo de linha direta com o Homem de Aço — por causa dos colunistas de fofocas que constantemente se referem a mim pelo título incorreto de "namorada do Superman" —, essa estranha e silenciosa mulher se aproximou da minha mesa, ainda que se recusasse a se dirigir diretamente a mim. Ela era uma visão impressionante. Com uma roupa estranha, ela parecia um híbrido de corista com halterofilista. Arrastando-se atrás dela estava sua serviçal, uma mulher chamada Sazu, com olhos grandes e peculiares.

Quando informei a Maxima que não possuía uma forma especial de entrar em contato com o Superman, as coisas sofreram uma estranha reviravolta. Ela olhou para mim e senti uma súbita perda de controle. Ainda que pudesse entender o que estava acontecendo comigo, parecia que eu estava numa espécie de transe e não encontrava forças para me mover. Para ser mais exata, não sentia vontade de me mover.

Quando o efeito enfim passou, despertei junto com o restante da redação do *Planeta*, e nenhum de nós sabia o que tinha acontecido. No entanto, apenas uns poucos segundos depois, repórteres começaram a chegar do centro da cidade. Um grupo de soldados estranhamente vestidos invadia a prefeitura e, de acordo com a GBS, essas tropas armadas afirmavam atacar em nome de uma tal Lady Maxima.

**LADY MAXIMA**

Quando alguém do *Planeta* chegou ao local, o Superman já havia entrado em cena e dispersado os soldados, retirando as suas pesadas armaduras de batalha. Ele irrompeu no gabinete do prefeito, confrontando Maxima diretamente.

— O Superman foi colocado em algum tipo de campo de estase — afirmou o prefeito Frank Berkowitz em uma coletiva de imprensa no início da tarde de hoje. Ele foi uma das poucas testemunhas oculares da batalha que se seguiu no interior dos seus aposentos. — Ele não conseguia se mover. Estava tão impotente quanto qualquer um de nós.

De acordo com o prefeito, nesse momento, Maxima e a sua cúmplice Sazu começaram a brigar entre si. De acordo com Berkowitz, "foi aí que a mulher chamada Sazu se voltou para essa Lady Maxima e disparou nela uma espécie de raio rosa com os olhos. Eu vi Maxima ser vaporizada".

— Quando Maxima se foi, o mesmo aconteceu com o seu domínio sobre o Superman — afirmou Berkowitz. — Ele foi capaz de se libertar e dominar a cúmplice dela. Foi naquele momento que descobrimos que a mulher chamada Sazu era, aparentemente, algum tipo de criatura extraterrestre. Ainda não fazemos ideia de qual era o seu propósito na Terra ou por que ela e Maxima invadiram a prefeitura.

No momento da publicação dessa reportagem, Sazu estava sendo transferida para a Casa de Detenção Feminina de Metrópolis para aguardar julgamento.

Mais tarde, Superman descobriria que Sazu não havia matado Maxima e que ela apenas destruiu um simulacro, usado para propósitos de observação. Como regente do planeta Almerac, Maxima havia enviado o seu pessoal até Metrópolis no intuito de testemunhar o Superman em ação. Dotada de poderes psiônicos que lhe concediam superforça, voo e resistência ampliada, Maxima estava procurando um parceiro adequado e via o Superman como principal candidato.

Depois de o Superman rejeitar os seus avanços, Maxima se voltaria a outros potenciais pretendentes, e até se uniria à Liga da Justiça da América durante algum tempo. Porém, as razões dela permaneceram egoístas, e Maxima encarou o Superman mais como inimiga do que como amiga.

## A Fortaleza da Solidão

  Já faz algum tempo desde a última vez que escrevi, mas queria garantir que isso ficaria registrado no papel antes que esquecesse de novo. Desde que me deram o Erradicador naquele planeta-prisão, minha mente não é o que costumava ser. Senti uma ligação tão forte com o dispositivo quando o toquei pela primeira vez que nem pensei duas vezes antes de trazê-lo comigo de volta para a Terra. Lá estava eu, recebendo uma arma que me disseram ser imensamente poderosa e eu a trago para o meu apartamento em Metrópolis sem nem considerar as consequências.
  Se tivesse, talvez pudesse ter impedido que Jimmy assumisse uma dolorosa forma elástica, poupado o meu apartamento de uma explosão e não teria destruído uma caríssima sala de testes nos Laboratórios S.T.A.R. Por fim, no entanto, voltei à razão, cobri o Erradicador com uma camada de chumbo e o levei para onde ele não poderia mais causar mal algum: a Antártida. Lá, lancei-o em um enorme abismo, esperando nunca vê-lo de novo. Novamente, é muito provável que essa não tenha sido a melhor decisão da minha parte. Depois de algumas dores de cabeça e uma alucinação, eu já estava repensando a minha escolha. Então, voltei à Antártida, sem estar ansioso com a ideia de me enfiar em algumas centenas de camadas de neve e gelo para encontrá-lo.
  Quando cheguei lá, percebi que estava me preocupando à toa. Não foi difícil de localizar o Erradicador. Na verdade, no local onde antes havia uma estéril camada de gelo, agora se erguia uma gigantesca torre dourada. A construção era inequivocadamente kryptoniana. Não havia uma única parte dela que não fosse funcional. A estrutura inteira parecia coletar raios solares e convertê-los para algum propósito que eu não entendia.
  Segui a torre por baixo do gelo até o centro dela, um tipo de forte subterrâneo. E, como eu esperava, no coração da construção, estava o Erradicador. Compreendendo que ele havia me atraído até lá por alguma razão, toquei na arma e ela me mostrou a sua história. Ele foi criado por um ancestral meu, um homem chamado Kem-L, como uma forma de preservar a herança kryptoniana. Um dispositivo extremista criado por pessoas extremistas, seu único propósito era erradicar todas as formas de vida que não fossem originárias de Krypton. Minha linhagem me ligava ao dispositivo, mas não o suficiente para controlá-lo. O Erradicador estava configurado para destruir a vida na Terra e eu era incapaz de detê-lo.
  Porém, isso não significava que não fosse fazer o melhor que podia. Recusando-se a cooperar com os meus comandos de voz, o Erradicador começou a instruir o forte ao meu redor a me atacar. Tentáculos de metal, trazidos à Terra de alguma instalação de armazenamento de outra dimensão, lançaram-se contra mim, enlaçando os meus braços e as minhas pernas. Quanto mais eu lutava, mais ele resistia, até que o Erradicador não viu outra opção a não ser acabar com a ameaça que eu era. Uma descarga elétrica foi disparada pelos tentáculos e senti uma onda de dor, seguida por sensação nenhuma.
  Quando despertei, estava de volta ao meu apartamento na rua Clinton, sem me lembrar de nada. O Superman estava oficialmente fora do caminho, deixando que o Erradicador continuasse o seu trabalho sujo.
  Enquanto escrevo isso, tento não me culpar pelo que aconteceu em seguida. Até agora, não está funcionando.

Depois de Metrópolis ser inundada por um tsunami causado pelo Erradicador, o Superman enfim recuperou a sua memória e viajou até a fortaleza do Erradicador na Antártida. Lá, o herói conseguiu realizar um rito de passagem kryptoniano que permitia que ele tivesse controle sobre o dispositivo ancestral. O Homem de Aço imediatamente o deixou inerte outra vez e, ao fazê-lo, uma Fortaleza da Solidão se formou a partir dos artefatos kryptonianos remanescentes, servindo como um último tributo à herança de Kal-El, um lugar para o qual o Superman poderia escapar para organizar os seus pensamentos.

Em determinado momento, o Superman transformou a sua fortaleza antártica num verdadeiro palácio, quando estava sob a influência do vilão Dominus.

O centro da Fortaleza da Solidão, homenageando os pais biológicos do Superman.

Enquanto a Fortaleza original foi soterrada sob uma espessa camada de gelo, uma versão posterior, localizada nos Andes, empregava uma forma esférica e continha um hipercubo de espaço infinito no seu interior.

Quando a Fortaleza do Hipercubo foi destruída, o Superman optou por uma realocação numa isolada área entre o Equador e o Peru.

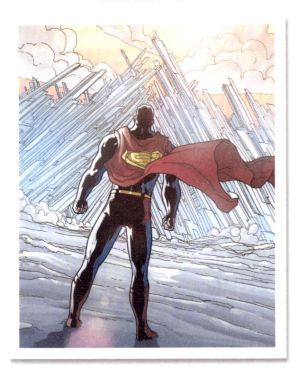

A Fortaleza Amazônica logo se tornou conhecida entre os nativos, então, mais uma vez, o Superman decidiu estabelecer a sua base em uma localização mais isolada. Usando um cristal de pedra solar, ele criou uma nova Fortaleza da Solidão próximo ao polo Norte.

# Poderosa

| NOME DO ARQUIVO | | |
|---|---|---|
| PODEROSA | | |
| ALTURA | PESO | |
| 1,70 m | 63,5 kg | |
| OLHOS | CABELOS | |
| AZUIS | LOUROS | |

**CODINOMES CONHECIDOS**
KAREN STARR, KARA ZOR-L

**BASE DE OPERAÇÕES**
CIDADE DE NOVA YORK

**PROFISSÃO**
CEO DAS INDÚSTRIAS STARRWARE

**AFILIAÇÕES**
CORPORAÇÃO INFINITO, LIGA DA JUSTIÇA INTERNACIONAL, SOCIEDADE DA JUSTIÇA DA AMÉRICA

**AUTOR DO ARQUIVO**
SUPERMAN

## ANOTAÇÕES

Quando conheci Kara, acreditava que ela era uma sobrevivente do meu Krypton. Apesar do ceticismo do Batman (ver arquivo de membro da LJA: Batman) eu não conseguia ignorar o fato de que Kara havia chegado aqui num foguete similar ao meu e apresentou todos os traços típicos de um kryptoniano na Terra. Porém, quando ela embarcou numa carreira de super-heroína como Poderosa, tornou-se evidente que Kara era diferente de mim de muitas formas. De fato, as pesquisas pareciam comprovar que ela não era de Krypton em absoluto.

Evidências posteriores apontaram Kara como sendo neta do lendário feiticeiro atlante Arion. Mas isso também foi refutado quando o herói conhecido como Senhor Destino (ver arquivo de membro da LJI: Senhor Destino) comprovou que os poderes dela não eram de natureza mística. A Poderosa ficou a ponderar sobre a sua identidade, sem nenhum senso de família ou de herança.

Apesar de eu sempre tê-la considerado como uma prima, a despeito de qualquer evidência científica provando o contrário, mais tarde viríamos a descobrir que minha suposição original não estava tão longe da realidade. Como eu, Kara nasceu em Krypton, mas o Krypton dela é de outra dimensão. Seu foguete não pousou na Terra, mas na Terra-2, um mundo paralelo que foi posteriormente amalgamado ao nosso durante uma grande crise.

Independentemente do seu passado complexo, Kara superou o que para qualquer outro seria uma existência solitária e isolada. Última remanescente do seu planeta e da sua dimensão, ela é uma otimista força do bem, tendo apenas um temperamento levemente inflamado como indício do seu traumático passado. A força dela rivaliza com a minha, bem como a sua vontade de ver uma mudança positiva no mundo. Eu não poderia estar mais orgulhoso das suas realizações, mesmo que ela fosse um membro da minha própria família.

Ver links abaixo para mais detalhes:

Poderes e habilidades
Arquivo de casos
Histórico detalhado
Parentes e aliados conhecidos

Quando encarou a ameaça do Homem-Cinza, Poderosa foi ferida e entrou em coma. A Liga da Justiça da Europa convocou o Superman para que ele usasse a sua visão de calor em uma cirurgia na heroína.

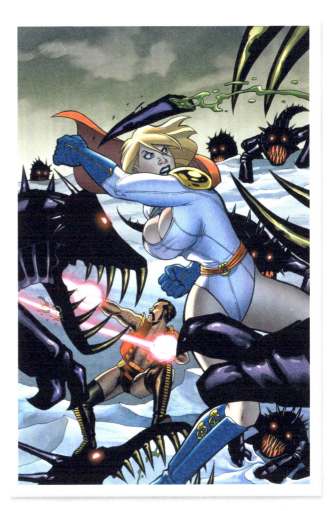

Uma ameaça menor do passado do Superman, o alienígena Vartox provou ser uma incômoda pedra no sapato da Poderosa.

Poderosa não tinha muita paciência com o Gladiador Dourado quando os dois faziam parte da Liga da Justiça. Contudo, eles formaram um laço verdadeiro como companheiros de equipe ao longo dos anos.

# Lobo

Diário de guerra do Lobo #4912... ou coisa assim. Quem consegue contar? Então, eu tava lá, cuidando da minha vida, ou seja, procurando algum idiota pra acabar com a raça dele, quando ouvi uns peixes espaciais conversando no canto do bar. Sempre fui com a cara dos peixes espaciais, então, cheguei lá e eles mencionaram uma briga rolando naquela bola de lama que é a Terra.

Bando de palhaço, essa galera da Terra. Enfim, os peixes mencionaram o Superman e disseram que eu podia ficar rico só de botar o cara no chão. Aí eu pensei que era um bom negócio, até eles me colarem com esse observador parcial ou sei lá o quê, o nome é Raof. Disseram que ele vai tá lá gravando a briga. Pra garantir que foi justa. Como se isso significasse alguma coisa numa luta de verdade.

Daí eu e o babaca pulamos na moto e fomos lá estourar o outro babaca. Trabalhar dá sede, então, primeiro fomos a um boteco da Terra onde esse cara chamado Bibbo arrumou umas cervejas pra gente.

Depois disso, segui o meu faro até a boate no gelo do Azulão. O Super aparece, eu faço o óbvio e estouro o cara e aí o quê que eu tava dizendo, mesmo? Alguma coisa sobre acabar com a raça de alguém. Sei lá. Gizz de Feetal, o que um cara tem que fazer pra conseguir um sumo de Okarran nesse buraco? Ei, olha só, tem uns peixes espaciais lá no outro canto. Sempre gostei de peixes espaciais.

 Acho que vou lá falar com eles.

Um caçador de recompensas intergaláctico, Lobo enfrentou o Superman em mais de uma ocasião. A despeito da sua superforça e do seu histórico violento, ele nunca foi capaz de cumprir esse contrato em particular.

## O Homem De Krypton

Quando recebi o chamado sobre o perigo ameaçando a cidade de Nova York, fiquei feliz em atendê-lo. O humano Collin Thornton vinha me aborrecendo há algum tempo, reclamando sobre a minha performance como seu funcionário, a despeito da máxima eficiência com que venho gerenciando a sua revista *Newstime*. As preocupações dele pouco importavam para mim, mas a ameaça em Manhattan conhecida como Draaga era um assunto diferente.

Enquanto vestia o meu uniforme de Superman, notei um fascinante detalhe. De algum modo, minhas vestes haviam se remodelado em um padrão kryptoniano tradicional, similar às túnicas usadas pelo meu pai, Jor-El. Era lógico e reforçou a decisão que venho considerando no fundo da minha mente já há algum tempo. Não havia mais a necessidade de um Superman, nem a de um Clark Kent. Esses disfarces terráqueos não tinham propósito funcional para mim e, sendo assim, precisavam ser descartados.

Foi Kal-El quem voou para Nova York naquele dia. Kal-El quem se encontrou com o extraterrestre Draaga e concordou em honrar o seu desejo de uma luta até a morte. E foi Kal-El quem sofreu uma trapaça na hora de desferir o golpe de misericórdia no meu adversário quando fui teletransportado para a lua por Emil Hamilton, longe do nosso conflito.

Humanos frequentemente interferem nos meus objetivos. Não estou mais certo de que a coexistência seja necessária. Terei que pensar mais nesse assunto e registrar essas anotações em outro momento.

Um registro do diário de Clark em considerável desacordo com a sua personalidade, enquanto estava sob influência do Erradicador (tradução ao lado).

Tendo deixado o *Planeta Diário* para assumir a função de editor-executivo da revista *Newstime*, Clark logo foi demitido do emprego quando a sua personalidade se tornou fria e distante demais devido à influência remota do Erradicador.

O professor Hamilton montou um dispositivo de teletransporte para levar Draaga e o Superman para a Lua quando a luta entre os dois colocou em perigo homens e mulheres inocentes ao redor. Infelizmente, Hamilton transportou parte da Estátua da Liberdade junto com os seus alvos por acidente.

Percebendo que Clark não estava mais agindo como ele mesmo, Martha e Jonathan Kent foram visitar o filho em Metrópolis. No intuito de mostrar aos pais a sua verdadeira herança, Clark os levou até a Fortaleza da Solidão, na Antártida. Lá, ele enfim recobrou a sua verdadeira personalidade quando as maquinações do Erradicador colocaram as vidas de Martha e Jonathan em perigo.

Apesar de o Superman ter jogado o Erradicador no Sol após o seu último encontro, o dispositivo retornou depois, dessa vez em forma humanoide. O Superman conseguiu impedir o plano do Erradicador de refazer o mundo à imagem de Krypton ao dispersar as suas energias no interior de uma gema mística.

# Flash

Ao longo dos anos, muitos super-heróis vestiram o manto do Velocista Escarlate conhecido como Flash. Ainda que muitos desses homens tenham trabalhado junto com o Superman de tempos em tempos, os encontros mais memoráveis entre o Homem de Aço e Flash se deram na forma de uma corrida pelo título de o Homem Mais Rápido do Mundo.

(À DIREITA) Superman corre contra o terceiro Flash, Wally West, em um evento organizado pelo Senhor Mxyzptlk. Flash venceu a corrida por um nariz, garantindo que Mxyzptlk deixasse a Terra em paz por mais 90 dias.

Superman até correu uma vez contra o Flash original, devido a um plano arquitetado pelo vilão Abra Kadabra.

Superman correu contra o segundo Flash, Barry Allen, em diversas ocasiões. Seus esforços terminavam em empate na maior parte das vezes.

Mokkari e Simyan, dois geneticistas loucos que incitaram várias das suas criações da "Fábrica do Mal" contra o Superman.

Repugnante demais até para o planeta Apokolips, Sleez foi banido para a Terra, onde usou as suas habilidades de controle mental para causar uma leva de problemas perturbadores para Kal-El.

O feiticeiro Barão Domingo era notório por fingir empregar vodu para mascarar o seu verdadeiro poder mágico.

O vilão Barragem empregava um braço-canhão protético nas suas várias tentativas de causar ondas de crimes em Metrópolis.

## Lois e Clark

Vi um homem chamado Hank Henshaw morrer ontem. Ele parecia ser um bom homem, mas não posso dizer que o conhecia bem. Ele e a esposa eram astronautas e estavam realizando experiências com radiação no espaço para a LexCorp. Houve um acidente, o ônibus espacial deles caiu, mas de alguma forma eles sobreviveram. Eles viveram apenas o suficiente para uma morte lenta, conforme a radiação sofria uma mutação e os envenenava. No fim, Henshaw conseguiu salvar a esposa através de outro tratamento de radiação. Mas, naquele momento, ela já era a única sobrevivente.

Já escutei de vários médicos e paramédicos que você nunca se acostuma de fato a ver alguém morrer. No entanto, hoje, para mim, foi pior ver a esposa de Henshaw. Vê-la deslocar o peso de uma perna para a outra enquanto o encarava. Ansiosa. Impotente. Esperando. Não havia nada que ela pudesse fazer. E quando ele morreu o barulho que ela fez foi horrível. Apenas um choramingo quieto. Puro desespero reduzido a um pequeníssimo som. Vou guardar isso pelo restante da minha vida.

Lois e eu tínhamos um encontro naquela noite. Ela estava fazendo o jantar para mim na casa dela quando chegaram as notícias de Henshaw e a sua tripulação mutante tentando invadir o edifício da LexCorp. Era uma história, então Lois saiu para apurá-la. Nos dias de hoje, Clark Kent é só um simples *freelancer* para o *Planeta Diário*, e esse tipo de manchete grande é de maior interesse para a equipe fixa. Apesar de sentir falta de receber esses chamados importantes, pelo menos o Superman pode se deslocar com um pouco mais de liberdade. E, na noite passada, mesmo depois do envolvimento do Superman, ainda consegui voltar ao apartamento de Lois antes dela. Isso me deu algum tempo para pensar.

As coisas têm sido diferentes para a gente, ultimamente. Lois está notando Clark Kent pela primeira vez. E depois desse dia, depois de Hank e Terri Henshaw, eu não estava mais no clima de fazer o joguinho ridículo de Clark Kent *versus* Superman. Então, quando ela voltou para casa, disse isso tudo a ela. Disse a ela que estava cansado de não me arriscar. De sentar e esperar, sem uma boa razão para isso. De tudo acontecer ao meu redor, mas sem mudar a minha própria vida. Então, puxei-a para perto e a beijei pela primeira vez. Não como Superman, e nem mesmo como Clark, na verdade. Era apenas eu mesmo e, ao menos naquela noite, ela aceitou isso.

Conversamos por um tempo, depois disso. Por horas, na verdade. Sobre a minha vida em Smallville, sobre a dela como a estagiária mais jovem da história do *Planeta Diário*. Sobre como isso iria funcionar, sobre o que Perry, Cat e Jimmy diriam. Sobre o porquê de isso não ter acontecido antes. Se o sol não tivesse nascido e nos interrompido, eu poderia até ter contado a ela sobre o Superman. Mas ele nasceu e, então, não contei. Em vez disso, dei-lhe um beijo, disse que a veria no trabalho e voei para casa para ficar olhando para o teto por algumas horas.

Não sei se Lois é a mulher certa para mim. Mas sei que precisava daquela noite. É mais uma coisa que vou guardar comigo pelo resto da vida.

# O Anel

Os esboços conceituais originais do cofre em que Lex Luthor guardava o seu preciso anel de kryptonita.

Amanda McCoy.

Filmagem de uma câmera de segurança requisitada pelo Batman depois que ele descobriu sobre o anel de kryptonita.

No princípio da carreira de Kal, Lex Luthor contratou a cientista Amanda McCoy para descobrir a verdadeira identidade do Superman. Ao analisar todos os dados que Luthor tinha sobre o herói, McCoy percebeu que Clark Kent e o Superman eram uma só pessoa. Luthor ficou irado com o resultado, incapaz de acreditar que um homem poderoso como o Superman fingiria ser qualquer outra coisa que não aquilo que ele realmente era.

Numa tentativa de provar que sua teoria estava correta, McCoy posteriormente roubou o anel de kryptonita de Luthor e confrontou Clark Kent com ele, chegando quase a matá-lo. Depois de deixar o local em pânico, Amanda foi assassinada durante um assalto e o anel acabou indo parar nas ruas de Gotham.

Batman logo encontrou o anel e, por fim, entregou-o ao Superman. Preocupado que algum dia ele pudesse perder o controle dos próprios poderes permanentemente, Superman decidiu devolver o anel ao Batman. Apesar de a relação entre os dois por vezes ser espinhosa, não havia ninguém em quem Superman confiava mais do que o Cavaleiro das Trevas para mantê-lo na linha caso fosse necessário.

## DEPARTAMENTO DE POLÍCIA DE FLAGSTAFF
BOLETIM DE OCORRÊNCIA #SU 0046
Boletim registrado em: 08/12

### FORMULÁRIO DE DEPOIMENTO PARA TESTEMUNHA:

**Nome:** Seamus Yeats O'Hara
**Endereço:** Estrada Bristol, 1221
**Data:** 08/12
**Referência a:** Ataque do Terraman
**Número do caso:** 00249

**Relato:**

Fui convidado ao rancho Oficina do Monarca pelo sr. Sven Elven para assistir à sua apresentação um tanto suntuosa sobre a biosfera. O encontro foi uma cortesia, é claro, já que questões ambientais são uma preocupação para as gerações mais jovens. O planeta vai sobreviver tanto quanto eu, e isso me basta. Mas estou divagando. A apresentação terminou e um homem próximo à saída começou uma conversa fiada sobre limparmos os nossos próprios quintais e esse tipo de coisa. Mais propaganda sobre aquecimento global para poderem vender latas de lixo de reciclagem. Ficou claro que o homem se considerava algum tipo de caubói, a julgar pelo sotaque um tanto estranho. Ele disse que o nome dele era Tobias Manning e atacou Elven. Depois disso, ele começou a brilhar com uma espécie de energia cintilante, e decidi que seria do meu maior interesse encontrar um esconderijo adequado até que a violência terminasse. Pelo que consegui escutar por trás da mesa do bufê, houve uma escaramuça e tanto. Escutei todo tipo de gritaria ofensiva e, em determinado momento, uma terrível ventania irrompeu pelo estúdio. Haviam me dito que diversos super-heróis estavam no local, e ainda que eu tenha escutado claramente o nome "Superman" ser dito aqui e ali algumas vezes, não tinha interesse algum em me levantar para ver se ele estava presente. Enquanto alguns adoram essas "super" pessoas, o heroísmo é mais uma das coisas que prefiro deixar para os jovens. Se quer a minha opinião sincera, esses caça-famas de trajes brilhosos não valem os problemas que causam. Depois que tudo acabou (me contaram que o Superman cuidou rapidamente desse tal de Manning), fiz o melhor que pude para sair de perto da multidão que se assomava, mal conseguindo evitar aquele bufão que agora está à cargo da GBS, Vincent Edge. Na verdade, eu agora estaria num jato particular a caminho de Gotham se não fosse pelo senhor, me forçando a gastar o meu valioso tempo no preenchimento deste boletim praticamente sem sentido. Obrigado por me fazer perder a minha tarde.

**Assinatura da testemunha:** _Seamus Yeats O'Hara_
**Assinatura do policial:**

O industrial Tobias Manning foi preso quando a sua fábrica de produtos químicos contaminou toda a cidade de Lookout Peak. Numa tentativa deturpada de compensar os seus erros passados, ele adotou a identidade do ecoterrorista Terraman e, como resultado, enfrentou o Superman em várias ocasiões. Armado com um sofisticado arsenal que ele aprimorava constantemente, Terraman encontrou o seu fim quando o arqui-inimigo do Shazam, Adão Negro, literalmente o rasgou em dois.

## Blaze e Lorde Satanus

Apesar de preferir evitar o sobrenatural, o Superman entrou em contato com muitos seres místicos, incluindo uma cota mais do que considerável de demônios. Os irmãos Blaze e Lorde Satanus faziam parte desse quinhão, apesar de a dupla raramente trabalhar junta por qualquer objetivo que fosse.

O primeiro registro dos planos nefários de Blaze remonta aos anos 1880, quando ela foi responsável por corromper Aleister Hook, o homem que viria a se tornar o vilão Ganho. Décadas mais tarde, o Superman encontraria a mulher-demônio quando ela gerenciava a boate Blaze's, em Metrópolis, sob o nome de Angelica Blaze. Em parceria com a Intergangue, ela tentou corromper os cidadãos de Metrópolis e iniciou um esquema de tráfico de drogas.

Blaze obteve sucesso em corromper Jerry White, filho de Perry White, editor-executivo do *Planeta Diário*, e o jovem começou a trabalhar na sua operação. Durante uma transação que resultou em fiasco, Jerry e Jimmy Olsen foram baleados, e Blaze rapidamente se apropriou das almas dos rapazes, aprisionando-as no seu infernal mundo inferior. Com a ajuda da personificação da Morte conhecida como Corredor Negro, o Superman viajou até a dimensão de Blaze em outro mundo e resgatou Jimmy. Jerry White, porém, não sobreviveu à batalha.

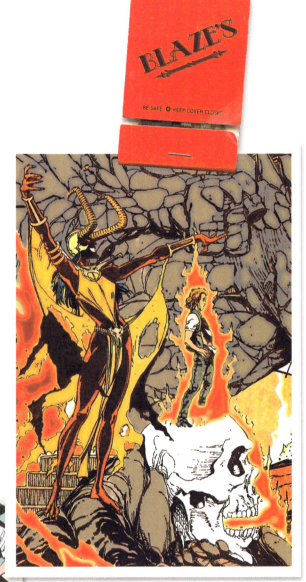

A misteriosa mulher-demônio conhecida como Blaze.

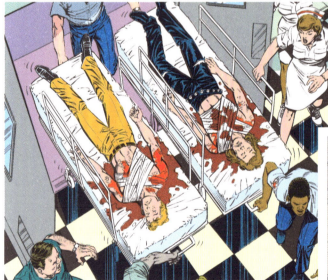

Jimmy Olsen e Jerry White em estado crítico no Hospital Geral Metropolitano.

Sam Foswell foi resgatado por Blaze de uma tentativa de suicídio, apenas para ser manipulado a assumir uma forma grotesca no seu exército demoníaco. Porém, Lorde Satanus o ajudou a voltar ao mundo dos vivos, preferindo ter Foswell como um peão ao seu próprio serviço.

O Corredor Negro.

Superman teve contato com Blaze outra vez quando ela e o seu irmão, Lorde Satanus, travaram um combate pela alma de Sam Foswell, que fora editor do *Planeta Diário*. Numa batalha que se tornaria conhecida como a Guerra Blaze-Satanus, o edifício inteiro do Planeta Diário foi transportado temporariamente para uma dimensão infernal.

A verdadeira identidade de Lorde Satanus, o coordenador editorial da revista *Newstime*, Collin Thornton.

Uma foto mais recente de Lorde Satanus.

## A Crise da Kryptonita Vermelha

Quando percebi que estava no chão do escritório particular de Lex Luthor, mal conseguia respirar. Tossi um pouco de água sobre o seu piso ridiculamente brilhante e tentei ficar de pé. Minha preocupação principal era como eu havia chegado ali. Alguns minutos antes, eu estava levando o Barragem até a Ilha Stryker como um favor a Maggie Sawyer. Era uma viagem de rotina e não deveria ter levado mais do que alguns minutos. Porém, meus poderes falharam a meio caminho, sobre o rio Oeste, e o que sei é que logo depois estava nadando para salvar a minha vida, tentando puxar uma lufada de ar enquanto Barragem fazia o seu melhor para me manter embaixo d'água.

Comecei a entrar em pânico e, de repente, estava no chão de Luthor, ofegante, e olhando para esse bilionário furioso que me encarava. Luthor esmurrou a mesa com a sua mão humana. Era como se ele esperasse que eu aparecesse ali, mas, mesmo assim, estivesse insatisfeito com isso. Antes que eu pudesse entender o que estava acontecendo, senti algo acertar a minha cabeça. Caí de costas no piso e os meus olhos se fecharam por um segundo. Quando consegui abri-los com esforço e focá-los seja lá no que fosse, vi Luthor se abaixando para apanhar uma espécie de pedra vermelha brilhante. E antes que eu pudesse fazer qualquer coisa a esse respeito, ele estava batendo com esse negócio no meu rosto o mais forte que podia.

Por um segundo, não consegui ouvir nada, enquanto caía de costas. Minha cabeça zumbia e senti o meu estômago revirar. No entanto, achei a quina da mesa de Luthor e me forcei a me levantar. Eu estava sem poderes. Disso, eu sabia. Não que essa informação fosse particularmente útil para mim naquele momento. Porque Luthor estava me acertando outra vez.

Ele fez uma pequena pausa para tirar a mão protética de metal. Ele sorriu e disse que queria fazer isso de homem para homem. O exibicionismo dele me deu um segundo para me recuperar. Me inclinei sobre o homem e o acertei o mais forte que podia. Ele cambaleou alguns passos para trás, mas tanto ele quanto eu sabíamos que não havia quase nada naquele soco. E nós dois também sabíamos que era toda a força que me restava.

Eu estava instável e Lex estava em um lugar que lhe era familiar. Ele continuou me acertando, vociferando o tempo inteiro. Mencionou algo sobre uma kryptonita vermelha e começou a rir. A essa altura, minha consciência ia e voltava. Só percebi alguns momentos o que aconteceu depois. Dois homens me arrastando para um elevador. Caindo na calçada do lado de fora da Lex-Corp. Uma multidão se juntou ao meu redor.

De algum modo em meio a tudo isso, consegui tomar o caminho de casa e tratei de fazer a troca para Clark Kent. O efeito da "K vermelha" não passou como eu esperava. Nem a risada de Luthor na minha cabeça. E eu sabia por quê. Lex Luthor havia derrotado o Superman e agora eu era só Clark Kent, mancando pelas escadas e tossindo sangue.

Numa tentativa de lidar com a perda dos seus poderes, o Superman visitou o professor Emil Hamilton e foi equipado com uma armadura baseada em algumas das antigas invenções dele. Ainda que a armadura fosse relativamente eficaz, ela foi destruída quando o Superman tentou debelar uma rebelião na penitenciária da Ilha Stryker.

Após mudar de tática e confrontar Lex Luthor como Clark Kent, o Superman descobriu que Luthor havia tirado os seus poderes usando um pedaço mágico de falsa kryptonita vermelha dado a ele pelo Senhor Mxyzptlk. Porém, ao revelar ao Homem de Aço a verdadeira origem da falsa K vermelha, Luthor inadvertidamente quebrou os termos do seu acordo com o diabrete interdimensional e os poderes do Superman foram restaurados.

O breve período sem superpoderes ajudou Clark a colocar a sua vida em perspectiva. E assim, com o menor estardalhaço possível, ele pediu Lois em casamento no bar e lanchonete localizado embaixo do Planeta Diário com um anel que estava na sua família há várias gerações.

Ainda que o pedido tenha sido um tanto distante do grandioso gesto arrebatador que ela teria esperado, anos depois Lois descobriu a conta do dia em que Clark havia feito o pedido em uma caixa com coisas dele, provando que ele era mais romântico do que a fazia acreditar.

Várias horas depois de Clark fazer o pedido, uma câmera de segurança filmou o momento em que Lois disse "sim".

Logo depois de ficarem noivos, Clark revelou a Lois a verdade sobre a sua vida dupla. Contudo, antes que a noiva pudesse digerir a enormidade da revelação, o Superman se viu em batalha com um dos defensores do fluxo temporal conhecido como Homem Linear. Quando danificou o equipamento de viagem temporal do Homem Linear, o Homem de Aço acabou saltando pelo tempo e pelo espaço em uma jornada de cinco meses até voltar ao presente.

Primeiro, o herói chegou ao século XXXI e foi saudado pelos membros fundadores da Legião dos Super-Heróis. No entanto, uma súbita explosão o catapultou de volta no tempo até 1943. Kal viria a descobrir que fora carregado com energia cronal e, toda vez que o seu corpo sofria a força de uma explosão, ele era propelido a um tempo e um lugar diferentes.

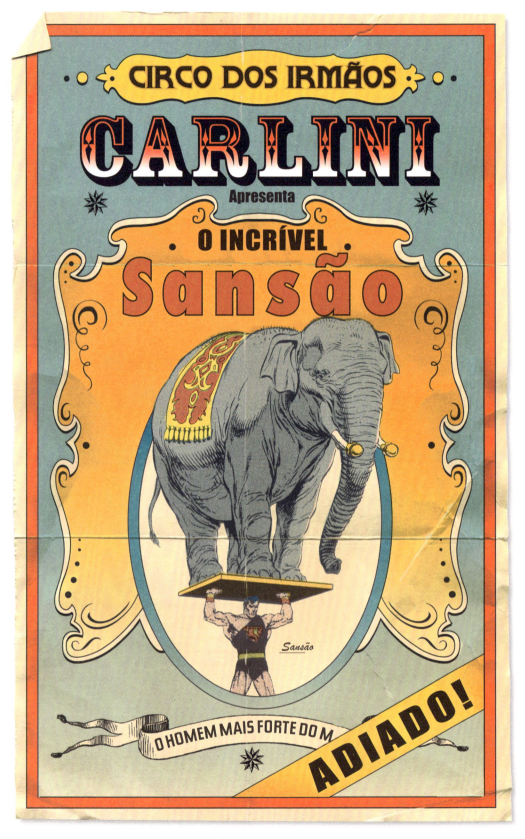

Enquanto estava preso em 1943, Superman trabalhou como "o homem mais forte do mundo" num circo, sendo chamado de "O Incrível Sansão".

Superman viajou até o Gueto de Varsóvia durante o tempo em que ficou preso em 1943, destruindo sozinho a tentativa dos nazistas de criar uma bomba atômica. De lá, ele continuou saltando pelo tempo, incluindo uma viagem a uma era pré-histórica e outra à lendária Camelot.

Ainda que os registros históricos sejam imprecisos a respeito de como o Superman voltou ao próprio tempo, parece que ele o fez ao confrontar mais uma vez o já mencionado Homem Linear. A despeito de como ele conseguiu retornar, sua jornada decerto foi esclarecedora tanto para o Superman quanto para Lois, provando que seu relacionamento seria mais difícil de manter do que eles haviam imaginado.

Depois de deixar o Circo dos Irmãos Carlini, Superman encontrou o presidente Franklin Roosevelt quando salvou a sua vida de um assassino nazista em Metrópolis.

## ESPINHO

Levada à vida de vigilante após o pai ter sido morto pela máfia conhecida como 100, Rose Forrest desenvolveu uma personalidade dissociada e se tornou a combatente do crime conhecida como Espinho. Toda noite, enquanto o seu recatado alter ego dormia, Espinho colocava uma peruca e saía do seu prédio de fachada de tijolos aparentes através de uma passagem secreta até uma loja de fantasias abandonada. Ela retornava da mesma forma na manhã seguinte, mantendo Rose no escuro sobre as suas atividades noturnas.

Fiz muita coisa, hoje. Fui à mercearia, deixei a roupa na lavanderia e passei na farmácia para testar um novo antialérgico. Espero que esse funcione um pouco melhor. Estou pronta para uma relaxante noite em casa em frente à TV, vendo alguns filmes e comendo sorvete de brownie. Vai ser bom finalmente ter um fim de semana sossegado.

A irmãzinha tava meio rebelde, essa noite. Ficou acordada até depois da meia-noite com o seu livro novo. Mal tive tempo de afiar as espadas borboletas antes de sair. Espero que ela durma mais cedo amanhã. Preciso de um tempo para consertar a porta do compartimento secreto no fundo do armário dela. Não está fechando direito e isso não é algo com o qual quero que Rose tenha que lidar.

Vou ter que lavar roupa de novo hoje. Andei suando enquanto dormia outra vez e os lençóis ficam horríveis depois de um dia ou dois. A outra novidade é que estou pensando em adotar um bichinho. Acho que vou dar uma passada no abrigo amanhã, dependendo de como estiver me sentindo.

Tenho me sentido cansada ultimamente. O trabalho não está tão estressante, então não tenho muita certeza de qual é o problema. Acho que vou fazer uma visita ao médico outra vez. Isso me lembra de que preciso ligar para o plano de saúde para me encaminharem para um médico melhor. O dr. Gearhardt fica só me dizendo que preciso conversar com um terapeuta. Ainda não estou pronta para isso. Tenho lidado bem com a ausência de papai sozinha. Sou mais forte do que eles pensam.

Eu não tinha que quebrar os dedos dele, mas me pareceu apropriado no momento. E agora, nem estou me sentindo tão mal por isso. Larguei Pan do lado de fora do apartamento do detetive Slam Bradley. Parece ser um policial honesto o bastante. Mas não ficou muito feliz quando bati na janela do quarto dele às três da manhã. Melhor ir lá para cima agora. Rose está quase pronta pra começar o dia.

Noite úmida. Fica mais difícil de me misturar com o ar pesado. Segui uma pista de um dos retardatários. Um cara chamado Mu Pan, que acha que é algum tipo de caubói urbano. Costumava ser motorista de Tobias Whale quando ele estava à frente dos 100. Dirigir um carro, apertar um gatilho, arrancar alguns dedos. Fazia qualquer coisa que Whale mandasse. Não achei nada vasculhando o apartamento dele. Pelo que posso dizer, ele deixou a cidade com bastante pressa. Vou tentar o "escritório" dele amanhã à noite.

Trechos dos diários de Rose Forrest e de Espinho.

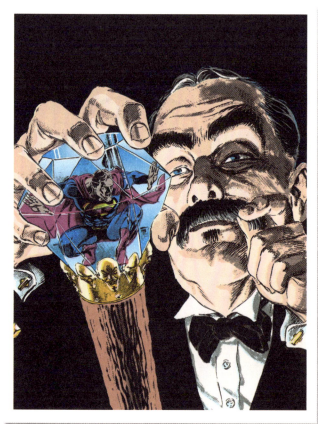

O longevo vilão chamado Senhor Z e sua gema mística capaz de aprisionar a psiquê de um ser humano.

O assassino de aluguel com aparência de inseto Hellgrammite possui força aumentada e um exoesqueleto de alta densidade. Ele desenvolveu o poder de transformar outras pessoas em escravos inseto--humanoides.

Afirmando ser o guardião do inferno em pessoa, Cerberus possui muitas cabeças intercambiáveis, cada uma com uma personalidade criminosa diferente.

## Agente Liberdade

Tendo trabalhado primeiramente para as forças especiais do governo dos Estados Unidos no Irã, Benjamin Lockwood ficou decepcionado com a situação do país e se juntou a um grupo radical conservador conhecido como Filhos da Liberdade. Com a ajuda dele, lutou pelos Estados Unidos que havia idealizado como Agente Liberdade, usando nas suas missões um escudo energético, propulsores a jato e afiadas lâminas no antebraço.

Encontrando e auxiliando Superman várias vezes ao longo de sua carreira, Agente Liberdade até se uniu à Liga da Justiça por um breve período após romper os laços com os extremistas dos Filhos da Liberdade. Ele foi morto no cumprimento do dever por uma vilã conhecida como Supermulher.

Croquis originais de Lockwood para o traje do seu alter ego, Agente Liberdade.

## O Caveira Atômica

Joe Martin cruzou o caminho do Superman pela primeira vez quando estava nos laboratórios S.T.A.R., sendo submetido a um experimento. Joe fora diagnosticado com o metagene, um raro traço genético que permanece latente no hospedeiro até ser desencadeado por alguma força externa. Quando um vilão chamado Monarca atacou as instalações, um cabo rompido enviou uma corrente de energia através de Joe, dando ao seu corpo a própria força pela qual ele vinha procurando.

Cambaleando até chegar ao seu apartamento, Joe adormeceu embaixo de um pôster de uma das suas séries cinematográficas favoritas, *A Maldição do Caveira Atômica*. Quando despertou, seu rosto começou a lembrar o de uma caveira e ele começou a emitir um brilho de cor púrpura. Confuso com a transformação, Martin começou a achar que era o personagem Caveira Atômica e usou sua recém-desenvolvida superforça e resistência para lançar uma delirante fúria desenfreada sobre Metrópolis.

O visual original do Caveira Atômica. Após a sua estreia trágica, Martin se tornou uma espécie de ícone pop. Em determinado momento, tentou-se fazer um filme sobre a sua vida, trazendo a história do ciclo completo do Caveira Atômica.

Como muitos dos inimigos do Superman, Caveira Atômica posteriormente sofreu aprimoramentos demoníacos para aumentar a sua capacidade de causar o caos.

O RETORNO DE BRAINIAC

# PLANETA DIÁR

**EDIÇÃO EXTRA ESPECIAL**

75 CENTAVOS — ★★★★ UM GRANDIOSO JORNAL METROPOLITANO ★★★★

# PÂNICO NO CÉU

**POR LOIS LANE**

METRÓPOLIS – Uma imensa nave espacial atacou a cidade nesta manhã, deixando um caótico rastro de destruição antes de, por fim, se digladiar com o Superman. E de acordo com o próprio Homem de Aço, esse devastador ataque foi só o começo de um conflito muito maior que ainda está por vir.

O ataque teve início às 9h38, quando a nave de Brainiac passou sobre o centro da cidade, disparando contra edifícios com algum tipo de poderoso raio energético, de forma aparentemente aleatória. Atraindo a atenção do Superman em poucos minutos, a nave continuou a disparar sobre a cidade, a despeito dos esforços do Homem de Aço para impedi-la de causar mais danos.

A nave então pairou sobre a baía de Hob, continuando em um caminho aleatório em direção ao Centro de Exposições de Metrópolis. Lá, Superman foi visto entrando na nave de Brainiac. O próprio Perry White, do *Planeta Diário*, foi testemunha ocular dos acontecimentos.

— O Superman fez tudo nos conformes — disse White. — Ele jogou um dos tentáculos da nave contra ela mesma. Fez um buraco com um soco em uma das órbitas oculares da coisa. Depois disso, entrou na nave e foi só até aí que consegui ver.

À medida que a nave se dirigia de novo para o centro da cidade, estava claro que ela havia sido danificada. Fumaça e uma estranha energia começaram a vazar do seu casco, ainda que ela continuasse o seu implacável bombardeio contra o horizonte de Metrópolis, dizimando quase um andar inteiro do edifício da revista *Newstime*.

Foto de Lois Lane

Alguns momentos depois, o herói foi visto deixando a nave. Ele tomou providências para lançar o veículo inteiro na baía de Hob. Estando no local enquanto esse evento transcorria, fui capaz de conseguir um pronunciamento do Superman em pessoa.

— Algo terrível está prestes a acontecer — afirmou ele, conforme saía das águas. — É Brainiac... ele tem o controle de um tecnomundo repleto de guerreiros alienígenas. — Ele fez uma pausa momentânea, aparentemente contemplando a gravidade da sua afirmação. — E ele vai usá-los para invadir a Terra.

Ainda que o prefeito Berkowitz não tenha respondido às declarações do Homem do Amanhã, seu gabinete tem aconselhado os cidadãos a não entrarem em pânico. De acordo com a sua assessora de imprensa, seu gabinete está "avaliando o nível da ameaça neste momento e arquitetando uma resposta apropriada".

Enquanto isso, parece que o Superman tem os seus próprios planos para proteger a cidade que chama de lar. Porque antes de alçar voo, ele fez uma última afirmação.

— Não consigo cuidar disso sozinho. Vou precisar de ajuda.

O Superman reuniu aliados antigos, como Mulher-Maravilha e Batman, outros heróis de Metrópolis, os Novos Deuses e integrantes da Liga da Justiça para ajudá-lo num ataque preventivo ao Mundo Bélico, que se aproximava.

Brainiac dedicou o tempo que passou no espaço preparando o seu ataque à Terra. Ele não apenas conseguiu assumir o controle da nave de batalha do tamanho de um planeta chamada Mundo Bélico, como também recrutou Maxima para a sua causa, assim como Draaga e a Supergirl Matriz, que estava sob o seu controle mental.

Após enviar os campeões da Arena de Gladiadores do Mundo Bélico para invadir Metrópolis, Brainiac conseguiu dominar vários dos heróis que o atacavam através de uma tiara de encanto mental. Apesar de Draaga e Supergirl por fim terem se libertado do controle de Brainiac, a batalha parecia impossível de ser vencida.

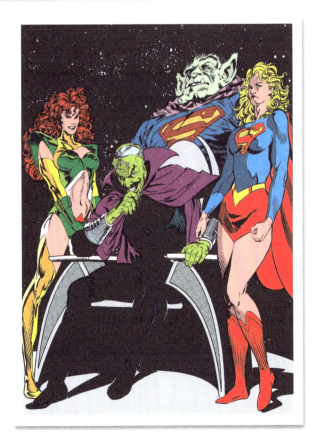

Lex Luthor II

ESTRELA DIÁRIA

# O RETORNO DO REI

**Por Toby Raynes**

METRÓPOLIS – O herdeiro da LexCorp pôs os pés em solo norte-americano pela primeira vez no início dessa semana e Metrópolis teve o primeiro vislumbre de um dos homens mais poderosos do planeta: Lex Luthor II.

Para muitos, parece que foi ontem que o mundo entrou em choque com a morte de Lex Luthor sênior. Uma das estrelas mais brilhantes de Metrópolis e pai de grande parte da indústria da cidade, Luthor se afastou dos olhos do público da mesma forma que entrou: nas asas da sua aeronave Lex-Wing.

Como muitos agora sabem, Luthor faleceu em uma suposta tentativa de quebrar um novo recorde de velocidade aérea em um voo ao redor do mundo. Ainda que há meses circulem rumores de que Luthor estava morrendo devido a um câncer, Lex negou fervorosamente essas afirmações enquanto subia a bordo de seu Lex-Wing X-27, um modelo posterior do inovador avião que primeiramente o ajudou a construir o seu império financeiro.

Quando sobrevoava o Caribe, Luthor ejetou o seu copiloto, Nick Buxton. E logo depois, o Lex-Wing foi visto em queda numa remota vila montanhesa no Peru, naquilo que muitos consideram um trágico suicídio.

Desde a morte de Lex Luthor, Metrópolis tem sofrido com a falta de organização de sua corporação chefe. Então, quando Lex Luthor II foi localizado em Nova Gales do Sul, na Austrália, vários funcionários da LexCorp e das subsidiárias se viram esperando que o filho pródigo seja um líder tão eficaz quanto era o pai.

A chegada de Lex Luthor Jr. não poderia acontecer em melhor momento. Em meio a um misterioso blecaute que viu tumultos e saques, mas não viu sinal algum do Superman, o avião de Luthor pousou no meio de uma ávida multidão no aeroporto internacional de Metrópolis, armado de câmeras ligadas a geradores e microfones. Luthor se apresentou à sua nova cidade, reafirmando aos cidadãos de Metrópolis as suas intenções de resolver os problemas financeiros e corrigir quaisquer erros que tenham sido cometidos pela LexCorp na ausência do pai.

Ainda mais carismático que o falecido Lex Luthor sênior, com a sua cabeleira ruiva e um sotaque encantador, o ousado jovem de 21 anos prometeu uma nova era para Metrópolis e recebeu estrondosos aplausos como resposta. Em uma cidade que rapidamente perde a fé nos seus heróis, Lex Luthor II aparenta estar preparado para ser o homem que o pai era e ainda mais, pois, como ele mesmo disse em seu discurso: "Eu lhes prometo… juntos, vamos resolver essa crise. Juntos… vamos superar o sofrimento e a dor."

Após retornar à Terra como convidada involuntária de Brainiac, a Supergirl conheceu Lex Luthor II e se sentiu atraída por ele, que lembrava o nobre Lex Luthor do seu Mundo Compacto. Os dois iniciaram um relacionamento que se encaixava perfeitamente nos planos de Luthor.

Como se poderia imaginar, toda a vida de Lex Luthor II era uma elaborada farsa. Luthor forjou a própria morte e transferiu o seu cérebro para o corpo de um clone mais jovem e mais saudável. Essa artimanha permitiu que ele transformasse opositores em aliados e, mais ainda, lhe deu a sua própria guarda-costas superpoderosa na forma da ingênua e otimista Supergirl.

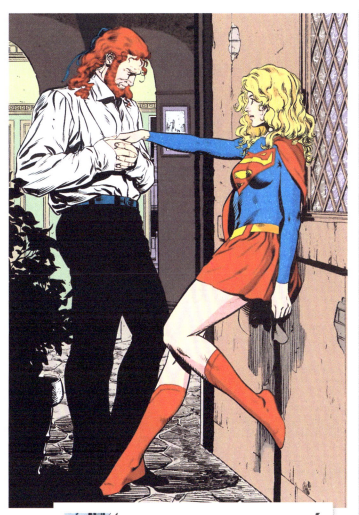

## A Morte do Superman

### PLANETA DIÁ

**TEMPO** Ensolarado.

75 CENTAVOS ★★★★ UM GRANDIOSO JORNAL METROPOLITANO ★★★★

# HOMEM MISTERIOSO DESTRÓI REFINARIA

**POR MATTHEW RUE**

VANDALIA, OHIO — Moradores da sossegada cidade de Vandalia, no Meio Oeste do país, ficaram chocados ao ver a Liga da Justiça em batalha contra um homem misterioso, travando uma luta que arrasou a refinaria da PetroLex na cidade, no início da tarde de ontem.

Avistado virando um caminhão na rodovia interestadual 75, próximo à saída para Tipp City, um homem gigantesco vestindo o que aparentava ser um uniforme verde-escuro revirou os campos locais antes de ser confrontado pela Liga da Justiça.

— O homem devia ter uns 2,5 metros, pelo que pude ver — disse Virginia Hoover, de 88 anos, que testemunhou a destruição. — Eu estava a caminho do Festival dos Crisântemos e o vi de rabo do olho, indo direto para a PetroLex.

— Eu nem conseguia acreditar — afirmou Ron Cochran, 44 anos, funcionário da PetroLex que por pouco não escapou da refinaria com vida. — Estavam todos lá. O que era um Lanterna Verde, o que faz comercial de sabonete, a menina de fogo pelada, o bando todo. E nenhum deles parecia capaz de segurar o cara de verde.

— Ele estava jogando eles de um lado para o outro, como se fossem bonecos de pano — contou Chris Cochran, 23, filho de Ron e também funcionário da refinaria. — Naquela hora, o lugar todo já estava pegando fogo e o vi enfiando a cabeça do Besouro Azul em um dos tanques. Não tem jeito de aquele cara ter sobrevivido.

Com a refinaria reduzida a pouco mais do que escombros fumegantes, o homem de verde jogou o Gladiador Dourado para o alto, exibindo uma tremenda força. Então, o agressor desapareceu nas matas das proximidades, como se seguisse inflexivelmente um caminho pré-determinado.

No momento da publicação desta reportagem, as autoridades estaduais e federais seguiam os rastros do homem misterioso, e fomos informados de que Superman foi alertado da situação. Porém, a despeito do resultado, a cidade de Vandalia vai levar algum tempo para se recuperar.

— É por causa desse tipo de coisa que não moro em uma cidade grande — confessou Hoover. — É uma vergonha que esse superpovo traga essa loucura para cá onde o resto de nós vive. Uma vergonha mesmo.

No momento em que Superman chegou a Ohio para enfrentar a misteriosa ameaça de macacão verde, a Liga da Justiça já havia sido derrotada. Apesar de não ter havido mortes, estava claro que aqueles heróis não eram páreo para a fortaleza que encaravam. De fato, quando Superman encontrou o Gladiador Dourado em pleno ar sobre a batalha, ele comentou que a situação parecia o "Apocalipse". E de repente, a maior ameaça física que Superman já enfrentara foi batizada.

Superman e a Liga da Justiça continuaram a lutar bravamente. Porém, apesar das suas ações, o Apocalypse não podia ser detido. Ele seguiu o seu caminho, atravessando o país e deixando um rastro de destruição a cada passo que dava. E para piorar a situação, Metrópolis se encontrava diretamente no caminho do monstro.

Uma simples amostra do tipo de destruição causada pelo Apocalypse.

Enquanto continuava o seu irracional ataque de fúria até Metrópolis, a verdadeira face de Apocalypse foi sendo revelada.

| TEMPO | | COBERTURA |
|---|---|---|
| Chuva o dia todo. | # PLANETA DIÁRIO | EDIÇÃO ESPECIAL |

75 CENTAVOS ★★★★ UM GRANDIOSO JORNAL METROPOLITANO ★★★★ SEPTEMBRO

# SUPERMAN MORTO

## MARAVILHA DE METRÓPOLIS MORREU EM AÇÃO

**POR LOIS LANE**

Superman, o maior herói do nosso mundo, foi declarado morto no final da tarde de ontem. Ele sucumbiu aos ferimentos sofridos na defesa da cidade e do seu povo. O sacrifício dele salvou milhares de pessoas e será lembrado por gerações.

No entanto, estou entorpecida. Metrópolis está entorpecida. O mundo está entorpecido. Superman está morto e cada um de nós está pior hoje do que estávamos ontem.

Precisei discutir com o meu editor para redigir esta reportagem. Perry White achava que eu era próxima demais, já que eu era uma das poucas pessoas que tiveram sorte de se considerar amigas do Superman. Envolvida demais emocionalmente. Porém, quando falamos do Superman, todos nós o conhecíamos e o amávamos à nossa própria maneira. Seria quase impossível encontrar alguém na cidade de Metrópolis cuja vida não tenha sido tocada por esse grande homem de alguma maneira.

Não se enganem, isso não é um obituário. Esse não é um registro da vida e da obra do Homem de Aço. Tenho certeza de que vocês encontrarão isso mais adiante neste mesmo jornal, e em praticamente todo lugar que olharem durante algum tempo, daqui por diante. É o tipo de coisa que tende a acontecer quando alguém verdadeiramente grandioso nos deixa. Não, este artigo é a história dos momentos finais do Último Filho de Krypton. Esta história é o relato de uma testemunha ocular de como Superman morreu.

Não sabemos praticamente nada sobre a criatura chamada Apocalypse. Sabemos que ele foi visto primeiramente em um ataque de fúria no Meio-Oeste, em rota de colisão com Metrópolis. Sabemos que alguns dos heróis mais poderosos da Terra se colocaram no caminho do monstro, apenas para serem jogados de lado como se não fossem mais do que incômodos menores. E sabemos que esse amontoado ambulante de ossos, dentes e ódio conseguiu chegar às ruas da nossa cidade, apesar de Superman ter feito o máximo que podia para detê-lo.

Contudo, essa cidade é o lar do Superman. Seja lá por qual razão, o Homem de Aço adotou o Grande Damasco como a sua própria casa. Portanto, seria em Metrópolis que ele viria a traçar o limite.

Muitos de vocês sem dúvidas viram as imagens nos noticiários da TV. Metrópolis era uma balbúrdia de vidros estilhaçados e metal retorcido. No entanto, nenhum vídeo feito de um helicóptero obscurecido pela fumaça faz justiça a como a cidade realmente estava.

Nós testemunhamos a colisão de duas forças da natureza. O chão tremeu quando ela ocorreu. As janelas se estilhaçaram nos edifícios das redondezas quando os

Foto de James Olsen

socos acertavam um ao outro. Era terrível, perturbador e parecia que poderia durar para sempre.

Mas é claro que terminou. Terminou quando tanto o herói quanto o monstro desferiram o seu golpe final. Acabou com o rosto de Apocalypse em uma pilha de escombros daquilo que costumava ser a calçada em frente ao edifício do Planeta Diário. E terminou com Superman coberto pelo que restava do seu uniforme esfarrapado e ensanguentado, perguntando num débil sussurro se ele havia detido a besta.

Eu estava lá para segurar nos meus braços o maior herói do mundo enquanto ele morria. Estava lá para lhe dizer que ele havia vencido a batalha. Eu estava lá para ver o corpo dele relaxar de alívio, sabendo que o trabalho havia terminado. Sabendo que ele agora podia descansar. Eu estava lá para ser a primeira a chorar pelo Superman e posso dizer facilmente que foi o pior momento da minha vida.

Eu conhecia o Superman. Eu amava o Superman. E vou sentir imensamente a sua falta. Como sentiremos todos, à nossa própria maneira.

Ao saberem da morte do Superman, muitos dos maiores heróis da Terra foram a Metrópolis para prestar suas últimas homenagens ao homem considerado o maior entre eles.

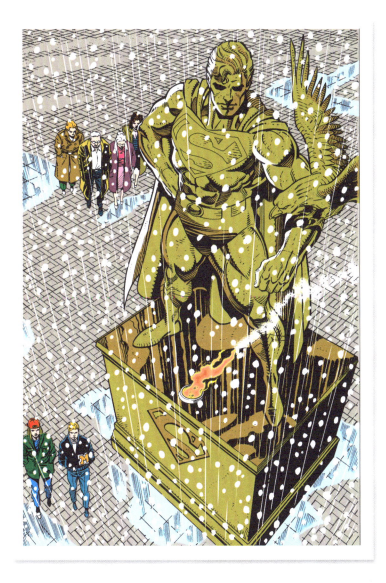

A procissão do funeral do Superman terminava numa grande estátua erigida em sua homenagem no Parque Centenário. O Homem de Aço foi sepultado sob uma chama eterna na base da estátua.

### Morador local sofre ataque cardíaco

SMALLVILLE — Jonathan Kent, fazendeiro local e respeitado membro de nossa comunidade, foi levado às pressas para o hospital geral do condado de Lowell depois de sofrer um ataque cardíaco no início da noite de ontem. Especula-se que o infarto tenha sido causado por estresse, uma vez que seu filho, o repórter Clark Kent, do *Planeta Diário*, está desaparecido desde o ataque da criatura chamada Apocalypse à cidade de Metrópolis. Apesar de ter corrido risco de morte por um breve momento, Jonathan foi ressuscitado com sucesso. Ele agora se encontra em condição estável, mas continuará internado por mais alguns dias em observação.

Uma das braçadeiras fúnebres distribuídas entre a comunidade heroica por Oberon, longevo administrador da Liga da Justiça.

## Aço

# Homem de Aço?

**POR LOIS LANE**

METRÓPOLIS — Três pessoas foram resgatadas de um conjunto habitacional na baía de Hob nessa tarde por um misterioso "Homem de Aço".

Um súbito incêndio, que os rumores apontam ter sido criminoso, relacionado às gangues locais, irrompeu no porão de uma das casas geminadas na vizinhança conhecida popularmente como Beco do Suicídio. Presa entre as chamas estava Rosie Gutierrez, uma excêntrica moradora famosa pela sua personalidade extrovertida e pelo seu popular negócio de leitura de mãos. Rosie foi tirada do incêndio e escapou com vida graças a um misterioso estranho usando uma capa vermelha.

— Era o Superman — afirmou Rosie. — Minha cabeça está tranquila quanto a isso. — Porém, a cabeça de Rose funciona de um modo um pouco diferente em relação a maioria dos cidadãos de Metrópolis. — Eu sabia o tempo todo que ele ia voltar. E agora ele voltou. Não necessariamente no próprio corpo, é claro.

Rose afirma que, como vidente, ela foi capaz de vislumbrar a alma do Superman no corpo do seu salvador.

— Ocasionalmente, um corpo é abandonado pelo espírito, mas ainda não está inabitável — explicou Gutierrez. — E outro espírito, que perdeu o seu corpo, se transfere para ele. Foi isso o que aconteceu com o Superman.

Ainda que muitas testemunhas possam não fazer coro à teoria de Rosie, concordam que o homem que os salvou não era o Superman, ao menos não fisicamente.

— Era um cara grande, todo de armadura. Com aço da cabeça aos pés — disse Mary Hurst, que foi salva do inferno das chamas junto com o marido, Michael. — Ele usava o símbolo e a capa do Superman, mas tirando isso, não se parecia em nada com ele.

Até agora, nada se sabe sobre o misterioso homem de capa vermelha, incluindo como ele pode possuir um traje de batalha tão sofisticado que, de acordo com os relatos, possuía capacidade de voo. E enquanto continua a especulação sobre quem é o homem dentro da armadura, em um mundo sem o Superman, um Homem de Aço pode ser exatamente aquilo de que essa cidade precisa.

Criado num projeto habitacional em Washington, John Henry Irons demonstrou uma notável aptidão tanto para a ciência quanto para o esporte. Tendo a compreensão de que o dinheiro poderia oferecer segurança à sua família, ele aceitou um emprego em uma empresa armamentista chamada Amertek e começou a trabalhar em projetos confidenciais para o governo dos Estados Unidos. Nas horas de folga, Irons começou a desenvolver uma armadura voadora, encontrando inspiração para o projeto em um vívido sonho.

Quando Irons começou a suspeitar de que as armas que havia criado estavam sendo vendidas para a nação terrorista de Qurac, ele apagou todos os projetos das suas armas nos computadores da Amertek, apenas para se tornar alvo dos mercenários da corporação. Quando a Amertek destruiu a sua oficina, Irons aproveitou a oportunidade para forjar a própria morte e fugir para Metrópolis, adotando a identidade de Henry Johnson.

Porém, a nova vida de John Henry não seria tão sossegada e pacífica quanto ele havia planejado. Contratado para trabalhar em um canteiro de obras, Irons sofreu uma queda de uma grande altura e foi resgatado pelo Superman. Atônito e inspirado, Irons decidiu que cabia a ele continuar a carreira do herói quando Kal-El faleceu na batalha contra Apocalypse. John Henry adaptou e aperfeiçoou a sua armadura, incluiu nela uma capa vermelha e o símbolo de "S" do Superman e envergou uma marreta, tornando-se o super-herói que viria a ser conhecido como Aço.

Alguns dias depois, Aço posou para esse retrato feito pelo fotógrafo Jimmy Olsen, permitindo que a cidade conheça o seu mais novo defensor.

Uma das armaduras posteriores de Aço. Perfeccionista e detentor de conhecimentos em funilaria, Aço estava constantemente aprimorando a sua tecnologia.

Mais tarde, John Henry fundou a empresa de tecnologia, a Oficina Irons (frequentemente chamada de Oficina Aço), com sede em Metrópolis.

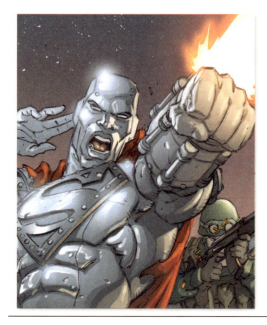

| NOME DO ARQUIVO | AÇO | |
|---|---|---|
| ALTURA 2 m | | PESO 95 kg |
| OLHOS CASTANHOS | | CABELOS NÃO POSSUI |
| CODINOMES CONHECIDOS JOHN HENRY IRONS, HENRY JOHNSON | | |
| BASE DE OPERAÇÕES METRÓPOLIS | | |
| PROFISSÃO PROPRIETÁRIO E OPERADOR DA OFICINA IRONS (OFICINA AÇO) | | |
| AFILIAÇÕES CORPORAÇÃO INFINITO, LIGA DA JUSTIÇA | | |
| AUTOR DO ARQUIVO SUPERMAN | | |

## ANOTAÇÕES

Sempre achei apropriado que John Henry Irons tivesse um nome lendário. Parece adequado a ele. Ele é um grande homem, tanto em personalidade quanto em estatura. Ele lutou a vida inteira para se tornar algo. E é uma batalha que tem vencido. Não há pretextos falsos quando se trata de John Henry Irons. Ele é tudo aquilo que aparenta ser. Essa é uma das principais razões pelas quais o indiquei para ser membro da Liga da Justiça.

Conheci Aço em um canteiro de obras. Naquele momento, John estava tentando se passar por um homem comum, apenas um operário forte com uma forte ética de trabalho. Quando um dos seus colegas na construção escorregou e caiu de um andar alto do arranha-céu no qual estavam trabalhando, John reagiu sem preocupação alguma com a própria segurança. Ele se balançou em um cabo instável para pegá-lo no ar. Não pensou duas vezes. Ele viu uma forma de ajudar e fez o melhor que pôde. É isso que um verdadeiro herói faz a cada oportunidade.

Trabalhei com ele em dezenas, senão centenas de casos. E, acima de tudo, invejei o seu cérebro. Considerando que sou um longevo membro dessa equipe, isso significa muito. Lidar com gênios é uma grande parte do dia a dia de um integrante da Liga, sejam eles do tipo "louco" ou qualquer outro. No entanto, John é algo mais. Ele soluciona problemas e pensa no futuro. Ele me ajudou com tudo, desde resolver questões espaciais na minha Fortaleza da Solidão até levar Lex Luthor à justiça.

Fiquei honrado quando conheci John e descobri que ele havia adotado o brasão da Casa de El como um tributo a mim. E fiquei ainda mais orgulhoso quando ele decidiu continuar por conta própria, descartou o "S" por um tempo e projetou a própria identidade. John Henry Irons não é o tipo de homem que ficaria à sombra de outra pessoa, mas o tipo que projeta a dele mesmo, a que impressiona. Afinal, ele é grande o suficiente para isso.

Ver links abaixo para mais detalhes:

Poderes e habilidades
Arquivo de casos
Histórico detalhado
Parentes e aliados conhecidos

A sobrinha de John, com o mesmo talento para a tecnologia, Natasha Irons.

Em determinado momento, Irons foi involuntariamente submetido a um processo que transformou a sua pele em metal, fazendo dele literalmente um homem de aço. Por sorte, o efeito era apenas temporário e John voltou à sua condição normal em poucos meses.

Natasha adotou a sua própria identidade de Aço com uma armadura revolucionária que aumentava de tamanho. Assim como aquela usada pelo tio, sua armadura era sempre um trabalho contínuo, passando por vários aprimoramentos durante a sua carreira como combatente do crime.

## SUPERBOY

### ENTREVISTA
# GAROTO DE METRÓPOLIS

Criado pelo Projeto Cadmus como um substituto para o Superman, o Superboy fugiu do confinamento graças à ajuda da Legião Jovem, passando a trilhar o próprio caminho, talvez um pouco antes de estar pronto. Porém, o jovem herói passou por uma prova de fogo e se adaptou rapidamente, provando ser um verdadeiro herói, apesar da sua personalidade um tanto difícil.

Num primeiro momento, o conjunto de poderes do Superboy era bem diferente daquele do Superman. Ainda que, mais tarde, ele viesse a desenvolver uma visão de calor, superforça e outras habilidades kryptonianas propiciadas por um sol amarelo, o Superboy originalmente se fiava na telecinese tátil para simular os poderes do Superman, a despeito do fato de que, primeiramente, ele não tivesse consciência de que estava fazendo isso.

Ele entra no escritório com uma empáfia geralmente reservada a *boy bands* ou ídolos adolescentes. Ele se senta na minha frente, tira os óculos escuros iguais aos de John Lennon e me dá um sorriso que poderia muito bem me deixar balançada se eu fosse uns quinze anos mais nova. Ele chama a si mesmo de Superman, mas ele é o único a fazê-lo e, diferente do lendário Homem de Aço, este jovem herói se disponibiliza para entrevistas através do seu agente.

**B&D**: Olá, Superboy. Obrigado por conceder parte do seu tempo para conversar comigo.

**SB**: Olá pra você também, lindona. E é Superman.

**B&D**: Claro. Gostaria de começar com a história da sua origem. Todo super-herói que se preza tem uma, afinal de contas.

**SB**: Bom, é tipo um segredo. Não é o tipo de coisa que eu possa revelar, se é que você me entende.

**B&D**: É perfeitamente compreensível. Tenho certeza de que tem muitas...

**SB**: Eu sou um clone do grandão. Do Superman. Pode me considerar um modelo novo e melhorado.

**B&D**: Um clone? Poderia nos contar mais detalhes a respeito?

**SB**: Significa que fui incubado num tubo de ensaio. Mas não aguentei ser um rato de laboratório. Uns amigos me tiraram daquele lugar, uma instalação sigilosa, e estou lutando contra o mal desde então.

**B&D**: Então, você possui todas as lembranças do Superman? Todos os segredos dele?

**SB**: Bem que eu queria. Não, eles não tinham um cérebro vivo com o qual trabalhar. Ou pelo menos foi isso que me contaram. Então, meio que estou começando do zero para uma nova geração. Sem lembranças do Superman, mas sei de todas as coisas que preciso.

**B&D**: Isso explicaria a... diferença de personalidade entre você e o Superman original.

**SB**: Hã? Ah, sim. Claro. Tem algum carrinho de comida por aqui ou...

---

22 BRAVOS & DESTEMIDOS

# ENTREVISTA

**B&D**: Atualmente, circulam vários rumores de que você tem encenado algumas das suas lutas no intuito de aumentar a audiência da GBS, uma emissora que parece estar sempre por perto quando você se envolve em uma batalha. Uma repórter em particular, Tana Moon, tem um histórico notável em estar no lugar certo e na hora certa no que diz respeito às suas aventuras.

**SB**: Ei, a Tana é uma boa repórter, não sei o que dizer mais. Não tem nada de falso nos caras com quem venho tendo que lidar. Aquele cara, o Mão de Aço, era pra valer, e o Stinger também. Pra mim, tudo que importa é defender a paz, sacou? Com grandes poderes, vem um monte de outras coisas. Então... Pode me arrumar pelo menos uma água?

**B&D**: Então, por que ter um agente? Por que toda a imprensa e a conversa sobre propaganda? Se você está tentando viver de acordo com o legado do Superman, por que não imitar mais do que seus poderes?

**SB**: Essa é uma nova era, sacou? O Superman original era ultrapassado. Eu sou a atualização. Descolei um agente porque precisava que alguém cuidasse das coisas pra mim. Rex Leech é um cara legal. Além disso, você devia ver a filha dele. Ela faz um cara ter uma razão pra botar o colante toda manhã, sabe como é?

**B&D**: Antes de você ir, há alguma última declaração que gostaria de dar aos jovens do mundo que podem vê-lo como uma inspiração?

**SB**: Continuem estudando. Ou não. Quero dizer, sei lá. Não falem com estranhos. Castrem ou esterilizem os seus bichinhos de estimação. Certeza que não tem nem uma bandeja de salgadinhos ou coisa assim? Meu agente disse que ia ter comida.

**B&D**: Palavras inspiradoras ditas pela voz de uma nova geração. Ainda que a jaqueta de couro seja um belo toque, receio que o Garoto de Metrópolis ainda tenha muito o que crescer antes de ser digno da capa do Superman. Até lá, *paparazzi*, preparem as suas câmeras e, pais, deem às paredes dos quartos de suas filhas uma nova camada de tinta com chumbo. Há um novo super "homem" na cidade.

O PRIMEIRO INTERESSE ROMÂNTICO DO SUPERBOY, A REPÓRTER TANA MOON.

BRAVOS & DESTEMIDOS 23

O acumulador de armamentos detentor de um ódio paranoico contra todos os super-heróis conhecido como Necromante.

Vinda do planeta Apokolips, Nocaute adorava dificultar a vida do Superboy.

Outro dos inimigos recorrentes do Superboy, o Tubarão-Rei era um adversário brutal, apesar de não ser o inimigo mais astuto que o Garoto de Aço já enfrentou.

Tendo desenvolvido poderes quando uma ameaça alienígena ativou o seu metagene, Donna Carol Force se tornou a heroína conhecida como Sparx, uma frequente aliada do Garoto de Aço.

Superboy se mudou para o Havaí quando decidiu que os seus serviços não eram mais necessários em Metrópolis. Ele uniu forças com o terceiro Robin (Tim Drake) e com um jovem velocista chamado Impulso para formar uma equipe de heróis chamada Justiça Jovem. A equipe ganharia outros membros ao longo dos anos e, por fim, evoluiria para a mais recente encarnação dos Novos Titãs.

Superboy se mudou mais algumas vezes ao longo da sua carreira, indo por fim morar com Jonathan e Martha Kent como o "primo" de Clark Kent, Conner Kent. Esse seria apenas um dos nomes com os quais ele foi agraciado, assim como também foi presenteado com o título de Kon-El, tornando-se um membro oficial da família kryptoniana do Superman.

Conheci Superboy em um momento bem posterior da sua carreira. O adolescente um tanto intempestivo da sua juventude havia dado lugar a um jovem ponderado e mais contemplativo. Acredito que isso tenha sido resultado do aprendizado de Kon-El sobre a sua verdadeira herança. Como se revelou mais tarde, Superboy era um clone de dois homens. Metade de Kon vinha do Superman, mas a outra metade vinha de Lex Luthor. Saber que havia um lado negro à espreita no seu DNA o forçou a reavaliar a sua vida e a levar o seu trabalho como herói um pouco mais a sério.

Antes dos seus dias na Justiça Jovem, Superboy formou brevemente uma equipe com os seus próprios super-heróis para liderar, um desorganizado grupo de adolescentes chamado Os Ravers.

Os membros fundadores da Justiça Jovem.

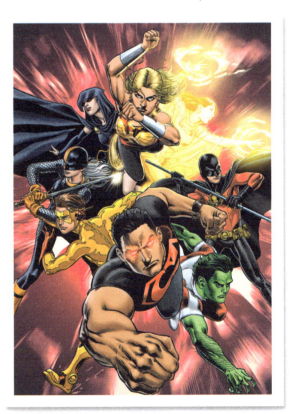

Superboy no seu uniforme posterior como membro dos Novos Titãs. Kon-El se tornou bastante próximo da Moça-Maravilha, sua companheira de equipe, e os dois iniciaram um relacionamento, entre idas e vindas.

## O Erradicador

Da última vez que o Superman o havia encarado, o Erradicador fora preso na gema mística que um dia pertencera ao vilão Senhor Z. A gema havia se despedaçado no chão após esse encontro e, como parte das medidas de segurança da sua programação, as energias e a memória do Erradicador foram dispersadas pelas paredes da Fortaleza da Solidão.

Quando Superman morreu nas mãos de Apocalypse, o Erradicador ressurgiu, percebendo inconscientemente que a morte do herói lhe dava uma nova chance. Confuso e agora meramente um ser de pura energia, o Erradicador achou que era Kal-El e viajou até o túmulo do Superman, em Metrópolis. Lá, ele tentou possuir o corpo do super-herói, mas, quando se viu incapaz de fazê-lo, criou um fluxo de matéria/energia que foi capaz de absorver matéria dos arredores do túmulo. O Erradicador levou o corpo do Superman de volta para a Fortaleza da Solidão e o colocou na matriz de regeneração kryptoniana, antes de embarcar na própria carreira de combatente do crime, batizado como o Último Filho de Krypton por alguns poucos jornais de Metrópolis.

O Erradicador fazia justiça de um modo brutal. Ele matava os criminosos com quem entrava em conflito, ganhando uma controversa reputação junto às pessoas que estava tentando proteger. Forçado a usar um visor colorido devido à sua visão sensível, ele podia disparar imensas ondas de energia das mãos e conservava a superforça e a habilidade de voar do Superman.

Mais tarde, ao falhar em batalha, as energias do Erradicador foram contidas pelos Laboratórios S.T.A.R. até que um acidente fundiu sua essência com a do cientista David Connor. A personalidade do Erradicador se tornou um pouco mais equilibrada devido à mente humana de Connor e ele se uniu à equipe de super-heróis conhecida como Renegados.

O Erradicador durante o breve período em que acreditava ser o Superman.

Imagem feita por uma câmera de segurança do Erradicador em forma energética visitando o túmulo do Superman.

O dr. David Connor. Diagnosticado com um câncer inoperável, a acidental fusão de Connor com o Erradicador lhe deu uma nova oportunidade de vida.

O Erradicador foi reduzido a uma casca acéfala antes de absorver a mente de Connor.

Frustrado com o mundo, David Connor deixou de lado o Símbolo do S do Superman e se lançou numa carreira própria no combate ao crime.

A programação original do Erradicador mais tarde se reconfigurou a partir de uma versão da Fortaleza da Solidão, mas acabou sendo contida quando David Connor se fundiu à máquina, formando um Erradicador unificado com uma leve dupla personalidade.

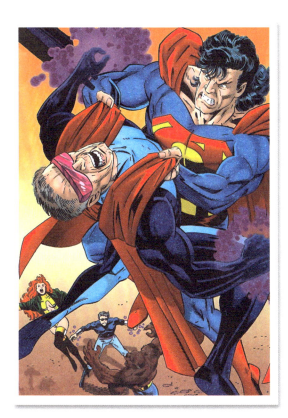

Por vezes confundidos com criminosos, os Renegados enfrentaram as mais diversas ameaças que eram desconhecidas do público.

Mais tarde, o Erradicador voltou a ter uma aparência humanoide, envergando um traje mais alinhado à sua herança kryptoniana. Foi com esse uniforme que ele morreria nas mãos de um construto cibernético superpoderoso chamado OMAC.

Logo, a tecnologia kryptoniana deu à luz um novo Erradicador, possuindo as memórias do herói original. Envergando mais uma vez o símbolo do S do Superman, ele também se uniria a uma encarnação dos Renegados, adotando um papel de protetor.

## SUPERCIBORGUE

### PLANETA DIÁRIO

# À PROCURA DO SUPERMAN

**POR LOIS LANE**

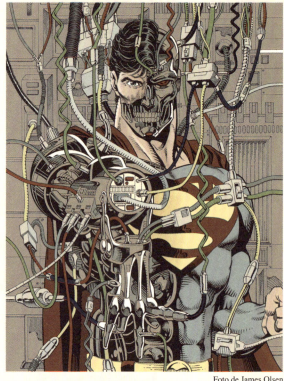

Foto de James Olsen

Não é um fenômeno incomum. Quando uma celebridade morre, seus adoradores se recusam a acreditar que o ídolo não está mais entre eles. Logo, os tabloides ficam inflamados por observações e rumores de qualquer um ávido por fugazes quinze minutos de fama. O Superman talvez tenha sido a maior celebridade da nossa geração, se não de todas; portanto, quando avistamos homenagens póstumas do Homem de Aço começarem a pipocar, ninguém na mídia ou na polícia ficou chocado. Claro, isso foi antes de vermos "ele" com os próprios olhos.

Primeiro, o público acreditava que o herói agora conhecido como Aço era o Superman original saído do túmulo. Então, começaram os relatos que confundiam o misterioso novo Superboy com o antigo Superman. E se isso não fosse confusão suficiente para aqueles que lamentavam a morte do maior herói da cidade, outro homem foi visto reivindicando o manto do super-herói. Um frio e calculista "Último Filho de Krypton".

Como alguém que o conhecia bem, minha crença pessoal é de que nenhum desses homens é o verdadeiro Superman. Mesmo assim, me vi procurando informações sobre essas falsas afirmações. E, em todos os casos, os caminhos pareciam levar ao mesmo beco sem saída.

Isso até a última quinta-feira, quando fiz uma visita à LexCorp por insistência do dr. Daniel Meyer. De acordo com ele, um trem estava transportando uma carga de resíduos radioativos da sua instalação quando um dos contêineres se partiu.

— Estávamos em grave perigo de contaminação — afirmou Meyer. — Mas aí esse homem desceu voando, vindo do nada, pegou o contêiner e o levou com ele.

Quando comentei com Meyer que esse salvador poderia ser qualquer um dos heróis uniformizados, ele me apresentou uma fotografia tirada por uma das câmeras de segurança da LexCorp. O homem na foto estava envolto pelas sombras, mas era inconfundível mesmo assim. Ainda que as aparências possam enganar, o homem na foto era a cara do primeiro e único Superman.

Do outro lado da cidade, o prefeito Berkowitz estava vivenciando uma experiência similar. Segundo seu relato, o mesmo Superman chegou nos Laboratórios S.T.A.R. exigindo saber a localização do corpo de Apocalypse. Ao ouvirem as notícias, a polícia vasculhou o túmulo do Superman e descobriu que o corpo do herói estava de fato desaparecido. O caso da ressurreição parecia cada vez menos com um factoide de tabloide e cada vez mais como uma possibilidade.

Então, continuei seguindo pistas e chamados das frequências de rádio da polícia. Mas não precisei. No fim, ele me encontrou. Enquanto eu estava sob a chuva, literalmente no limite da minha resistência, um homem que parecia muito com o Superman pousou na minha frente.

Digo que "parecia muito" porque, com certeza, havia diferenças. Esse Superman era um ciborgue. Metade feita de frio aço kryptoniano, metade feita do homem que Metrópolis conhecia e amava. Ele afirmou ter perdido grande parte da sua memória, mas aquilo de que ele conseguia se lembrar eram de coisas das quais apenas o verdadeiro Superman poderia saber. Ao contrário daquele verdadeiro Superman, sempre fui excessivamente cética. Então, levei esse ser cibernético até o laboratório de outro dos mais confiáveis aliados do Superman, o professor Emil Hamilton, para uma avaliação.

Após um demorado exame, Hamilton teorizou que o Superman fora reconstruído de alguma forma por uma tecnologia muito mais avançada daquela que possuímos na Terra.

— Todos os meus testes e dados me deixaram convencido — afirmou Hamilton. — Eu diria que há uma grande probabilidade de que esse homem seja o Superman de volta à vida.

Mais do que tudo, eu gostaria de acreditar no diagnóstico do professor. Mais do que tudo, eu gostaria de acreditar que não se trata de mais uma farsa, e que o verdadeiro Superman está de volta para proteger a cidade que precisa dele tão desesperadamente. Mas o ceticismo em mim está sempre presente, e há algo no olhar frio e mecânico desse Superciborgue que é incômodo. No momento, vou apenas esperar que seja o meu preconceito humano julgando injustamente um homem que parece muito diferente daquele que conheci. Tentarei permanecer otimista e julgar esse Superman pelas suas ações, assim como fiz anos atrás, quando ele me resgatou de um avião espacial e fez a sua estreia pública. Vou tentar manter a mente aberta, juntamente com o resto de Metrópolis, e esperar de verdade que a busca pelo Homem de Aço finalmente tenha acabado.

A verdade sobre o Superciborgue logo se revelou por trás da sua fachada. Totalmente diferente de Kal-El, o ciborgue na verdade era Hank Henshaw, um astronauta que o Superman viu "morrer" algum tempo antes. Na verdade, após ser exposto à radiação cósmica, a mente de Henshaw evoluíra para uma consciência cósmica capaz de habitar maquinários e manipulá-los do seu interior. Henshaw decidira deixar a Terra, mas, quando ele retornou, o fez com objetivos sinistros.

E, logo, milhões teriam que pagar pela sua confiança no Superciborgue.

O visual original de Henshaw como o Superciborgue. Mentalmente desequilibrado, o Ciborgue culpava o Superman pela perda da sua esposa.

Hank Henshaw morrera com o Superman ao seu lado, incapaz de salvá-lo.

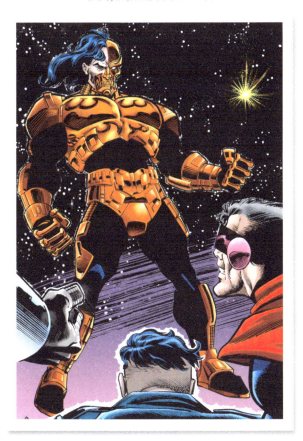

Mais tarde, o Superciborgue abandonou a farsa de que era o Superman, mas não sua obsessão por ele.

| NOME DO ARQUIVO | SUPERCIBORGUE |
|---|---|

| ALTURA | VARIÁVEL | PESO | VARIÁVEL |
|---|---|---|---|
| OLHOS | VARIÁVEIS | CABELO | VARIÁVEL |

| CODINOMES CONHECIDOS |
|---|
| HANK HENSHAW |

| BASE DE OPERAÇÕES |
|---|
| VARIÁVEL |

| PROFISSÃO |
|---|
| EX-ASTRONAUTA |

| AFILIAÇÕES |
|---|
| TROPA SINESTRO, CAÇADORES CÓSMICOS |

| AUTOR DO ARQUIVO |
|---|
| SUPERMAN |

## ANOTAÇÕES

Não me sinto confortável em escrever esse arquivo, mas entendo o porquê de a Liga precisar manter vigilância sobre pessoas como Hank Henshaw. Ele é um dos homens mais monstruosos que já conheci, um homem que egocentricamente lançou a sua fúria sobre o mundo, culpando a mim pelas suas tragédias pessoais. E apesar de nos dias atuais ele parecer dar uma maior atenção a um ódio perverso por Hal Jordan (ver arquivo de membro da Liga da Justiça: Lanterna Verde), me sinto responsável em parte pelas atrocidades que ele tem cometido ao longo dos anos. Porque o Superciborgue se tornou quem é por causa da minha tecnologia.

Após perder o corpo humano em um estranho acidente no espaço sideral, Henshaw conseguiu transferir a sua consciência para um formato digital. Ele se tornou capaz de manipular a tecnologia por mero capricho, e moldá-la da maneira que achasse mais adequada. Porém, quando confrontou a sua esposa Terri em um corpo robótico mal-ajambrado, ele a levou a um estado catatônico do qual ela nunca mais se recuperou. Perturbado e buscando uma fuga, Henshaw encontrou o foguete que me trouxe para a Terra quando eu era um bebê. Ele transferiu a sua mente para uma pequena parte dessa nave e remodelou os metais kryptonianos em uma nave espacial em miniatura, projetada especificamente para permitir que ele fugisse dos seus problemas para o grandioso desconhecido do universo.

Nesse momento, a maioria das pessoas já tem conhecimento dos horrores que Henshaw trouxe consigo do espaço quando voltou na forma de uma versão cibernética de mim. Ele foi capaz de convencer o mundo das suas intenções heroicas, incluindo o então presidente dos Estados Unidos. No entanto, quando o Superciborgue se voltou contra Coast City, o mundo viu quem ele era de verdade. Ainda que, de algum modo, aquilo não tenha sido suficiente para ele.

O Superciborgue retornou muitas vezes, desde então. Com uma mente digital que pode ser carregada em qualquer corpo eletrônico que ele desejar, ele se provou quase impossível de conter. Sua recente afiliação à Tropa Sinestro — o exato oposto das Tropas do Lanterna Verde — até aprimorou o seu armamento durante algum tempo, ao lhe conceder uma das armas mais poderosas no universo para seu uso cotidiano.

Apesar de ele se encontrar sob a custódia dos Laboratórios S.T.A.R., se o passado serve como algum indicativo, Henshaw não permanecerá quieto por muito tempo. Como uma tecnologia viva, ele está constantemente se adaptando e se aprimorando, fazendo com que seja uma renovada ameaça nível ômega a cada novo confronto.

Ver links abaixo para mais detalhes:

Poderes e habilidades    Histórico detalhado
Arquivo de casos    Parentes e aliados conhecidos

191

## Renascimento

Agora que as coisas se acalmaram, tenho algum tempo para escrever. Então, vou começar pelo sonho. Acho que deveria chamar de sonho. Não tenho certeza se há outro nome para aquilo.

Não consigo me lembrar de tudo e, o que consigo lembrar, é cinzento e nublado na minha mente. Não consigo mais dizer se estou lembrando ou apenas relembrando a lembrança da lembrança. Mas sei que fui parte de uma procissão fúnebre. Eu estava em Krypton, sendo carregado por outros kryptonianos que vestiam túnicas tradicionais, como aquela que o meu pai, Jor-El, usava. O Clérigo também estava lá. Estavam se movendo devagar, e eu estava um pouco inclinado para a frente. Nem sentado, nem deitado. Depois de um tempo, percebi o que estava acontecendo. A procissão fúnebre era para mim. Eu estava morto.

Eu estava confortável, relaxado, e ouvi gritos. Não conseguia distinguir a voz, apenas estava ciente de que estava escutando alguma coisa. Quando falei, o Clérigo me garantiu que era apenas um intruso na hora e no lugar errados. Então, voltei para o calor e o conforto do meu assento. E continuamos.

No entanto, a voz continuava a gritar e logo eu a reconheci. Era o pai, e ele estava dizendo que eu estava indo para o lugar errado. Havia um pânico na sua voz que eu nunca tinha escutado antes. Ele disse que eu não estava sendo carregado por kryptonianos, mas por demônios. Então, olhei para o homem que estava mais próximo a mim e ele não estava mais usando vestes kryptonianas. Na verdade, tive certeza de que ele nunca esteve. Em vez disso, usava uma túnica sem cores. E, no lugar onde antes estava o seu rosto, agora havia apenas um conjunto de horrorosas presas.

Então, lutei para escapar. E o pai lutou também. E logo os demônios eram apenas túnicas sem vida e o pai estava me dizendo algo sobre lutar contra a própria morte.

A próxima parte é ainda mais nebulosa. Acho que estávamos voando. Ou caminhando por uma longa distância. Talvez eu estivesse carregando o pai? Não consigo me lembrar de tudo. Só me lembro de estar olhando para uma... fenda negra, acho que posso chamar assim. Um rasgo no próprio céu. Meu coração estava acelerado. Eu não queria entrar naquele buraco, mas ali estava eu, escutando o meu pai. Ele dizia que a saída era por ali. Descobriríamos juntos o que havia lá fora. Eu me lembro de acreditar nele naquele momento. Como se eu fosse um garotinho outra vez e ele soubesse de tudo. O pai disse que era isso que precisava ser feito, então, era aquilo que iríamos fazer.

Senti um puxão no meu tornozelo. Virei-me e vi Jor-El, o meu pai biológico. Ele queria que eu fosse para a luz com ele. Parecia fácil. Eu também queria escutá-lo. Mas ele desapareceu. Acho que o pai o atacou, mas não tenho certeza. Jor-El desapareceu e eu estava sozinho com o meu pai outra vez. Meu pai de verdade.

Ele sorriu para mim da mesma forma como da primeira vez em que andei de bicicleta. Ele falou "você vai conseguir" sem dizer nada. Talvez falando "nós vamos conseguir" dessa vez. Então, sorri de volta. Eu me lembro de tentar dar a ele o mesmo olhar, mas não consegui. Eu não sabia como ter aquele tipo de confiança. Contudo, naquele momento, eu não precisava. Estávamos saltando na escuridão.

Senti um pico de adrenalina e foi isso. O "sonho" tinha acabado. Isso foi tudo o que aconteceu.

---

Quando Jonathan Kent sobreviveu ao seu ataque cardíaco, as primeiras palavras que ele disse a Martha foram: "Eu trouxe o Clark de volta pra nós." Ele adormeceu e, quando questionado mais tarde sobre isso, não tinha lembrança dessa afirmação ou do seu significado.

A matriz de regeneração.

Enquanto o mundo quebrava a cabeça com o dilema dos quatro Supermen, na Fortaleza da Solidão, a matriz de regeneração kryptoniana em formato de ovo havia se rompido, revelando o verdadeiro Kal-El. A combinação da sua experiência extracorpórea com o seu pai terráqueo e o fato de o Erradicador ter colocado fielmente o seu falecido corpo no interior da matriz conectaram com sucesso corpo e "alma" uma vez mais, dando ao Superman uma nova chance na vida.

Apesar de estar fraco e parecer não ter nenhum dos seus poderes, Kal-El imediatamente usou o computador da Fortaleza para se atualizar sobre o tempo que havia perdido. E quando ele viu que o verdadeiro Superman se fazia necessário, ele vestiu uma antiga armadura de guerra kryptoniana e se dirigiu de volta ao nosso mundo.

Kal-El na armadura ancestral do seu povo.

75 CENTAVOS — ★★★★ UM GRANDIOSO JORNAL METROPOLITANO ★★★★

# COAST CITY DEVASTADA

## TRAGÉDIA ESTÁ LIGADA AO MISTERIOSO SUPERMAN

**POR RON TROUPE**

COAST CITY — Uma enorme nave, aparentemente de origem alienígena, descarregou mais de mil bombas sobre a cidade de Coast City e seus arredores por volta das 7h14, hora local, deixando para trás nada mais do que uma ardente cratera. Nesse momento, os relatórios oficiais estimam que mais de sete milhões de pessoas foram mortas no bombardeio, fazendo desta a maior tragédia da história dos Estados Unidos.

Até agora, pouco se sabe sobre a natureza exata do ataque ou dos próprios agressores. Acredita-se que a nave tenha aparecido sobre Coast City não mais do que cinco minutos antes de o ataque ter início. Devido à gravidade do bombardeio, as linhas telefônicas e elétricas foram afetadas por centenas de quilômetros em todas as direções além dos limites da cidade, efetivamente criando um blecaute em toda a área e na maior parte da própria costa Oeste. Porém, há relatos de algumas poucas áreas nas redondezas que ainda contam com energia elétrica. Alguns desses relatos mencionaram estruturas pinaculares surgindo espontaneamente onde antes ficava o horizonte de Coast City. Outros afirmam que a fumaça e as cinzas no ar tornam a visibilidade, tanto no exterior quanto no interior da área da cidade, impossível.

Apesar de a Casa Branca ainda não ter se pronunciado oficialmente, fontes em Washington informaram ao *Planeta* que ao menos um dos Supermen recentemente vistos em Metrópolis pode estar envolvido como cúmplice nesse ataque em solo norte-americano. Embora não haja confirmação oficial, mais de um informante na capital apontou o suposto "Último Filho de Krypton" como suspeito. Também há relatos de que o presidente enviou o Superman para investigar o ataque, enquanto outros afirmam que o herói ciborgue já estava em Coast City quando o bombardeio ocorreu.

Espera-se que o presidente se dirija à nação assim que as contramedidas tenham sido finalizadas.

A destruição de Coast City foi uma colaboração entre Superciborgue e Mongul, que naquele ponto fora reduzido a nada mais do que um lacaio do Superciborgue. Criando a gigantesca Cidade-Motor no lugar onde antes ficava Coast City, o ciborgue planejava transformar a Terra no seu Mundo Bélico particular. Isso lhe daria um planeta para governar além de destruir a imagem do Superman no processo. Com esse objetivo, ele já havia manipulado a mídia para fazer crer que o Erradicador era o culpado pela destruição de Coast City.

No entanto, Superciborgue e Mongul se esqueceram de uma coisa: Coast City era a cidade-natal de um outro poderoso herói, Hal Jordan, o maior Lanterna Verde da Terra. Ao voltar para casa e encontrar nada mais do que um complexo industrial em uma terra devastada, Jordan irrompeu pela Cidade--Motor, localizando Mongul e o atacando. Naquela que seria uma das maiores batalhas da sua vida, o Lanterna Verde superou ossos quebrados e a dor excruciante para derrotar o poderoso Mongul.

Porém, Coast City estava destruída e Hal Jordan seria transformado para sempre por este fato.

# Cidade-Motor

Aço conseguiu fazer as máquinas pararem de funcionar. Lanterna Verde estava cuidando de Mongul. Eu estava fraco feito um filhote de gato, bem no meio da Cidade-Motor, usando o meu traje de recuperação preto e segurando um fuzil laser. O Erradicador estava ao meu lado — essa coisa que costumava ser minha inimiga —, mas isso não importava. O impostor Superciborgue ainda estava à solta, espalhando o medo em meu nome. Estava na hora de o mundo descobrir o que o único e verdadeiro Superman podia fazer.

Enquanto me apressava pelo corredor, fiz o melhor que pude para esconder que estava mancando. Minha força era quase um décimo do que era antes da minha... morte... mas não tinha porque sair espalhando isso para todo mundo. O fato de eu não estar pensando na dor naquele momento ajudava. Em vez disso, estava pensando em Lois.

Quando cheguei a Metrópolis na armadura de guerra kryptoniana, eu esperava que desconfiassem dela. Eu tinha visto as imagens nos noticiários e sabia sobre os quatro outros "Supermen". Lois me viu morrer. Isso não deve ter sido fácil para ela. Mas quando botei o pé para fora da armadura e tivemos a chance de conversar, ela sabia que era eu. Sinceramente, acho que ela sabia quem eu era no segundo em que me viu. Ela só precisava de confirmação.

Eu poderia ter ficado lá com ela para sempre. Eu estava exausto. Enclausurado na armadura de guerra, meu corpo não foi exposto a nenhuma luz solar para ajudar a me recarregar. Apocalypse tinha levado tudo e mais um pouco de mim, e eu não estaria pronto para lutar tão cedo. Tudo o que eu queria era ir até a rua Clinton, deitar com Lois nos meus braços e dormir. Porém, quando encontrei Superboy, percebi que isso não ia acontecer.

Eu ainda não tinha ficado sabendo sobre Coast City naquele momento, mas Superboy viu a destruição com os próprios olhos. O Superciborgue enganou a nação e matou mais de sete milhões de pessoas, tudo em meu nome. Eu não sabia quem ou o que ele era, mas estava claro que aquilo havia sido considerado responsabilidade minha. Então, o sono e Lois teriam que esperar. Em vez disso, com uma ajudinha da Supergirl e um par de botas a jato da LexCorp, voei para a costa Oeste com Aço ao meu lado. E invadimos a coisa que eles estavam chamando de Cidade-Motor.

E agora eu estava em um corredor que se parecia com todos os outros corredores no interior daquela monstruosidade. Abrimos caminho enfrentando robôs, alienígenas e sistemas de defesa bem mais avançados até do que as coisas do Projeto Cadmus e dos Laboratórios S.T.A.R. Supergirl, Aço e Superboy ajudaram ao longo de todo o percurso e agora éramos apenas eu e o Erradicador tentando encontrar o caminho no labirinto à nossa frente. Se o meu palpite estivesse correto, a fonte de energia da Cidade-Motor estaria logo diante de nós, na câmara seguinte.

Tentei ignorar o fato de que a sala à nossa frente brilhava com uma familiar luz esverdeada, que só podia ser emitida por uma única coisa. Cerrei os dentes e desatei a correr. Não importava o risco, isso não era responsabilidade de um dos meus "substitutos". Esse era um trabalho para o Superman.

Superman alcançou a sua contraparte ciborgue e, apesar de estar preso em uma câmara repleta de pó de kryptonita, Kal-El não seria derrotado. Em uma luta que aparentemente causou a morte do Erradicador, Superman derrotou o ciborgue ao atravessá-lo com um soco, vibrando o seu braço tão rápido que o vilão se despedaçou em milhares de minúsculos fragmentos. O sacrifício do Erradicador restaurou os poderes do Superman, fazendo a balança pesar em favor do nosso herói.

A imensa fortaleza no centro da Cidade-Motor.

Apesar de terem dúvidas no princípio, Aço e Superboy perceberam que estavam na presença do único e verdadeiro Superman.

Ainda que a consciência de Hank Henshaw tenha sobrevivido, não houve dúvidas de que Superman salvou o dia.

Antes de deixar a Cidade-Motor, Supergirl achou apropriado restaurar o tradicional uniforme do Superman através de um realinhamento telecinético do esfarrapado traje de recuperação do Superman.

Revitalizado, Superman retornou a Metrópolis e retomou a sua vida do ponto onde ela havia parado. Só que agora, o Homem de Aço usava um corte de cabelo um pouco mais longo.

Superman foi recebido de volta a Metrópolis em grande estilo, quando Lex Luthor organizou uma festa para ele a bordo do enorme zepelim da LexCorp.

PLANETA DIÁRIO

# Superman resgata repórter do *Planeta*

**POR RON TROUPE**

METRÓPOLIS — Há muitas razões para celebrar a volta do Superman do mundo dos mortos, mas nós do *Planeta Diário* encontramos outra. Porque na manhã de ontem, por volta das dez horas, ele localizou o desaparecido repórter Clark Kent nos escombros resultantes do enfurecido ataque do monstro conhecido como Apocalypse.

São e salvo, Kent havia ficado preso em um edifício que continha um antigo abrigo de defesa civil, equipado para um período de quase um mês. Apesar de ter passado os dias em quase que total escuridão, Kent teve acesso à água mineral e comida enlatada, e até mesmo desfrutou de quantidade significativa de mobilidade.

— Havia bastante espaço lá embaixo — afirmou Kent. — Assim que o medo começou a passar, acredito que o maior desafio tenha sido o tédio. Mas eu tinha fé de que o resgate estava a caminho. Essa é a cidade do Superman.

Superman detectou Kent com o uso da sua visão de raios X e removeu cuidadosamente os escombros, levando todo o tempo necessário para evitar um desabamento. Seria o segundo resgate do Homem de Aço em menos de 24 horas; no dia anterior, ele já havia resgatado duas crianças de um abrigo antidesabamento, escondidas sob os escombros de outro edifício na zona oeste de Metrópolis.

Apesar de um pouco desgrenhado, com uma barba por fazer de um mês e um cabelo mais comprido que lembrava o do seu salvador, Kent foi declarado sadio e não precisou nem mesmo de uma estadia mais longa no hospital local. Tudo isso foi recebido como a mais maravilhosa das notícias por Lois Lane, colega de reportagem no *Planeta* e noiva de Kent. Temendo o pior durante semanas, Lane parecia radiante em vê-lo.

— Devo tudo ao Superman — disse Lane. — Todos já haviam desistido de Clark. Mas isso não é do feitio do nosso herói.

Kent está pronto para voltar ao trabalho, nas suas palavras, "assim que Perry White deixar". E este repórter, entre outros, estará lá para recebê-lo de volta com alegria.

Foto de James Olsen

A primeira incumbência do Superman após o seu retorno dos mortos foi explicar a ausência de Clark Kent. Com a ajuda da Supergirl, ele encenou uma "operação de resgate" pública. Enquanto Superman fazia o trabalho pesado, a Garota de Aço usou as suas habilidades de metamorfose para posar como um Clark Kent bastante convincente, preso nos escombros de um edifício destruído.

(À ESQUERDA) A mordida de um alienígena ativou o metagene inerte do tenente da polícia Eddie Walker, transformando-o no herói superforte Canhão, cuja cor da pele mudava de acordo com o seu humor.

A recorrente pedra no sapato do Superman conhecida como Massacre (À DIREITA), aqui visto enfrentando o clone do Guardião chamado Auron (À ESQUERDA). Apesar da interferência do Superman, Massacre teve sucesso nessa batalha e conseguiu matar Auron.

Tratando as repetidas baralhas que travou contra Superman como algum tipo de esporte, a mulher conhecida como Hi-Tech aprimorou a sua metade mecânica quando tentou assassinar Jimmy Olsen.

Usando um disruptor molecular, Deke Dickson embarcou numa carreira de crimes como o Brecha.

MUNDO BIZARRO

## RUMOR NACIONAL

# O RETORNO DE BIZARRO!

**POR HEATH DANE**

Nesse momento, você já deve ter ouvido falar do suposto sequestro de Lois Lane pelo "Superman". A própria Cat Grant, do *Notícias de Hollywood*, contou a história em dois episódios do seu programa, apresentando depoimentos de vários vizinhos da própria Lois. Essas "testemunhas oculares" juram que Superman invadiu o apartamento da srta. Lane e levou com ele a famosa jornalista num clarão. Porém, quando Lois voltou para casa sã e salva, a história foi deixada de lado e esquecida.

Nós, do *Rumor Nacional*, acreditamos que há mais por trás dessa história do que a grande mídia quer lhe fazer acreditar. De fato, a verdade aponta para uma manobra envolvendo Lane, um bizarro clone do Superman e Lex Luthor II em pessoa.

Anos atrás, uma pálida versão Frankenstein do Superman foi avistada sobre os céus de Metrópolis. Obcecado por Lois Lane, ele a sequestrou, até que Superman o localizou e o destruiu. Quando, naquela época, o *Rumor Nacional* havia sugerido que o Superman "Bizarro" deveria ser um clone falho, a ideia foi alvo de chacota pela opinião pública.

E então, conhecemos Superboy. Quando o Garoto de Metrópolis surgiu, admitiu que era um clone do Superman original. Ainda que ele tenha se negado a mencionar quem eram os seus verdadeiros criadores, o simples fato da existência do Superboy é motivo suficiente para retomarmos a hipóteses do Bizarro.

Mantendo essa possibilidade em mente, examine mais uma vez o relato de Cat Grant sobre o sequestro de Lane. Uma pessoa que se parecia com o Superman a sequestrou na frente de várias testemunhas. Uma vez que o verdadeiro Superman já provou o seu valor a Metrópolis em sucessivas ocasiões, um novo clone Bizarro parece ser o suspeito mais provável.

Contudo, por que Lane se recusaria a comentar a história? Ficou claro que o Bizarro original era um tanto perigoso. Seja lá quem o tenha criado, esse novo clone provavelmente estava infeliz por ter sido jogado no mundo, e faria quase qualquer coisa para apagar esse fato de todo e qualquer registro público. Para dissimulações nessa escala, é necessário uma série de contatos, poder e dinheiro. E há poucos homens em Metrópolis que possuem as três coisas.

Falando em empresas que pertencem a homens poderosos, na tarde do sequestro de Lane, houve uma pequena explosão na LexCorp. Uma janela foi estilhaçada em um dos andares mais altos do edifício, derrubando vidro por toda a calçada embaixo dela. Ainda que a LexCorp tenha declarado que a explosão foi causada por um duto de gás defeituoso, apenas um funcionário foi ferido no acidente: o dr. Sydney Happersen, especialista, vejam só, em manipulação genética.

Uma duplicata genética do Superman escapou da LexCorp e mais uma vez sequestrou Lane? E Lois Lane, famosa pela "integridade" jornalística, encobriu a história em prol de um rápido desfecho para Luthor, seu ex-namorado? Esse novo Bizarro sobreviveu, e há outros como ele por aí? A essa altura, só o que podemos fazer é continuar fazendo as perguntas difíceis, mantendo os nossos olhos sempre abertos para todas as coisas esquisitas.

Ainda que tenha transferido com sucesso o seu cérebro para um clone mais jovem, o novo corpo de Luthor estava começando a falhar, forçando-o a rever o seu procedimento de clonagem do Superman.

Porém, como já era de se esperar, o resultado foi similar à sua primeira tentativa de manipular o DNA kryptoniano, e um novo Bizarro ficou à solta na cidade. Ele sequestrou Lois Lane, colocando-a em uma cidade toscamente construída no interior de um imenso galpão. Lois escapou e manteve a sua provação em segredo, devido ao fato de que Bizarro sabia quem era o alter ego do Superman e tentou se passar por Clark Kent por várias vezes durante o encontro.

Esse segundo clone Bizarro foi destruído quando a equipe de Lex Luthor continuou a realizar experimentos com a criatura, no intuito de tentar encontrar uma cura para a condição de Lex.

Logo depois de a revista de fofocas *Rumor Nacional* publicar um surpreendente artigo quase preciso, a existência do segundo clone Bizarro se tornou consideravelmente pública quando ele e Superman duelaram pelas ruas de Metrópolis.

## O Retorno de Apocalypse

Quando Hank Henshaw, o Superciborgue, surgiu em cena pela primeira vez, uma das suas primeiras ações como "Superman" foi roubar o corpo de Apocalypse do Projeto Cadmus. Ele amarrou a criatura a um asteroide e a mandou para a imensidão do espaço sideral, junto com um pequeno monitor que alertaria o ciborgue quando e se o monstro se libertasse da sua prisão.

Exatamente como Henshaw planejava, Apocalypse de fato se libertou quando um cargueiro espacial cruzou o seu caminho. O monstro acabou viajando até o planeta Apokolips, levando consigo a consciência do Superciborgue. No malévolo lar do déspota Darkseid, Apocalypse retomou a sua violenta cruzada, assim como o Superciborgue.

Viajando até Apokolips, Superman conseguiu vencer o Superciborgue com a ajuda do seu inimigo Darkseid. Auxiliado pela Caixa Materna, o computador vivo dos Novos Deuses, Superman confrontou Apocalypse em uma batalha que atraiu a atenção dos Homens Lineares, um grupo de viajantes do tempo. Superman venceu a criatura usando um dispositivo de viagem temporal para prender Apocalypse literalmente no fim dos tempos.

A Caixa Materna alterou o uniforme do Superman, assim como Supergirl havia feito um dia, reconfigurando o traje kryptoniano de recuperação em um novo uniforme mais adequado para sua batalha contra o Apocalypse.

Durante o encontro com os Homens Lineares, Superman descobriu a origem de Apocalypse. Nascido em Krypton, há quase 250 mil anos, o bebê que um dia viria a se tornar Apocalypse foi jogado a um bando de animais selvagens por um cientista alienígena chamado Bertron. O bebê foi morto e os seus restos mortais foram clonados, apenas para seguir o mesmo destino. Bertron continuou esse processo por décadas, enquanto a evolução lentamente transformava o bebê clonado na monstruosa entidade que ficaria conhecida como Apocalypse. Porém, ele teria a sua vingança. Quando estava evoluído, Apocalypse matou Bertron e escapou do planeta.

Parecia que nada podia deter Apocalypse, apesar de uma raça alienígena ter conseguido "matar" e deter a fera, aprisionando-a em um receptáculo que, de algum modo, foi parar na Terra. Porém, como Superman bem sabia, Apocalypse não tinha morrido naquele dia, e mais tarde abriu caminho para fora da sua sepultura terráquea, viajando para Metrópolis e, por fim, matando o próprio Homem de Aço. Apocalypse escapou de cada uma das prisões feitas para contê-lo, assim como viria, por fim, a escapar do seu aprisionamento no fim dos tempos.

Graças às vergonhosas ações do meu ancestral, o Brainiac original, Apocalypse mais tarde retornaria à Terra, dessa vez com a consciência de Brainiac dentro da sua mente. Ainda que o plano deste tenha falhado quando Superman prendeu Apocalypse dentro do teletransportador da Liga da Justiça, ficou claro que, dali em diante, Apocalypse seria uma ameaça constante na vida do Superman.

O rosto de Apocalypse.

Após resgatar Apocalypse do fim dos tempos, a mente de Brainiac foi retirada da sua forma frágil e colocada temporariamente no interior da fera, com a ajuda de Prin Vnok, lacaio do meu ancestral.

Superman ajustou o teletransportador da Liga para uma repetição contínua, assegurando que Apocalypse sempre se materializaria em quatro lugares ao mesmo tempo e, assim, sendo eternamente incapaz de conseguir escapar por conta própria.

## A Queda de Metrópolis

Lex Luthor estava morrendo e estava pronto para levar Metrópolis com ele. Quando a última tentativa dele de clonar Superman resultou numa tragédia com outro Bizarro, Luthor acelerou a Operação Protomatéria, uma tentativa de produzir clones em massa a partir da composição genética da Supergirl, que ele estava namorando na época.

Com crescentes suspeitas acerca do seu namorado, Supergirl descobriu a Operação Protomatéria e destruiu os grotescos clones feitos com o seu DNA. Enfurecida, ela correu para confrontar Luthor. Para grande surpresa da Garota de Aço, o Lex que ela descobriu não foi o homem viril que ela conhecia e amava, mas um velho decrépito e inválido, preso a uma cadeira de rodas, às portas da morte. Mesmo assim, na sua fúria, a Supergirl teria matado o frágil bilionário se não fosse a intervenção do Superman.

Uma rara foto da Operação Protomatéria. Estranhamente, a assombrosa aparência dos casulos de gestação da Supergirl era muito próxima dos bancos de clonagem do antigo planeta Krypton.

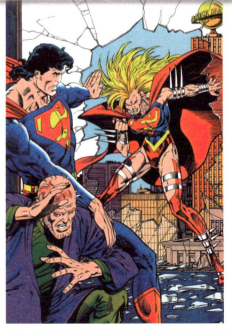

# PLANETA DIÁRIO

★★★★ UM GRANDIOSO JORNAL METROPOLITANO ★★★★

**EDIÇÃO ESPECIAL** ★★★★★

## DESTRUIÇÃO NO CENTRO

**POR LOIS LANE**

METRÓPOLIS — Mais de dez quarteirões no centro histórico de Metrópolis foram arrasados hoje por sofisticados torpedos sônicos, supostamente disparados por Lex Luthor. Capazes de se deslocar pelo subterrâneo enquanto se dirigiam aos seus alvos, os torpedos atingiram com sucesso a sede do *Planeta Diário* e a Torre LexCorp, dois dos arranha-céus mais icônicos da cidade.

O ataque acontece numa época em que a cidade já estava tumultuada devido às revoltas causadas pelos chamados Underworlders, um grupo de clones geneticamente alterados, alienígenas e humanos sem-teto, que vivia nos esgotos e túneis subterrâneos de Metrópolis. Quando membros da pouco conhecida agência governamental chamada Projeto Cadmus entraram em cena, assim como os seguranças particulares armados de Luthor (os LexMen), a maior parte do centro de Metrópolis foi colocada sob lei marcial.

Para a sorte dos trabalhadores e moradores do centro, como resultado da violência contínua, a maior parte da área foi evacuada antes do torpedeamento. Até mesmo a própria equipe deste jornal foi forçada a se desenraizar e se mudar para o bairro de Queensland a fim de estabelecer uma redação temporária no prelo do *Planeta*.

Por mais terrível que fosse a situação, ninguém estava esperando o ataque de hoje, um bombardeio que causaria mais danos à propriedade do que qualquer outra catástrofe na história da cidade. Apesar de ainda não haver uma contagem oficial de vítimas, as autoridades foram rápidas em afirmar que o número de mortos e a destruição de propriedades teriam sido muito mais graves se não fossem os esforços heroicos do Superman, da Supergirl e do Superboy.

Para entender as razões do ataque, primeiro é necessário entender a situação de declínio na qual Lex Luthor se encontra. Ainda que isso pareça mais ficção científica do que um fato, a dra. Gretchen Kelley, médica particular de Luthor, recentemente veio a público e admitiu que o nobre Lex

Luthor II, que toda Metrópolis conhecia e amava, na verdade era o Luthor original em um novo corpo clonado. Tendo forjado a própria morte, a mente de Luthor começou a se deteriorar quando o seu novo corpo também começou a falhar. Desesperado e na ânsia de partilhar a sua ruína, Luthor elaborou o plano de torpedear a cidade, que enfim foi posto em ação pelo seu braço direito, o dr. Sydney Happersen.

Enquanto outras estruturas notáveis no horizonte de Metrópolis, incluindo o edifício da revista *Newstime*, foram miraculosamente poupados do torpedeamento, nenhum relato faz justiça aos danos no centro da cidade. Até mesmo o ataque enfurecido do monstruoso Apocalypse parece menor em comparação à destruição causada por Luthor. Porém, enquanto a cidade se encontra atordoada pelo choque e pelo horror, ao menos os seus cidadãos podem encontrar conforto em saber que uma das ameaças ocultas vivendo em meio a eles finalmente veio à luz. E se o sistema legal do nosso país é capaz de algum tipo de justiça, Lex Luthor nunca mais estará livre para ferir Metrópolis outra vez.

### LANG-ROSS

Lana Elizabeth Lang e Peter Joseph Ross, ambos de Smallville, uniram-se em matrimônio às quinze horas do último sábado, na casa de Jonathan e Martha Kent.

A noiva é filha de Thomas e Carol Lang e foi criada por sua tia Helen. O noivo é filho de Bill e Abigail Ross.

O feliz casal se conheceu na Escola Elementar Eisenhower, em Smallville, ainda crianças, e iniciaram uma amizade da qual, anos mais tarde, floresceria um romance. O casal se encontra, no momento, planejando a lua de mel.

A VIDA PESSOAL DE CLARK KENT FICAVA DE LADO DEVIDO AOS SEUS DEVERES COMO SUPERMAN. POR CAUSA DO DESASTRE EM METRÓPOLIS, CLARK FOI FORÇADO A PERDER O CASAMENTO DE DOIS DOS SEUS MELHORES AMIGOS DA ÉPOCA DO COLÉGIO.

Criado em grande parte por Dabney Donovan, cientista do Projeto Cadmus, o grupo de desajustados genéticos conhecidos como Underworlders tomou a cidade de assalto quando uma praga que afetava apenas clones se espalhou entre o seu povo. Colocando a culpa no projeto pelos seus corpos defeituosos, os Underworlders decidiram descontar a sua fúria e a sua frustração em Metrópolis.

O Guardião encarando o líder dos Underworlders, a besta-fera conhecida como Garrico.

Apesar de ter sido levado sob custódia da polícia após os ataques, Lex Luthor ainda tinha várias salvaguardas preparadas para tal situação. A mais perigosa delas era a própria armadura de guerra kryptoniana do Superman.

Luthor tomara posse da armadura quando Superman a abandonou em Metrópolis depois do seu retorno dos mortos. Cada vez mais ocupado tentando restabelecer a própria vida, Superman nem pensou novamente na sua armadura até ela libertar Luthor da câmara hiperbárica instalada dentro de uma ambulância e colocar o moribundo magnata nos controles da sofisticada máquina.

Numa furiosa batalha, Superman arrebentou a armadura e levou Luthor para os Laboratórios S.T.A.R. Lá, o enlouquecido bilionário foi tratado com um soro que, no fim das contas, impediu a sua morte, mas foi incapaz de restaurar a sua juventude. Lex Luthor não estava mais morrendo, mas também não estava mais vivendo.

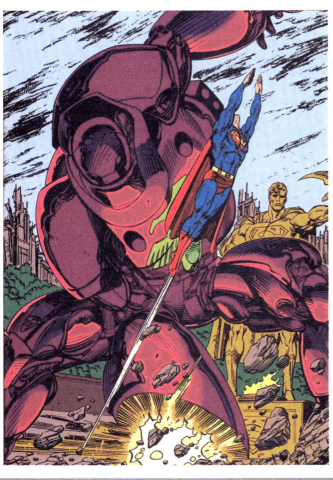

## Conduíte

A pior parte é que, antes de a bomba explodir, eu ouvi o temporizador. Eu o ouvi sob o púlpito, tão claro quanto o dia, só não dei muita importância a ele. Eu estava preocupado com o meu discurso de agradecimento e não estava pensando como Superman. Estava agindo como um completo amador. Tenho sorte de ninguém ter morrido na explosão.

Lois e eu chegamos ao prêmio Zênite um pouco atrasados. Estávamos levando as minhas coisas de volta para o meu apartamento na rua Clinton e não vimos o tempo passar. Depois de Superboy coincidentemente ter morado lá durante a minha "morte", posso dizer que o lugar precisava de alguns reparos. Apesar disso, conseguimos chegar à premiação logo antes de a apresentação começar e a anfitriã desse ano, Cat Grant, subir ao palco.

Noite passada, fiquei matutando sobre o meu discurso de agradecimento. Havia rumores de que eu poderia receber um "Careca" especial esse ano por causa da minha cobertura sobre o evento da crise temporal da Zero Hora e, ainda que eu não tivesse certeza de que podia acreditar neles ou não, queria me certificar de que os meus pensamentos estariam organizados para o caso de eu ganhar.

Esse tipo de coisa na verdade significa muito para mim, mesmo que não devesse. Cerimônias de premiação inflam os egos, mas eu estaria mentindo se dissesse que não seria bom Clark Kent ser reconhecido, para variar um pouco. Eu banco um super-herói bastante confiante, mas não conheço um jornalista que seja digno do seu salário e não esteja constantemente duvidando de si mesmo. Então, quando chamaram o meu nome para me entregar o prêmio, me fez bem pensar que a carreira que escolhi talvez pudesse render alguns frutos, afinal de contas.

Eu estava um pouco nervoso, ali no púlpito. Superman está acostumado a ser a figura pública, mas isso ainda é novidade para Clark, e um pouco fora da minha zona de conforto. Enquanto fazia o meu discurso com todo o entusiasmo de um robô inexpressivo e com complexo de inferioridade, ouvi o bipe fraco que, por uma razão ou outra, ignorei. Mas então houve o "clique". Eu não ignorei o "clique".

Trazido de volta à realidade, me joguei na frente de Cat Grant e me preparei para a explosão. Cat foi protegida da maior parte do impacto, mas ainda assim foi jogada ao chão porque eu estava muito ocupado no meu próprio mundinho dos tapinhas nas costas. Em supervelocidade, tirei o que restava do meu smoking e, de repente, Superman entrava de penetra na festa de Clark.

Não contentes em apenas detonar a bomba, dois homens armados até os dentes irromperam por uma janela próxima, atirando no que fosse lá que houvesse restado de Clark Kent. Como acharam Superman no lugar dele, fizeram o melhor que podiam para desperdiçar munição em mim antes que eu fizesse um estrago nos seus rifles térmicos e nas suas granadas. Contudo, quando me aproximei deles, seus capacetes começaram a fumegar. Aqueles homens estavam sendo derretidos vivos por alguém que não queria deixar nenhuma ponta solta.

Ontem, quase não consegui desviar de um pedaço de alvenaria que caiu do prédio do *Planeta Diário*. Então, o elevador do meu prédio cedeu. Depois disso, um incêndio no orfanato da baía de Hob quase fez um assado de um punhado de repórteres. Todas essas coisas poderiam ter sido acidentes estranhos, mas, juntas, formavam um quadro diferente. E, então, aconteceu tudo isso essa noite, batendo o último prego no caixão. Que é exatamente o que esse misterioso alguém planeja fazer com Clark Kent. Pelo limitado poder de fogo envolvido, seja lá quem for esse assassino, ele não faz ideia de que também sou Superman. Esse homem quer uma morte fácil, não uma luta. Eu quase odeio ser a pessoa que vai dar as novidades a ele.

Clark aceitando o conceituado prêmio Zênite de Jornalismo, da LexCorp, carinhosamente conhecido como "Careca".

Uma das misteriosas e desconcertantes fotos enviadas anonimamente para Clark Kent. Cada foto apresentava um momento-chave da infância dele, mas o rosto de Clark era cortado toscamente da fotografia.

Armado com bobinas irradiadas por kryptonita, treinamento da CIA e com a organização clandestina conhecida como Encanamento ao seu dispor, Conduíte provou ao Superman ser um duro oponente.

A verdadeira identidade de Conduíte era Kenny Braverman, um dos colegas de classe de Clark em Smallville. Filho de um pai autoritário, Braverman sentia que havia passado toda a vida na sombra de Clark e desenvolveu uma maníaca obsessão pelo seu antigo amigo. Porém, quando Superman pôs fim aos ataques de Braverman a Kent, o vilão também ficou obcecado pelo Homem de Aço.

## "Morto" Outra Vez

Procedimento de Teste no 61: Escala de Densidade do Promécio

O corpo está reagindo de acordo com os tradicionais resultados kryptonianos de laboratório. (Devemos ressaltar que a frase "tradicionais resultados kryptonianos de laboratório" pode ser um pouco enganosa, já que Superman é o único kryptoniano verdadeiro a já ter tomado parte em algum dos nossos experimentos anteriores.)
Enquanto um daxamita ou talvez alguma outra forma de vida alienígena pudesse teoricamente gerar resultados semelhantes na escala de densidade, os números não seriam idênticos, exceto no caso de um kryptoniano com a mesma idade, constituição e saúde do Superman. Além disso, a cobaia teria que ter sido exposta à radiação do sol amarelo por aproximadamente a mesma quantidade de tempo quanto o verdadeiro Superman, tornando o teste incrivelmente difícil de forjar.

Procedimento de Teste no 62: Análise comparativa de DNA do "Superman" vivo

Como eu esperava, comparar uma amostra de DNA do "Superman" atualmente vivo com o Superman falecido produziu uma anomalia. E como eu temia, essa anomalia pertence ao "Superman" vivo. Usando resultados anteriores como constante, o teste prova conclusivamente que o homem que afirma ser Superman é, de fato, outro impostor, e o homem enterrado no túmulo é, na realidade, o verdadeiro herói de Metrópolis.

Ainda que as conclusões indiquem que o falecido corpo encontrado recentemente na cripta do Superman é, de fato, do único e verdadeiro Superman, estou hesitante quanto ao resultado, por causa do modo como a informação foi manipulada quando conduzi um experimento semelhante — embora menos abrangente — do assim chamado Superciborgue. Naquela ocasião, meus dados foram distorcidos pela interferência do ciborgue nos meus equipamentos, assim como os materiais kryptonianos usados para alcançar o seu elaborado ardil. Temo que, mais uma vez, algum tipo de desinformação desconhecida possa nos levar ao caminho da desgraça.

Nota:
Refazer o procedimento 62 ao menos duas vezes com novas amostras (se o Superman for paciente o bastante). Todo cuidado é pouco.

Além disso, procurar o número da Mildred. Não sei como fui guardar no lugar errado outra vez. Queria saber programar o telefone...

Quando a luta contra Conduíte levou Superman a descobrir uma duplicata exata de si mesmo no seu túmulo no Parque Centenário, Kal-El requisitou a ajuda do professor Emil Hamilton para examinar o corpo. Porém, Superman não ficou nada satisfeito com os resultados, convencido de que algum dos seus antigos inimigos o estava manipulando para algum propósito desconhecido.

Superman passou a confrontar os seus mais poderosos inimigos um por um, numa tentativa de descobrir o mistério por trás do cadáver colocado na cripta. Enquanto o grande público começou a desconfiar da sua autenticidade e até da sua sanidade, Superman descobriu que Brainiac estava por trás do esquema, quase tendo sucesso nos seus esforços de levar o Homem de Aço à insanidade.

Um perigo para Metrópolis e não muito capaz de confiar na própria mente, Superman confrontou Brainiac, apenas para ser forçado a confrontar o cadáver do seu sósia aparentemente revivido. Porém, o super-herói derrotou os truques mentais do meu ancestral, virando o jogo contra ele. Superman o convenceu de que ele na verdade ainda era Milton Moses Fine, em vez de um déspota alienígena do planeta Colu. Confuso e derrotado, Brainiac partiu voluntariamente com as autoridades, e o público logo foi tranquilizado com o fato de que Superman era o original de fábrica.

## A Morte de Clark Kent

"Já está vindo, Wayne?", gritou Mac da sua picape. A caminhonete era verde-clara, mas não dava para saber se ela havia sido pintada dessa cor ou se os anos sob o sol fizeram o trabalho de determinar a cor. Parecia ser o veículo perfeito para uma mulher que, apesar de se chamar Judith McGivney, insistia que todos a chamassem de Mac.

"Não, obrigado", respondi enquanto andava até o caminhão que eu e o pai compramos do novo chefe dele na loja de ferramentas. "Eu tenho..."

"Que pensar um pouco nas coisas", completou Mac. "Que tipo de desculpa é essa, afinal? É um insulto velado, isso sim. Você vai levar esse traseiro para o Paddy's e vai agir como se soubesse o que é ter vida social. Ou está despedido." A mulher levantou a janela do lado do motorista antes que eu pudesse argumentar.

Suspirei, subi na minha caminhonete e segui Mac até o pub da cidade. Vida social não era o que eu estava procurando naquele momento. Mas, algumas horas depois, eu ainda estava sentado no banco do bar, tomando uma cerveja aguada e me perguntando se deveria começar a agir como se todas as rodadas tivessem algum efeito sobre mim.

"Então, qual é a sua, Wayne Jordan?", perguntou Mac sentando-se ao meu lado com um taco de sinuca na mão. "Você vem para cá do nada, sabe derrubar uma árvore como ninguém e tem uma ética de trabalho que faz o resto dos meus caras parecerem mais irritados do que gratos. Você tem uma história, dá para saber. Vamos ouvi-la."

Fiquei olhando enquanto o adversário de Mac na sinuca, algum cliente regular do bar que ela aparentemente conhecia desde a escola, preparava a sua tacada. Então, ele se empertigou de novo e deu a volta na mesa, quase como um cachorro procurando o lugar perfeito para tirar um cochilo.

"Não tem muito para contar", respondi. "Eu vim de... bom, aconteceu uma coisa ruim. Com muita gente que eu conhecia."

"Culpa sua?"

"De certa forma."

"Então, você é um fugitivo?", indagou ela, olhando para o seu amigo na mesa de sinuca, ainda circulando. Mac sorriu e balançou a cabeça enquanto o observava.

"Eu... acho que sim. Nunca achei que diria isso sobre mim mesmo."

"E essas pessoas que você perdeu, eram importantes para você?"

"Minha noiva."

"Ah. Então, isso explica toda essa reflexão que você faz durante a noite", disse ela e gritou com o homem na mesa de sinuca: "Dá logo a droga da tacada!" Olhando de volta, ela continuou: "O que você tem que se perguntar é o seguinte: quando cansar de pensar e de fugir, e aí?" O retinir de duas bolas se chocando uma contra a outra veio da mesa. Olhei para cima e vi que nenhuma das duas foi para algum lugar realmente importante. "Você vai ter que encarar aquilo de que está fugindo em algum momento." Mac se levantou e caminhou em direção à mesa. "Especialmente se aquilo de que está fugindo é você mesmo."

Ela se inclinou um pouco, preparou a tacada e por pouco não acerta a bola cinco na caçapa do canto. Mac resmungou um palavrão e voltou até mim. Ela me entregou o taco e me olhou no fundo dos olhos, parecendo tão séria quanto possível. "Toma", disse ela. "Tenho que ir ao banheiro."

Sorri enquanto ela caminhava em direção aos fundos do bar, pensei em Lois e me virei para pagar a minha conta.

Depois de receber uma ameaçadora mensagem com um simples "Eu sei", Clark percebeu que a sua vida estava prestes a mudar quando descobriu um boneco do Superman feito grosseiramente e espetado na porta do seu apartamento com uma faca. Alguém havia descoberto o segredo da sua vida dupla e ele tinha uma ideia de quem era.

O ex-amigo de Clark, Kenny Braverman, tinha voltado a ser Conduíte, e o perturbado criminoso descobriu que os seus dois inimigos eram, na verdade, o mesmo homem. Determinado a se vingar, Conduíte começou a usar a sua organização, o Encanamento, para destruir sistematicamente tudo e todos que Clark Kent já havia amado um dia. Ele arrasou a casa de Pete Ross e Lana Lang, destruiu o apartamento de Clark, sequestrou Jimmy Olsen e demoliu a casa onde Clark havia passado a infância. No entanto, o golpe que destruiu Clark, o abalo devastador que fez Superman pendurar a capa de vez, foi o aparente assassinato de Lois Lane.

Mudando de nome para Wayne Jordan (em referência a dois dos aliados de longa data do Superman na Liga da Justiça), Clark se mudou para o norte da Califórnia com os pais. Ele conseguiu um emprego de lenhador e fez o melhor que pôde para esquecer Lois e a sua verdadeira vida. Mas Lois sobrevivera ao ataque de Braverman e estava desesperada tentando localizar o noivo. Quando um incêndio florestal forçou Superman a entrar em ação outra vez, tanto Lois quanto Conduíte descobriram a localização de Clark, sendo que o vilão chegou primeiro. Lá, Braverman matou a amiga de Clark, Judith McGivney e, com um disparo infundido de kryptonita, deixou Superman inconsciente.

Superman sabia que Conduíte era obcecado em competir com Clark Kent, mas nunca havia percebido a extensão da loucura de Braverman, até acordar em uma réplica perfeita da Smallville de vinte anos atrás, incluindo cidadãos robôs cantando louvores a Kenny. Superman localizou Conduíte em uma cópia exata do estádio do seu colégio, decidindo confrontar o homem que destruíra a sua vida.

Em uma violenta batalha, Conduíte tentou envenenar Superman, expandindo a sua própria massa e aumentando a sua vazão de radiação de kryptonita. No entanto, Braverman foi sobrepujado pela sua obsessão e ele continuou a crescer, até ser sobrecarregado pela sua fonte de energia de kryptonita, reduzindo o seu corpo a uma casca chamuscada. Conduíte estava morto e Clark Kent estava livre para viver a sua vida outra vez.

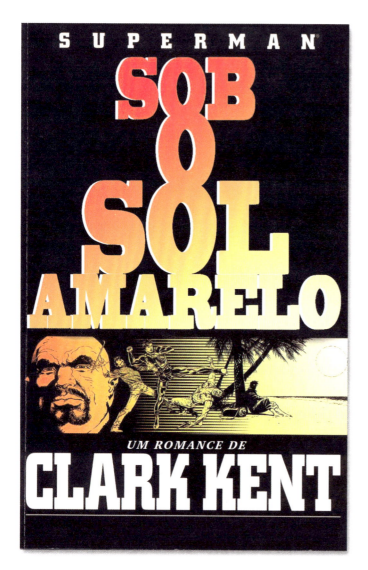

A carreira de Clark Kent como escritor não estava limitada meramente ao jornalismo. Com pouca necessidade de sono, Clark encontrou tempo para escrever uma série de romances ao longo da sua carreira. Os livros obtiveram sucesso modesto e foram um canal para Clark veladamente discutir algumas das suas experiências como Superman.

A CAPA E A FOLHA DE ROSTO DE UMA CÓPIA AUTOGRAFADA DE UM DOS ROMANCES MAIS POPULARES DE CLARK.

# O Julgamento do Superman

Os pecados das gerações passadas da Casa de El alcançaram Superman quando os juízes, júri e executores intergalácticos conhecidos como Tribunal o prenderam pelos crimes cometidos pelo dispositivo Erradicador. Quando ouviram as notícias sobre o rapto do Superman, Aço, Supergirl, Superboy e o Erradicador humano se lançaram no espaço profundo para oferecer ao herói todo apoio que podiam.

Enquanto estava sob a custódia do Tribunal, Superman conheceu um colega de cárcere chamado Mope. Quando o Superman foi condenado à morte, Mope vislumbrou a própria chance de redenção e tomou o lugar do herói, dando ao Homem de Aço uma oportunidade de desmascarar o corrupto líder da organização, Tribunal Prime. Como recompensa pelos seus esforços, a liberdade foi concedida ao Superman, com a condição de que continuasse servindo ao povo da Terra como guardião.

O criminoso alienígena conhecido como Mope.

O moralmente corrupto Tribunal Prime.

## A Separação

Posso vê-la onde quer que ela vá. Posso ouvi-la no seu apartamento agora mesmo. Ela está chorando em silêncio. Olhando uma pilha de fotos de uma das muitas caixas que ela diz que algum dia vai encontrar tempo para organizar. Ela olha para uma foto de Jeb Friedman e a minha pulsação se acelera. O homem está morto, não há por que ter ciúmes dele. Mas saber que ela está pensando nele, no homem que em vida teria feito qualquer coisa por ela, o homem que ela beijou quando achava que eu estava morto, me corrói por dentro. Aperto a aliança dela contra o meu punho e desejo que aquilo pudesse doer. Queria que qualquer coisa pudesse desviar a minha mente da mulher que está chorando na sua casa e não me deixa ajudá-la.

Quando ela me devolveu a aliança, eu achei que era só uma briga. O gênio ruim de Lane mostrando as suas garras. As pessoas não mudam assim da noite para o dia. Sei o que Lois sente por mim e sei que o que temos não é algo comum. Achei que ela estava com raiva por causa de alguma bobagem, como Lori Lemaris voltando às nossas vidas outra vez. Só uma crise de ciúmes que eu poderia fazer passar depois de uma conversa. No entanto, como fiquei sabendo, a única pessoa com quem Lois tem um problema é com o Superman.

O que me incomoda é que ela sabia que tudo isso estava acontecendo. Quero dizer, não quando começamos a namorar, mas contei a ela sobre a minha vida como Superman logo depois que ficamos noivos. Eu ainda sou a mesma pessoa que era antes. Ela sabia que haveria sacrifícios quando o assunto era a minha vida dupla. Ela sabia que eu nunca seria capaz de dedicar todo o meu tempo a ela. Mas aí está ela, fugindo de mim mesmo assim. E ela ainda está me culpando pela coisa toda.

Eu tive que sair quando estávamos brigando. Ela me implorou para não ir, mas havia sirenes no cais. Pessoas morreriam se eu não fosse. Como ela podia ser tão egoísta a ponto de uma conversa com Clark não poder esperar por quinze minutos? É de dar raiva que ela possa ser tão egocêntrica, tão irracional. Não posso deixar de ser Superman por causa dela. É quem eu sou. O trabalho é mais importante do que nós dois. Isso soa terrível, mas Superman é maior do que Lois Lane e Clark Kent. E sei que, no fundo, ela entende isso. Ela só não quer mais ter que viver com isso.

Então, essa é a solução dela. É assim que ela quer que fiquemos, por que ela não acredita naquilo que temos. Não tenho dúvidas de que essa coisa entre nós vai continuar aqui, não importa o que a gente faça. Não posso escolher como me sinto a respeito dela e tenho certeza que ela também se sente assim. Isso não vai sumir, não importa o quanto ela seja fria comigo no trabalho ou quanta distância coloque entre nós.

Porque mesmo que eu não queira, e por mais que eu tente não olhar, posso vê-la chorando no seu apartamento, agora mesmo. E ela está olhando para uma foto nossa.

*O TAGARELA*

# A vida secreta de Lex Luthor

*Por Jack O. Ruby*

Para a maior parte do mundo, a história de Lex Luthor acabou. Levado à insanidade quando o seu corpo começou a falhar, o bilionário se tornou um dos maiores criminosos que o nosso país já viu. Seu bombardeio a Metrópolis é de conhecimento público e um legado perturbador para um homem que, em um primeiro momento, deu tanto à cidade. Agora pouco mais do que um vegetal humano ligado a máquinas de suporte vital, o corpo de Lex Luthor se encontra inerte em uma instalação da LexCare chamada Sunnyside. Ou assim querem que você acredite.

Ainda que o governo não faça menções a isso, nós d'*O Tagarela* recentemente descobrimos que Luthor não está sob qualquer tipo de custódia. De algum modo, o corpo de Luthor desapareceu das instalações de Sunnyside, levando esta publicação a acreditar que ele teve algum tipo de ajuda interna. Mas essa matéria é muito mais do que uma história sobre um inválido desaparecido. As reviravoltas estão só começando.

Por mais difícil que seja de acreditar, Lex Luthor foi curado. *O Tagarela* ouviu de não menos do que quatro fontes diferentes que o homem está escondido em Bimini, numa estação praiana de uma ilha no norte das Bahamas. E mais ainda: o sr. Luthor é a encarnação da própria saúde. O misterioso bilionário não só recuperou a juventude e a vitalidade como também parece muito mais em forma do que jamais esteve nos seus chamados "primórdios". Seja isso o resultado de mais experiências com clones ou alguma outra cura misteriosa, nós aqui d'*O Tagarela* não nos atrevemos a especular. Ainda que haja algumas poucas testemunhas que sentem que a transformação de Luthor pode se apoiar em alguma fonte mística.

Seja lá qual for o caso, a nova CEO da LexCorp, com o elaborado nome de Contessa Érica Alexandra Del Portenza, sem dúvidas participa da conspiração de Luthor. Ainda que tenha se tornado uma celebridade instantânea em Metrópolis quando comprou a sua posição de acionista majoritária da LexCorp, Contessa há décadas tem sido uma das maiores personalidades das finanças europeias. Na verdade, rumores peculiares de que ela pode estar em cena há muito mais tempo do que isso vem circulando, com uma fonte afirmando que ela possui algum tipo de solução antienvelhecimento e tem sido uma figura influente na sociedade

**Erica Alexandra Del Portenza**

desde os dias da Roma Antiga. Absurdo? Provavelmente. Porém, Contessa parece mesmo ter uma ligação íntima com o novo campeão de Metrópolis e, coincidentemente, chefe das forças de segurança da LexCorp, o Centurião Alfa.

Deixando as divagações de lado, Contessa foi vista com Luthor em diversas ocasiões, e por testemunhas bastante confiáveis. O casal foi visto mais recentemente nas roletas de um cassino em Monte Carlo há apenas algumas semanas, desencadeando rumores de que estão prestes a se casar.

Esses boatos se provaram como mais do que simples "disse me disse" e, de acordo com os nossos últimos informes, descobrimos que de fato há uma nova sra. Luthor no mundo. Naquela que provavelmente foi a mais secreta das cerimônias de casamento desde o surgimento da internet, Lex Luthor e Contessa juntaram os trapinhos com apenas um punhado de funcionários como testemunhas. Enquanto podemos apenas nos perguntar o que o futuro trará para o suposto feliz casal, o mundo precisa se preparar para o retorno de uma das suas mentes mais poderosas — e também uma das mais instáveis.

O rei recuperou as chaves do seu reino e, ao que parece, a verdadeira história de Lex Luthor está só começando.

Lex Luthor depois de sua mágica restauração.

Uma rara imagem do poderoso demônio Neron, o verdadeiro benfeitor por trás do rejuvenescimento de Lex Luthor. O acordo custou a Luthor a própria alma.

O alienígena conhecido como Scorn chegou à Terra vindo do que se acreditava ser a cidade perdida kryptoniana de Kandor. Ainda que Scorn tenha utilizado a sua grandiosa força para ajudar a defender os cidadãos de Metrópolis, mais tarde, Superman descobriria que a cidade onde ele tinha vivido não era de forma alguma a verdadeira Kandor.

(ABAIXO) Afirmando que vinha da Roma Antiga, Marcus Aelius foi enviado como representante da sua nação numa viagem até um império alienígena. Enquanto pensava estar estudando com os extraterrestres por apenas dez anos, quando ele voltou à Terra, milhares de anos haviam se passado. Ajustando a trajetória da sua nave para a maior cidade do mundo — que ele equivocadamente havia presumido ser Roma — Marcus chegou em Metrópolis e começou a usar a sua avançada tecnologia para proteger a cidade como o Centurião Alfa.

Apesar de quebrar a lei constantemente para servir aos seus próprios propósitos, o vigilante Dragão Sombrio auxiliou Superman uma ou duas vezes, devido ao seu complexo código de honra.

Capaz de materializar armas e massa adicional para o seu corpo, aparentemente do nada, o vilão conhecido como Saviour acreditava que o Superman era um impostor e fez uma cicatriz com a forma do seu símbolo na própria testa para provar a sua dedicação.

Nutrindo uma paixão doentia pelo Superman, a supervilã conhecida como Obsessão adquiriu poderes divinos quando roubou uma coleção de moedas ancestrais.

Clone do mafioso "Balas" Barstow, o criminoso Anomalia nasceu quando ele manifestou a habilidade de absorver qualquer material com o qual ele tenha entrado em contato e reformular a si mesmo a partir dele.

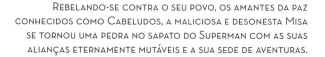

Rebelando-se contra o seu povo, os amantes da paz conhecidos como Cabeludos, a maliciosa e desonesta Misa se tornou uma pedra no sapato do Superman com as suas alianças eternamente mutáveis e a sua sede de aventuras.

## Linda Danvers

A Supergirl Matriz recebeu uma chance real de vida quando o seu corpo se fundiu com o de Linda Danvers, uma jovem escultora que vivia na pequena cidade de Leesburg. As duas se conheceram quando a Supergirl interrompeu um ritual demoníaco no qual Linda seria sacrificada. No intuito de salvar a vida da jovem, a Supergirl combinou a sua forma com a de Linda e, em troca, foi presenteada com as lembranças e a personalidade de Danvers.

Imagem feita por uma câmera de segurança recuperada num depósito de Leesburg no momento da fusão de Linda Danvers com a Supergirl. Essa imagem foi interceptada pela guru da informação com base em Gotham chamada Oráculo, antes que as autoridades locais pudessem vê-la.

Linda com o seu ex-namorado Buzz, um demônio que assumiu a forma de um mortal. Buzz tentou matar Linda, mas depois se tornou um aliado ocasional da Supergirl.

Cometa, um anjo nascido na Terra e outro misterioso herói de Leesburg.

Quando mais tarde se separaram, a Matriz buscou uma vida como uma entidade angelical, enquanto Linda continuou como Supergirl, ainda que com um novo uniforme. Ela se aposentou da vida de super-heroína depois de uma tragédia pessoal, sentindo-se indigna do título de Supergirl.

## A Noite Final

Escorreguei um pouco quando pisei no topo de um dos edifícios do conjunto habitacional que delimita os limites do Beco do Suicídio. Eu não esperava que o gelo estivesse tão sólido, ou que o meu pulo fosse tão curto quanto foi. Recuperei o equilíbrio e caminhei até a beirada oposta. Sete andares. Foi a altura máxima que consegui alcançar. E até isso me tirou o fôlego.

"Capaz de saltar os mais altos prédios num só impulso." Era isso que eles costumavam dizer quando apareci pela primeira vez em Metrópolis. Eu me lembro de como aquilo me fazia sorrir, sabendo que eu era capaz de voar até o espaço sideral, se quisesse. Pensar nisso, parece arrogância. Eu não tinha consciência de como as coisas iam rapidamente mudar.

Já faz vários dias desde que o sol se pôs. Uma enorme "nuvem" viva chamada Devorador de Sóis foi atraída pela sua energia e agora está se alimentando dele, encobrindo o mundo inteiro em um estado de escuridão e inverno perpétuos. Se o Devorador de Sóis continuar a se alimentar, as coisas só vão piorar, até que a Terra siga o mesmo destino de Krypton, só que mais devagar e friamente. As comunidades científicas e de super-heróis colocaram as melhores mentes para trabalhar no problema, então espero que uma solução seja possível. Só que dessa vez ela não virá de mim.

Meu corpo é quase uma bateria solar viva. E a minha fonte de energia está quase no fim. Ainda tenho algumas das minhas habilidades, mas elas estão desaparecendo. Toda vez que uso a minha visão de raios X ou a minha superaudição, sinto cada um desses poderes enfraquecendo. E desde a manhã de hoje, não consigo mais voar. Todos olham para cima para me ver, e lá no topo daquele prédio mal consegui passar por cima do complexo habitacional sem dar dois "impulsos".

O prédio do outro lado da rua tinha uns cinco andares a mais do que aquele em que eu estava naquele momento. Me agachando e plantando firme os pés no chão, saltei com toda a força que pude reunir. Estirei as mãos à minha frente e mal alcancei a beirada. Depois de içar o meu corpo para cima, ficou bem claro que a minha força também estava me deixando.

Olhei para o outro lado do topo do prédio. Surpreendentemente, dois homens olharam de volta para mim. Um deles tinha uma pequena pistola na mão, o outro, um saco de papel. Inclinei a minha cabeça para o lado e usei a visão de raios X. Foi como fazer um esforço para enxergar no escuro, mas funcionou o bastante. No saco, havia notas de dez e de vinte, na maioria. Algumas de um. O tipo de espólio que alguém poderia esperar de uma bodega. Não muito, só o suficiente para botar comida nos pratos da família de um modesto proprietário de loja.

Os homens estavam de pé quando andei até eles. Na metade do caminho, percebi que estava um pouco encurvado. Então, me empertiguei. Eu estava cansado, mas ainda era o Superman. Aqueles homens precisavam saber disso.

O que estava com a pistola apontou para mim e apertou o gatilho. "Mais rápido do que uma bala", pensei, enquanto apanhava no ar o pedaço de metal quente. "Pelo menos, até agora." Senti uma leve pontada na palma da mão. Isso era novidade. Derrubei a bala no chão e fiz disso uma grande e dramática cena para a minha audiência cativa. E continuei andando na direção deles.

Quando estava a alguns centímetros de distância, eles já estavam com as mãos para o alto. O que estava com o saco de dinheiro começou a choramingar, e o seu amigo parecia com raiva, irritado de alguém como eu estar perdendo tempo com alguém como ele.

"A delegacia mais próxima é no fim da rua", falei para o que estava irritado, esperando que ele olhasse para mim para terminar o que estava dizendo. "Vou ficar olhando."

Assim que eles desceram as escadas e sumiram de vista, andei até a parede mais próxima e me escorei para descansar.

"Mais poderoso que uma locomotiva." Não mais.

Ainda que o sol tenha sido restaurado quando o antigo Lanterna Verde Hal Jordan sacrificou a sua vida, levou algum tempo até que o Superman começasse a recuperar o seu poder. Durante esse tempo, o Homem de Aço passava bem longe de ser digno dessa alcunha.

## O Casamento

Lois Lane colocou os seus sentimentos por Clark na balança enquanto viajava o mundo pelo *Planeta Diário*. Depois de desmantelar um cartel internacional de drogas posando como a futura esposa do líder da organização, ela voltou para trabalhar em Metrópolis, vestida com um esfarrapado vestido de noiva. Ainda que tenha ficado surpresa ao ver Clark como editor-executivo em exercício do *Planeta Diário*, substituindo Perry White enquanto ele se recuperava da quimioterapia, ela ficou chocada ao encontrá-lo ainda sem os poderes depois da crise com o Devorador de Sóis.

Enquanto conversavam, Lois acidentalmente encontrou a sua aliança de noivado quando removeu um lenço do bolso do paletó de Clark. Foi naquele momento que ela percebeu que não podia mais fugir dos seus sentimentos. Clark pediu a mão dela outra vez e os dois ficaram noivos, para grande surpresa dos seus colegas de trabalho.

*O general e a sra. Sam Lane solicitam a honra de sua presença no casamento de sua filha*

*Lois Joanne Lane*
*com*
*Clark Joseph Kent*

*filho de Jonathan e Martha Kent*
*Sábado, seis de outubro*
*às dezesseis horas*

*Igreja da Santíssima Trindade*
*Nova Troia, Metrópolis*
*recepção logo após a cerimônia*
*no Dooley's Bar e Restaurante*

Lois e Clark realizaram o seu jantar de ensaio no Dooley's, o mesmo restaurante onde Clark havia feito o pedido pela primeira vez.

Lori Lemaris também esteve entre os convidados da festa, tendo se tornado uma verdadeira amiga do casal, a despeito do seu passado romântico com Clark.

Clark cortou o cabelo no dia do casamento como uma surpresa para a noiva.

A festa de casamento de Lois e Clark (da esquerda para a direita): Lori Lemaris, Fran Johnson, Lana Lang-Ross, a madrinha Lucy Lane, o pajem Keith White, Pete Ross, o padrinho Jimmy Olsen, Lois, Clark, Ron Troupe e o comissário Bill Henderson. A cerimônia foi realizada pelo capelão Herbert Fine.

Como presente de casamento, Lucy, irmã de Lois, deu ao casal duas passagens para Waikiki, no Havaí, para a lua de mel. Enquanto isso, Batman instalou os recém-casados num impressionante apartamento de luxo no número 1.938 da rua Sullivan, um prédio de propriedade de Bruce Wayne.

## Superman Azul

Apesar de não possuir mais superpoderes, o Superman continuou a combater o crime sempre que ele cruzava o seu caminho. Ainda com vontade de fazer mais, o Homem de Aço se encontrou com os Novos Deuses, que usaram a sua tecnologia para transportá-lo para o próprio coração do sol. A tentativa valeu a pena e, com isso, os poderes do Superman voltaram ao normal. Ao menos por um tempo...

Certa manhã, Clark fez sua torradeira explodir só de tocá-la. Alguns minutos depois, a mão dele atravessou o bule de café como se ele não estivesse lá. Para piorar ainda mais as coisas, quando ele deteve um grupo de criminosos como Superman, algumas balas o atravessaram, ferindo um pedestre que passava pelas proximidades.

Kal-El descobriria que Tolos, um alienígena que o enfrentara recentemente, havia alterado o seu DNA quando tentou fazer o Superman ser eliminado da realidade. Como resultado, o corpo do Superman continuou mudando, até que ele não era mais nada além de um ser de pura energia.

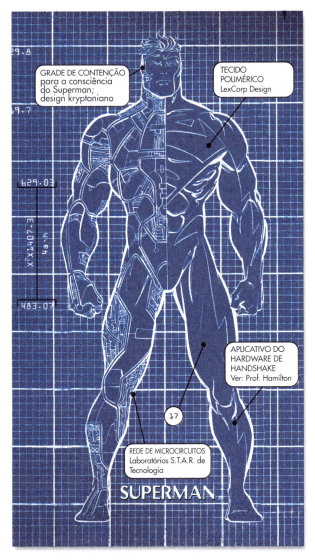

No intuito de conter os seus novos poderes, o Superman envergou um traje de contenção feito de tecido exclusivo da LexCorp. Para melhor se adequar à sua identidade super-heroica, Superman customizou a aparência do traje para refletir um Superman para uma nova era.

A forma alterada do Superman deu a ele uma ampla gama de novos poderes. Ele podia viajar mais rápido que a velocidade da luz, disparar feixes de energia das mãos, atravessar objetos, ver vários espectros de luz que antes eram invisíveis para ele, absorver e conter energias de outras fontes e até absorver informação de um computador apenas se emparelhando em estado intangível.

Contudo, havia uma desvantagem: se o Superman se solidificasse completamente no nosso plano de existência, ele perdia todo e qualquer poder, tornando-se humano, forçando Clark Kent a levar uma vida vulnerável.

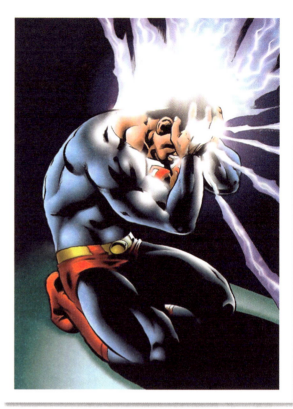

Acordei hoje de manhã com dor de estômago. Era algo que eu não sentia há anos. Uma dor chata, incômoda o bastante para impedir que eu voltasse a dormir. Levou uns dois minutos até eu perceber que só estava com fome.

Antes de continuar, devo mencionar que estou ciente de como pareço patético. Mas fome é essencialmente algo novo para mim. Tenho certeza de que já tinha sentido antes, em algum momento durante o meu crescimento, mas a sensação de agora era desconhecida. É bem engraçado isso. Quanto mais humano me torno, mais alienígena tudo me parece.

Um bom exemplo disso é digitar. Estou trabalhando em casa há algumas horas, desde depois do jantar, e até agora fui ao meu armário quatro vezes. A primeira, para pegar um par de meias. A segunda, para pegar uma camisa de mangas longas. E aí, voltei para pegar uma touca, seguido de uma última viagem atrás de um cobertor. Aparentemente, Lois mantém o apartamento frio, mas eu nunca tinha nem percebido isso, até a minha... transformação. Pelo menos esse tipo de coisa não me afeta quando sou o Superman. Mas ver a mim mesmo todo empacotado feito uma criança de 8 anos com gripe não exatamente instilaria medo no coração de, digamos, Apocalypse ou Darkseid.

Outra coisa que para mim está difícil é fazer exercícios. Acontece que não sou um grande fã do processo. Já que o meu corpo não está mais processando energia do mesmo modo, comecei a praticar corrida para manter a forma. Até agora, tudo o que tenho a mostrar são vinte minutos diários de suor e ofegância. Acho que Lois também não está muito empolgada com essa última parte, uma vez que ela estava bem acostumada com um Superman que não precisava de desodorante. Nosso cesto de roupa suja nunca foi tão castigado em sua longa e lendária vida. A boa notícia é que, quando viro Superman, posso reordenar um pouco as minhas energias. Parece ajudar com os joelhos doloridos.

Mas há uma grande vantagem nisso tudo. Fiquei tanto tempo sem sentir desconfortos em meu dia a dia que me esqueci de procurar os prazeres nas pequenas coisas. Se você não fica com frio, é difícil entender o prazer de um banho quente. Se não sabe o que é fome, um simples e bem preparado cheeseburguer pode deixar toda uma tarde ainda melhor. Se não fica cansado, dormir é só uma perda de valioso tempo.

Falando em dormir, agora pode ser uma boa chance de desfrutar de algumas horas de sono. A julgar pelos raros barulhos de um apartamento quieto, Lois já está bem adiantada a mim nesse quesito. Só espero que ela esteja dormindo profundamente o bastante. Se não, nunca vai me deixar mexer no termostato.

## Esquadrão Vingador do Superman

Morgan Edge fez um barulho e tanto no seu retorno a Metrópolis quando formou o Esquadrão Vingador do Superman, um desorganizado grupo de criminosos e rebeldes.

A primeira encarnação do Esquadrão incluiu Misa, Maxima, Barragem, Anomalia e Tumulto. Quando eles falharam em deter o Homem de Aço por causa de brigas internas, Edge foi esperto o bastante para mudar a formação do esquadrão e adicionar um peso pesado como o Parasita. Contudo, apesar dos seus grandes esforços, o esquadrão de Edge nunca conseguiu deixar de lado as querelas entre eles mesmos por tempo o bastante para representarem um real desafio ao Superman.

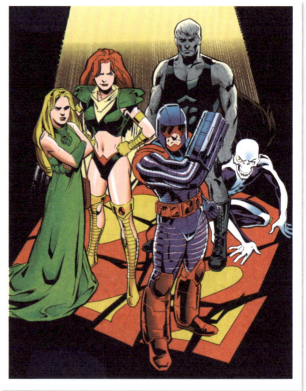

(Abaixo) Armada com poderes similares às novas habilidades de manipulação de energia do Superman, a supervilã Baud foi uma recruta posterior do Esquadrão Vingador do Superman.

O notório Morgan Edge.

Como Baud, o superforte Rochedo foi recrutado na segunda encarnação do Esquadrão, juntamente com Parasita e Barragem.

PLANETA DIÁRIO

# LUTHOR INOCENTADO

### POR CLARK KENT

METRÓPOLIS — Numa surpreendente reviravolta, Lex Luthor foi inocentado de todas as acusações na tarde de ontem, quando o juiz arquivou o caso. Essas acusações incluíam a suposta participação na destruição de grande parte do centro da cidade no bairro de Nova Troia.

Naquilo que muitos acreditaram que seria somente uma formalidade rotineira, a audiência de Luthor começou a tomar proporções de espetáculo circense quando a sua defesa, liderada por Dan Drysdale, trouxe uma testemunha surpresa na figura do aparente clone genético de Lex Luthor. De acordo com Drysdale, foi este clone o responsável pela destruição perpetrada sobre a cidade, juntamente com a ajuda e a influência de um dos antigos geneticistas da LexCorp, o dr. Sydney Happersen.

À primeira vista, a história de Drysdale se encaixava perfeitamente com o que o público ficara sabendo sobre a estranha situação de Lex Luthor. Quando descobriu que estava morrendo devido ao envenenamento por kryptonita, Luthor forjou a própria morte para manter a sua reputação. É aí que a versão de Drysdale dos fatos começa a divergir do que foi dito ao público anteriormente.

Como havia sido noticiado pelo *Planeta Diário* e uma série de outros jornais respeitáveis, a médica particular de Luthor, a dra. Gretchen Kelley, revelou que ele providenciou que o seu cérebro fosse transplantado para o corpo de um clone mais jovem e saudável. Contudo, Drysdale afirmou que esse não foi o caso, e que Luthor, na verdade, foi raptado por Happersen e entrou em um coma forçado como parte de uma "cura não ortodoxa" para o seu envenenamento por kryptonita. Foi aí que o clone corrupto de Luthor foi solto em um

mundo desavisado e passou a cometer os crimes pelos quais o Luthor original estava sendo acusado.

Essa história foi presumidamente confirmada quando Drysdale introduziu à corte o suposto clone em questão, que confessou os seus crimes em frente ao juiz, ao júri e a todos os outros presentes no tribunal.

Na eventualidade de provarem que o DNA do clone é equivalente ao de Luthor, o júri afirmou que não pode antever um modo de provar a culpa de Luthor além de qualquer dúvida razoável e indeferiu o caso, declarando Lex Luthor um homem livre. Luthor deixou o tribunal ostentando um grande e satisfeito sorriso, um sentimento que, estranhamente, não foi compartilhado pelo seu advogado de defesa.

Luthor retornou à sua casa na Torre LexCorp e espera-se que ele divulgue um comunicado ou conceda uma entrevista coletiva num futuro próximo.

Ainda que Clark tenha sido obrigado pelo dever a escrever a versão oficial dos "fatos" do julgamento de Luthor, ele continuou a acreditar — corretamente — que Luthor era culpado. Na realidade, Luthor havia produzido um novo clone manipulado mentalmente para se entregar naquele dia no tribunal, assegurando assim a sua "inocência" e reavendo a sua posição de poder em Metrópolis.

## É MENINA

O empresário internacionalmente conhecido Lex Luthor e sua esposa Contessa Érica Alexandra Del Portenza deram as boas-vindas ao mundo à sua primeira filha, Lena, na tarde da última quarta-feira. A menina nasceu na Torre LexCorp no dia 2 de novembro, às 15 horas.

Lena pesa 3 kg e mede 43 cm. Segundo dizem, ela tem os olhos da mãe e os cabelos do pai. Foi informado que tanto a mãe quanto a criança passam bem.

Preocupado em perder o afeto da filha, Luthor aprisionou Contessa imediatamente após o parto. Ela conseguiu escapar do cárcere e, mais tarde, enviou para ele um pacote contendo uma única rosa morta e esta pulseira.

## Superman Vermelho

Então, eu estava cara a cara com este outro Clark Kent e ele era igualzinho a mim. Batíamos boca quando de repente ouvimos tiros vindos de dentro do Dooley's. Acontece que um louco com uma bomba amarrada no peito tentava explodir o lugar. Isso não seria grande coisa, mas Dooley acabou de investir uma montanha de dinheiro do prefeito Sackett na birosca dele e eu odiava a ideia de vê-la explodir antes de ter a chance de experimentar um prato que fosse de fato feito como manda o figurino.

Porém, antes que eu pudesse fazer qualquer coisa, o falso Clark Kent fez a sua melhor imitação do Superman e sumiu com o bom e velho lunático da bomba para um terreno baldio no Beco do Suicídio. Para ser honesto, nunca gostei muito de gente que gosta de roubar os holofotes. Aquele era um trabalho para o Superman, não para outro fã metido a besta com um estilo que, tenho que admitir, é excelente. Então, eu não ia deixar aquilo barato.

É claro que ele me seguiu. Foi um ataque perfeitamente orientado. Algo que eu esperaria de um dos meus grandes inimigos. Exatamente algo que o Superciborgue poderia tentar.

Fazia sentido. Ainda ontem, o Superciborgue e o Homem dos Brinquedos me prenderam em algum tipo de dreno de energia e sequestraram Lois ao mesmo tempo. Apesar das minhas energias terem sido fragmentadas, consegui me libertar e deter o Homem dos Brinquedos, mas o Superciborgue ainda estava à solta. Então, naquele ponto de nosso conflito, era lógico acreditar que, fosse lá por que razão, Hank Henshaw decidiu fingir que era eu outra vez, embora estivesse usando uma versão vermelha do meu novo traje.

Impetuoso, arrogante e desorganizado, o maníaco me atacou depois de eu ter subjugado o pretenso homem-bomba capturado no Dooley's. Uma briga violenta e sem sentido se seguiu, até que esse Superman Vermelho e eu fundimos nossas energias por um rápido e doloroso momento. Através da sua mente, vi a derrota que ele mais cedo havia imposto ao Superciborgue e que ele era o resultado da máquina de drenagem que mencionei antes. Nossa batalha terminou naquele instante, mas nossa disputa continuou.

Ainda que eu tenha certeza de que sou o original e que ele é só uma cópia energética, nós dois possuímos a habilidade de nos transformar de volta em Clark Kent e, sendo assim, reivindicamos o direito a vida da nossa identidade secreta. Em todas as probabilidades que consigo calcular, esse acontecimento não será nada positivo para Lois.

Quando foi aprisionado num dispositivo criado pelo Superciborgue e pelo Homem dos Brinquedos, as energias do Superman foram parcialmente drenadas, dividindo-o em duas entidades distintas. O novo Superman Vermelho (que escreveu o registro no topo da página) era mais agressivo, emotivo e descuidado. O Superman Azul (que escreveu o registro logo abaixo) possuía a cautela e as qualidades analíticas de Clark.

Enquanto ainda estavam lidando com as próprias formas um tanto extremas de transtorno de múltipla personalidade, o Superman Vermelho e o Superman Azul encontraram os Gigantes do Milênio, bestas-feras tão grandes quanto montanhas, capazes de destruir acres com um simples passo. Seres lendários, surgidos para arrasar a Terra no intuito de curá-la de uma misteriosa perturbação, as criaturas eram quase inconscientes das ações dos Supermen e dos outros super-heróis que se uniram para detê-los.

Os Supermen decidiram que a melhor forma de deter os Gigantes era envenenando o seu alimento, a energia bioetérea das misteriosas Linhas de Ley da Terra. Com essa finalidade, eles voaram para o interior do corpo de um dos monstros de quilômetros de altura.

Após saírem escavando a criatura, o Superman Vermelho e o Superman Azul encontraram um ser que chamava a si mesmo de Guardião da Chama. O Guardião contou aos Supermen que foi a energia deles que, antes de mais nada, tinha invocado os Gigantes à vida prematuramente, e que o único modo de derrotar esses poderosos seres era eles mesmos mergulharem no coração da chama mística que se encontrava diante deles.

O Superciborgue drenando os poderes energéticos do Superman.

Superman Azul e Superman Vermelho encarando um dos imensos Gigantes do Milênio.

Seguindo as ordens do misterioso Guardião da Chama, os Supermen apagaram a chama diante deles e, ao fazê-lo, destruíram involuntariamente não apenas os Gigantes, mas a própria fonte de energia vital da Terra. Seu planeta adotivo estava destinado ao mesmo fim de Krypton, sofrendo com a instabilidade do seu núcleo.

Num esforço derradeiro, o Superman Azul voou até o núcleo da Terra para agir como um ímã e retrair a lava que irrompia pela superfície do planeta. Enquanto isso, o Superman Vermelho voou em órbita para reparar as Linhas de Ley danificadas. Os heróis esgotaram todas as suas energias e conseguiram restaurar a Terra, mas pagaram um alto preço: as próprias vidas.

Porém, quando a noite caiu sobre a cidade de Smallville, um flamejante "meteoro" mergulhou no terreno próximo à casa de Jonathan e Martha Kent. Lá, os Kent encontraram o filho adotivo, mais uma vez caído indefeso numa plantação.

Clark acordou na manhã seguinte e descobriu que era um só mais uma vez. E que seus poderes e sua aparência originais foram restituídos. O icônico Superman estava de volta e ninguém ficou mais aliviado que a sua esposa, Lois Lane.

Superman voltou bem a tempo de salvar Lois de um avião em queda. Parece que a história está sempre se repetindo no que diz respeito à vida do Homem de Aço.

## Super-Homens da América

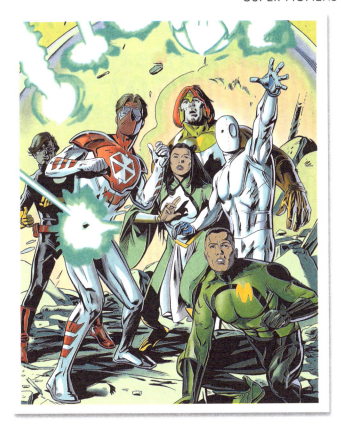

Composta por voluntários, os Super-Homens da América, grupo fundado pela LexCorp, empenhava-se em emular as proezas do Último Filho de Krypton da melhor forma possível. Na linha de frente desse movimento estava a Elite Brigade, seis super-heróis selecionados entre milhares de inscritos. Após uma série de aventuras, o grupo cortou laços com Luthor, depois de perceber a extensão da corrupção do bilionário, e se dedicou a criar filiais-satélites da equipe por todo o país.

A Elite Brigade dos Super-Homens da América (da esquerda para a direita): o manipulador de fogo Pirogênio; o líder da equipe e detentor de poderes magnéticos Explosão; Lótus Branca, detentora de uma aura cinética que servia como uma extensão do próprio corpo; o superforte Brahma e o gerador de campos de nulidade Perdedor. E Maximum, vigilante com velocidade, força e agilidade aumentadas.

A primeira encarnação da equipe incluía o herói Psilenciador (extremidade do canto esquerdo), que foi morto em ação.

## Rei do Mundo

Queria não estar certo dessa vez. O plano de contingência para Clark não era algo que eu deveria ter que usar. Ele devia ser só o produto de uma paranoia, algo nascido da minha necessidade de controlar o incontrolável. No entanto, nunca pensei que isso fosse mesmo acontecer. Ele é o Superman. Ele devia estar acima disso. O trabalho dele é provar constantemente que eu estou errado.

Quando vi o padrão começando a se formar, eu neguei. E, de repente, o Superman estava em todos os lugares ao mesmo tempo. Para estar ativo dessa forma, significava que não havia tempo para Clark Kent. E para que o Superman deixasse de lado essa parte da sua vida — deixar Lois de lado — eu sabia que devia ter algo errado. Contudo, mantive distância e dei a ele o benefício da dúvida. Pode não ter sido a melhor jogada, mas ele merecia isso de mim. Só que quando Lois veio até Gotham e me contou que Kent estava assombrado por sonhos de natureza precognitiva e que o seu modo de os evitar era não dormir, soube que deveria ter ido a Metrópolis antes. Nós conversamos e fui embora, esperando ter colocado algum juízo na cabeça dele. Porém, aparentemente, não foi o caso. Porque, pouco depois de eu retornar à minha cidade, o Superman lançou mão dos seus robôs.

Havia centenas deles, talvez milhares. Cada um deles fabricado com a tecnologia kryptoniana da Fortaleza da Solidão, cada um deles montando guarda num canto ou outro do mundo. Ele teve a audácia de colocar um dos seus brinquedos até em Gotham. Teria sido menos óbvio se ele tivesse aparecido na mansão Wayne com uma luva branca e me estapeado no rosto com ela. Eu não sabia por quê, mas Kent queria uma resposta. Não, ele queria um confronto. E, só para o caso de não ter sido claro o suficiente, ele teve um acesso de fúria em Metrópolis e lançou o topo da Torre LexCorp no espaço sideral.

Tudo isso nos trouxe até este momento. As ruas desta cidade. A Liga da Justiça travando um duro combate contra o Superman, tentando fazê-lo voltar à razão. Mas ele é mais forte do que os construtos do Lanterna Verde e não só resiste às sondagens telepáticas do Caçador de Marte como faz com que elas saiam pela culatra. Então, faço aquilo que precisa ser feito. O que eu soube que acabaria acontecendo, desde o começo. Uso a kryptonita.

A coisa é sintética. Eu percebo antes mesmo de ele esmagá-la com a mão. Levo tempo demais para me recuperar da surpresa, até que Diana intervém e salva a minha pele, à sua maneira de sempre. Mas nem a Mulher-Maravilha consegue aguentar o tranco quando ele chama os seus reservas. Nem a Mulher-Maravilha pode resistir ao Superman e a um exército inteiro dos seus robôs.

Com a Liga ocupada, tenho um vislumbre do Superman indo embora. Eu deveria estar feliz por ter sobrevivido. Mas estou com muita raiva. Com raiva de mim mesmo por não ter testado a kryptonita de antemão. Com raiva da Liga por não ter se adaptado ao combate enquanto ele acontecia. Mas, acima de tudo, estou com raiva de Clark por ele ter me decepcionado.

Você deveria ser melhor do que todos nós, Kent.

Como eu queria não estar certo dessa vez.

---

Um trecho do diário do Batman do dia em que o Superman, aos olhos do mundo, deixou de ser um super-herói para se tornar um supervilão.

# Dominus

Ainda que o Batman não estivesse ciente na época, a personalidade do Superman estava sendo manipulada por um ser maligno chamado Dominus. Uma força praticamente onipotente a quem o Superman havia se oposto e enfurecido no passado, Dominus buscava vingança contra o Homem de Aço e atingiu o seu objetivo quando voltou a opinião pública contra ele.

No entanto, Dominus tinha outras intenções além de conseguir a sua vingança. Com a incapacidade de Kal-El de se livrar da sua influência, Dominus preparou o palco para que o Superman tomasse o controle dos governos do mundo à força. Enquanto isso, em retaliação, Lex Luthor lançou um ataque à Fortaleza da Solidão, destruindo a base do Superman ao disparar na estrutura um projétil de escolha um tanto interessante: o próprio topo de sua Torre LexCorp, que o Superman lançara antes ao espaço.

Durante todo o tempo da sua possessão por Dominus, o Superman continuou resistindo. Dominus se cansou da resistência de Kal-El e, não vendo mais utilidade para o herói, baniu-o para a Zona Fantasma. Isso permitiu que o vilão tomasse o lugar do Superman e iniciasse seu jugo como o autointitulado "Rei do Mundo".

Com o uso de tecnologia kryptoniana, o Superman conseguiu escapar da Zona Fantasma e confrontou o vilão, sobrecarregando o poder do tirano e prendendo-o em uma espécie de sonho dentro de um sonho, uma Zona Fantasma criada pelo próprio Dominus.

| NOME DO ARQUIVO | ESTRANHA VISITANTE |
|---|---|

| ALTURA | 1,67 m | PESO | 63,5 kg |
|---|---|---|---|

| OLHOS | SHARON - CASTANHOS / ESTRANHA VISITANTE - AZUIS BRILHANTES | CABELOS | SHARON - CASTANHOS / ESTRANHA VISITANTE - AZUIS BRILHANTES |
|---|---|---|---|

| CODINOMES CONHECIDOS |
|---|
| SHARON VANCE, KISMET |

| BASE DE OPERAÇÕES |
|---|
| METRÓPOLIS |

| PROFISSÃO |
|---|
| SUPER-HEROÍNA, SENHORA DA ORDEM |

| AFILIAÇÕES |
|---|
| NENHUMA |

| AUTOR DO ARQUIVO |
|---|
| SUPERMAN |

## ANOTAÇÕES

Conheci a mulher que se tornaria a Estranha Visitante quando éramos crianças, em Smallville. Mas a história de Sharon Vance começa bem antes disso.

Algum tempo atrás, num distante planeta alienígena, cinco seres foram escolhidos por seu povo como zeladores de uma fé ancestral. Dois desses extraterrestres, Ahti e Tuoni, iniciaram um relacionamento romântico, apesar de saberem que um entre eles estava destinado a ascender além dos outros e se tornar o Senhor da Ordem conhecido como Kismet, o poderoso "iluminador das veredas da realidade". Quando Ahti foi escolhida e Tuoni foi deixado para trás, ele não aceitou bem tal desconsideração e começou a praticar artes arcanas proibidas em uma tentativa de roubar os poderes da sua ex--amante, por fim se tornando o supervilão Dominus.

Kismet e eu partilhamos uma espécie de laço e, ao longo da minha carreira, ela apareceu para mim em mais de uma ocasião para oferecer ajuda e conhecimento. Então, na primeira vez em que Dominus surgiu à procura dela, defendi Kismet da melhor forma que pude. Por fim, ela foi escondida no passado por um dos viajantes do tempo chamados Homens Lineares, sendo colocada no corpo de Sharon Vance, uma moradora de Smallville.

Desconhecendo a presença de Kismet em sua forma, Sharon por fim desistiu da sua vida interiorana e, como eu, migrou para Metrópolis. No caminho, uma tempestade de raios causou a queda do seu avião. Porém, graças às habilidades latentes de Kismet, Sharon absorveu a energia da tempestade, salvando os passageiros e obtendo poderes elétricos no processo. O professor Emil Hamilton logo apareceu à jovem com um de meus antigos trajes de contenção do "Superman Azul", iniciando assim a carreira da nova heroína batizada de Estranha Visitante pela imprensa.

É uma história complicada para uma jovem que, sinceramente, não é assim tão complicada. No momento em que escrevo isso, ela é ainda uma novata na luta contra o crime, mas já demonstrou uma abnegação que é inspiradora. Só posso prever grandes coisas para ela, e espero que a Estranha Visitante tenha uma longa carreira à frente.

Ver links abaixo para mais detalhes:

Poderes e habilidades          Histórico detalhado
Arquivo de casos                Parentes e aliados conhecidos

## Metrópolis De Brainiac

Na mesma hora em que a meia-noite caía sobre Metrópolis e sinalizava o nascimento de um novo ano, o mundo inteiro sofria um estranho blecaute, originado na Torre LexCorp. O culpado era ninguém menos que uma versão atualizada da remota forma do meu ancestral: o Brainiac 2.5.

O plano de Brainiac 2.5 de destruir o Superman falhou quando ele recebeu um download vindo do futuro. Um vírus tecnológico começou a atualizar a personalidade de Brainiac, juntamente com o resto de Metrópolis. Logo antes de esse programa do futuro tomar o controle da sua forma, Brainiac 2.5 transferiu a sua consciência para o corpo da filha de Lex Luthor, Lena. Porém, a cidade não pôde escapar da força do misterioso vírus. Metrópolis se metamorfoseou em um País das Maravilhas tecnológico. Enquanto isso, a casca sem vida de Brainiac 2.5 se tornou o pretenso mestre e suserano da cidade, Brainiac 13.

Enquanto Brainiac 13 continuava a "atualizar" o mundo, tomando o controle de toda a população de Metrópolis, Superman se associou a Lex Luthor e a Lena/Brainiac para usar tecnologia kryptoniana e injetar em Brainiac 13 o equivalente em energia de uma cidade inteira em segundos, sobrecarregando-o e "destruindo-o".

Num derradeiro esforço de sobrevivência, Brainiac 13 fez um acordo com Lex Luthor, oferecendo a ele o controle sobre a tecnologia futurista que ele criara em Metrópolis. Tudo o que Luthor tinha para dar em troca era a própria filha, com a consciência de Brainiac 2.5 presa dentro dela. Sem nem pensar duas vezes, Luthor fez exatamente isso, garantindo a própria fortuna revitalizada e a continuidade da sobrevivência de Brainiac 13.

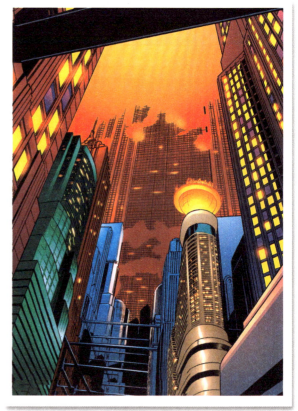

Graças ao vírus Brainiac 13, o B13, Metrópolis tornou-se literalmente uma cidade do amanhã. Dos picos gêmeos da nova Torre Lex ao brilhante globo no topo do edifício do *Planeta Diário*, a cidade era uma fascinante maravilha tecnológica.

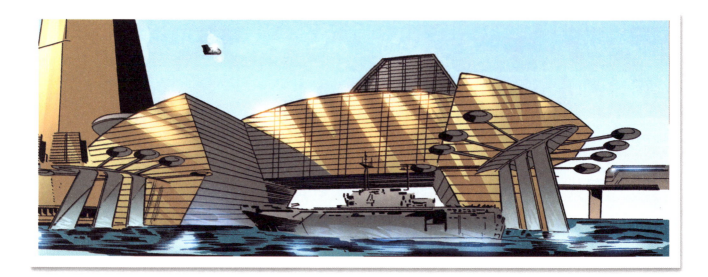

Apesar de a transformação da cidade ter se provado apenas temporária e a tecnologia B13 ter se desfeito após adquirir a sua própria consciência viva, por algum tempo milhares de turistas afluíram para o Grande Damasco, excitados pelo raro vislumbre do futuro.

Artistas também migraram para Metrópolis, impressionados com os seus singulares edifícios e monumentos, como fica evidente nessas pinturas de um artista desconhecido.

## A Busca por Lois

> *Quero que preste muita atenção quando ler esta carta, porque não tenho intenção de repetir. Não consigo mais olhar na sua cara. Não, não é isso. Não aguento mais você.*
>
> *O cheiro de cabelo queimado de manhã quando você faz a barba, suas idas e vindas quando bem entende sem a menor consideração pelos meus sentimentos, sua... ingenuidade. Não consigo mais suportar.*
>
> *Não me procure. Não quero ser encontrada. Preciso de distância, e não vai adiantar você dormir no sofá com isso. A sala de estar não é longe o bastante.*
>
> *Estou partindo para sempre.*
>
> *Lois*

Pouco depois de derrotar Brainiac 13, Clark começou a notar que Lois estava agindo de modo estranho e cruel. A relação dos dois começou a se deteriorar e, logo em seguida, Lois deixou Clark, ameaçando nunca mais retornar.

Porém, quando Lois de fato voltou para buscar algumas coisas, sua raiva aflorou e ela atacou o Superman fisicamente, socando-o no queixo e arremessando-o direto para fora do prédio, em meio à noite de Metrópolis. Ainda que o ataque o tenha surpreendido, ele ficou aliviado. Aquela não era Lois de forma alguma. Mas restava a pergunta: quem seria essa farsante superpoderosa?

Conforme a luta com Lois se arrastava, o Superman descobriu que o seu oponente era o Parasita disfarçado. Numa tentativa de destruir o Superman coletando informações entre os seus aliados, ele absorveu as memórias da verdadeira Lois. Usando a habilidade de metamorfose absorvida de outro meta-humano em algum momento, o Parasita se passou por Lois, lentamente destruindo a sua relação com Clark.

Enfurecido ao descobrir que a esposa fora sequestrada, o Superman derrotou o Parasita, apenas para ver o inimigo aparentemente morrer como resultado de algum tipo de envenenamento que ele absorveu do próprio Superman. E, apesar de ter descoberto que ele mesmo também poderia estar morrendo, a única coisa na mente do Homem de Aço era localizar a sua esposa.

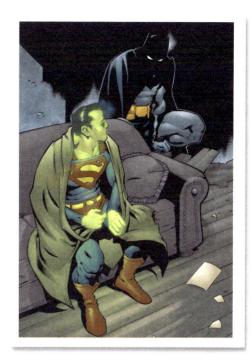

A misteriosa doença do Superman continuou a piorar, e ele começou a emitir um forte brilho verde. Ficou evidente que estava morrendo de envenenamento por kryptonita, mas sua busca por Lois continuou sendo prioridade. Com a ajuda das habilidades de investigação do Batman, o Superman logo localizou a caverna em que o Parasita se alimentava. Em meio aos corpos de várias vítimas do vilão, Superman e Batman descobriram que Lois ainda estava viva. Entretanto, a atual condição de Kal-El não lhe dava muito tempo.

Depois, foi revelado que uma mercenária *freelancer* chamada La Encantadora havia sido contratada para transplantar um nanorrobô do tamanho de um grão de areia, carregado de kryptonita, para o corpo do Superman ao beijá-lo. O nanorrobô foi convertendo as células do Superman lentamente em kryptonita até ser descoberto e destruído pelo super-herói de tamanho variável conhecido como Átomo, junto com Supergirl, Superboy e Aço.

# Imperador Coringa

ESse seR último REGISTRO no diário para sempre no momento.. Bizarro ter ceRTEza como EU chegou aqui na Metrópolis, e EU gostaR MUIito. Ser BEM MElhOR que o mundo de onde vem que não é nada bom feito pelo Coringa,

.a história termiNa quando o aSSasSIno criminoso Superman foge do asilO Arkham. Ele era esperado pra VOLTAR, então voei dO Cemitério DA Solidão e ajudei ele a voltar pra cela confORTável. Mas então ele SER agradecido, aí FUgiu de novo, ainda sem usar aquela roupa enGOmadiNHA preta e prata que eLE ter agora.

Isso NãO continUOU acontecendo por um tempo, até o Superman descobrir quem é que NÃO manda..,. de jeito nenhUM o Coringa pegou o pOdER do Mxyzptlk e fez esse universo in Teiro do jeito que não gostava. Então Superman f eliz de esquECer isso.

Enfim, Superman fala, "Eu te AMO, Coringa". E Coringa fala, "Eu também te amo, Superman". E eles com certeza NÃO brigam nessa hora. Depois de Muito abRAço e sorriso,, tO do Mundo feliz, e Bizarro acoRDA nesse lugar bagunçado. Ser feliz de TÁ aqui.

Vou começAR a escrever agora! Eu ama DIgitar no comPUTador.

Um raro registro de diário escrito pelo mais recente e talvez mais absurdo herdeiro do nome Bizarro.

Quando o Senhor Mxyzptlk abordou o insano criminoso conhecido como Coringa e lhe deu seus poderes, numa tentativa de criar problemas para o Superman, o Diabrete da Quinta Dimensão não fazia ideia do que tinha libertado no mundo. O Coringa rapidamente recriou a Terra à sua própria imagem, uma pervertida terra de fantasia onde praticamente qualquer coisa podia acontecer. Apesar de o Superman ter conseguido corrigir o mundo explorando a obsessão do Coringa pelo Batman, fazendo com que ele perdesse o controle dos seus poderes, algumas das criações do Palhaço do Crime permaneceram na nossa realidade, incluindo o novo Bizarro.

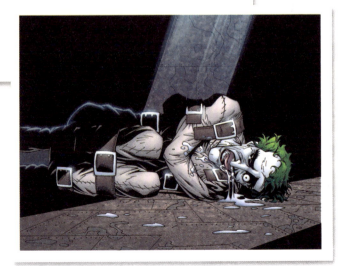

Apenas o Superman e algumas poucas pessoas se lembravam da realidade criada pelo "Imperador Coringa" depois de ela ter sido apagada. Mesmo o Coringa se lembrava apenas de pedaços, memórias que haviam causado ainda mais destruição na sua mente já esfacelada.

Apesar de o Coringa nunca ter se lembrado de tê-lo criado, ou talvez por causa disso, o tanque ambulante conhecido como Ignição sobreviveu ao fim da realidade do Imperador Coringa e se tornou um inimigo recorrente para o Superman no mundo real.

Aleijado num acidente de carro, o jovem Cary Richards manifestou o poder de criar o seu próprio supervilão usando a sua mente. Sua criação foi o Adversário, um supervilão muito forte, embora estereotipado, que queria provar que era mais poderoso que o Superman.

Vivendo de acordo com o próprio código moral distorcido, La Encantadora usava poderes baseados em magia na sua bem-sucedida carreira de mercenária.

A supervilã conhecida como Chama se fez conhecida durante o evento do Imperador Coringa, mas, de algum modo, conseguiu manter os seus poderes de controle do fogo depois de o lunático ter sido levado à justiça.

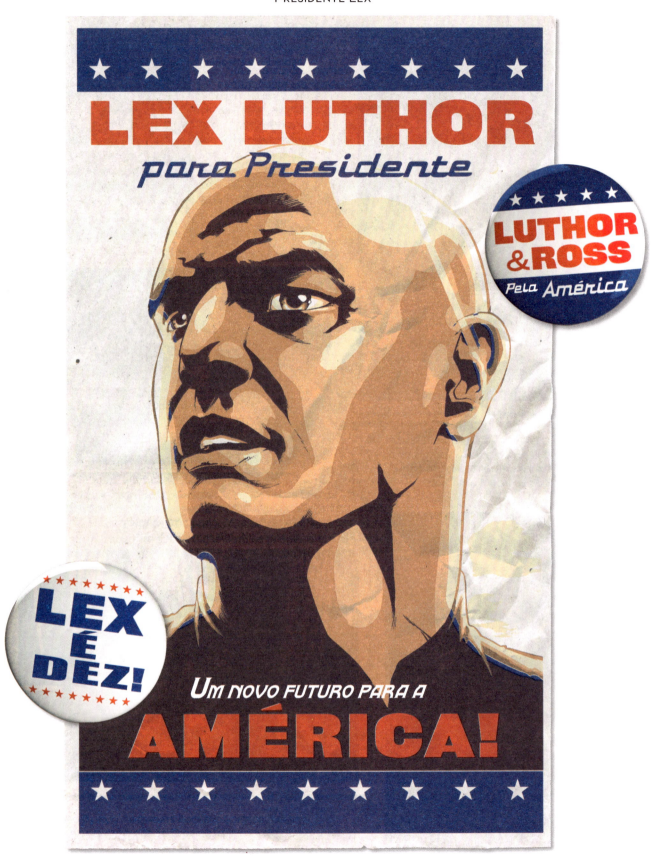

A memória do grande público geralmente é curta. Isso nunca foi tão evidente quanto na vez em que Lex Luthor concorreu ao cargo de presidente dos Estados Unidos. Apesar de saber que poderia combater a campanha de Lex, o Superman decidiu deixar que o povo norte-americano julgasse as ações de Luthor e votasse de acordo com elas.

Porém, a ficha oficial de Luthor era acintosamente limpa. A maioria dos Estados Unidos o via como um grande benfeitor, não como o megalomaníaco que o Superman conhecia tão bem. De fato, ele havia recentemente recebido grande aclamação pelo auxílio financeiro que tinha prestado a Gotham num momento de grande crise. Apesar de tudo que o Superman sabia a respeito do passado criminoso de Luthor, a maioria do público permaneceu na ignorância quanto à corrupção do bilionário.

Desnecessário dizer que o Superman ficou desapontado quando Lex Luthor venceu a eleição. Porém, como um verdadeiro super--herói, o Homem de Aço ainda assim mostrou a Luthor o respeito que lhe era devido na sua nova posição, e o cumprimentou publicamente.

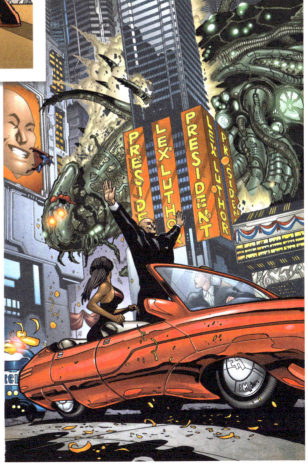

Metrópolis deu a Luthor o maior desfile em carro aberto na história da cidade quando ele venceu as eleições. Infelizmente, a festa foi invadida por uma criatura que vicejava na eletricidade digital chamada Lunatik, depois de escapar da sua "mestra", a rainha do submundo cibernético, Luna.

Os membros do gabinete de Luthor eram todos meio que celebridades em si. O icônico herói de guerra, o general Frank Rock, serviu como chefe do Estado-Maior. Amanda Waller, antiga chefe da força de ataque governamental formada por supervilões conhecida como Força-Tarefa X, foi apontada como secretária para Assuntos Meta-Humanos. O próprio pai de Lois Lane, general Sam Lane, foi nomeado como secretário da Defesa. Jefferson Pierce, o super-herói conhecido como Raio Negro, foi nomeado secretário da Educação. E Cat Grant, para o cargo de assessora de imprensa da Casa Branca.

Ainda que algumas das escolhas de Luthor pareçam lógicas, outras, como a de Jefferson Pierce, pareciam um tanto incomuns. Porém, quando examinadas mais a fundo, elas passavam a fazer mais sentido. Luthor queria Pierce no seu gabinete por causa do seu impressionante trabalho no sistema escolar de alto risco, enquanto Pierce queria fazer parte do círculo interno de Luthor para ajudar a espionar o presidente para o Batman e os outros heróis da Liga da Justiça.

Talvez o membro mais surpreendente da equipe de Luthor tenha sido Pete Ross, seu vice-presidente. Apesar de ter soado quase como um insulto a Clark quando Ross aceitou a oferta de Luthor, Pete não podia recusar a chance de fazer parte da história, não importando a quem ele fosse forçado a responder.

# A nova CEO da LexCorp

**POR RON TROUPE**

METRÓPOLIS — De forma dramática, como costume, o presidente eleito Lex Luthor anunciou a nova CEO da LexCorp durante o desfile em carro aberto, na tarde de ontem.

A parada foi um espetáculo e tanto, que ficou ainda maior quando um grupo de manifestantes interrompeu temporariamente as festividades. Exigindo uma distribuição igualitária da fabulosa tecnologia B13 que valeu ao presidente eleito grande consagração, os manifestantes acusaram Luthor de ignorar a área do Beco do Suicídio, que foi afetada negativamente pela tecnologia adquirida através de Brainiac.

— É ridículo. Luthor passeia por aí no seu luxuoso carro voador enquanto as pessoas da minha vizinhança perderam os empregos por causa da tecnologia que ele adaptou — afirmou um dos moradores que preferiu permanecer anônimo. — A baía de Hob agora é uma terra seca e arrasada por causa das represas hidrelétricas de Luthor. E sem acesso à tecnologia B13, vai continuar assim.

Em vez de abordar diretamente a questão apresentada, Luthor aproveitou a oportunidade para redirecionar a atenção da cidade para a sua nova empreitada no mundo dos negócios e anunciou a nova CEO da LexCorp, uma misteriosa mulher chamada Talia Head. De acordo com o presidente eleito, a sra. Head possui olho vivo para as questões ambientais e levará muito a sério os assuntos relacionados às mesmas.

Embora não se saiba muito sobre Talia Head, que será incumbida das operações cotidianas da LexCorp quando o presidente eleito tomar posse oficialmente do seu cargo, várias fontes confiáveis expressaram a preocupação de que a sra. Head possa ter laços com o suposto terrorista ambiental Ra's Al Ghul. Porém, de acordo com Luthor, a sra. Head é "a única pessoa que conheço perspicaz o bastante para manter a LexCorp funcionando como a máquina bem lubrificada que é".

A despeito da sua experiência, Talia Head terá que se superar para estar à altura do seu antecessor, assim como o próprio presidente eleito.

— É uma grande época para se viver em Metrópolis — comentou Luthor à nossa reportagem. — A tecnologia B13 e a LexCorp vão revolucionar a cidade. E depois que eu tiver feito o meu juramento, farei com que a minha maior prioridade seja garantir que, da mesma forma, seja uma grande época para viver na América.

TAMBÉM CONHECIDA COMO TALIA AL GHUL, TALIA HEAD ERA FILHA DE UM DOS MAIORES INIMIGOS DO BATMAN, RA'S AL GHUL. EMBORA O HISTÓRICO DE TALIA TENHA SIDO APAGADO DEVIDO À SUA ASCENSÃO AO REINO DA LEXCORP, O SUPERMAN E O RESTO DA COMUNIDADE DE SUPER-HERÓIS ESTAVAM CIENTES DA AMEAÇA QUE ELA REPRESENTAVA.

## Manchester Black

Meu problema é que deixei Jack Ryder me afetar. Aí está um repórter do *Estrela Diária* que nem de longe entende o conceito de jornalismo imparcial, o tipo de homem com quem não se consegue discutir por causa de toda a retórica pré-memorizada que ele consegue tirar de algum lugar no fundo da sua mente, e mesmo assim ele conseguiu me tirar do sério. "A era do Superman acabou", disse ele. "Viva a Elite."

A Elite vem ganhando bastante atenção da mídia nos últimos tempos, e não só de Ryder. Eles eram quatro vigilantes que acharam que matar era uma resposta adequada aos problemas do mundo. E o que é pior, o público os amou por isso. O país está louco, frustrado com um governo alquebrado que beneficia os ricos e mantém os pobres em estado constante de luta. As pessoas estão cansadas de verem supervilões e criminosos comuns de volta às ruas apenas alguns dias depois de supostamente serem tirados delas para sempre. Sei como eles se sentem. Estou tão frustrado quanto eles. No entanto, o jeito da Elite não é o jeito que as coisas deveriam ser. Eu tinha que mostrar isso a eles.

Manchester Black era o líder da equipe. Ele é um telecinético poderoso que não tinha remorso algum pelos criminosos e terroristas que massacrou diariamente de forma brutal. Seus lacaios, o eletroímã humano Fusão, a mestre dos simbiontes alienígenas Zoológica e o enigma de origem mágica conhecido como Chapéu, compraram totalmente essa filosofia. Isso ou eles estão só procurando uma desculpa qualquer para matar. Depois de encontrar com eles cara a cara, isso não importava para mim. Ouvi Black dar a Chapéu a ordem para matar e tomei uma atitude em forma de um soco na cara. Eu detive Chapéu, e Black não ficou feliz com isso. Para ele, eu tinha dado o tapa com a luva. Ele me deu até o dia seguinte para que eu me preparasse para o que ele supunha que seria uma luta até a morte.

Para a minha sorte, a situação foi televisionada. A única coisa que Manchester Black gosta mais que sua presunçosa visão de mundo é compartilhar a sua presunçosa visão de mundo com a maior quantidade possível de pessoas. Acolhi as câmeras com prazer. O mundo precisava ver os seus "heróis" em ação. Eles precisavam ver em primeira mão o que os novos modelos de comportamento das suas crianças eram capazes de fazer.

Então, aceitei as pancadas. Um disparo psíquico. Uma garra no rosto. Um derrame induzido. E um pulso eletromagnético na cabeça. O tempo todo, Black caminhava para a frente e para trás, fumando o seu cigarro, se orgulhando do que estava fazendo. Não, ele não estava só orgulhoso. Ele tinha prazer naquilo.

Quando achei que o público já tinha visto o bastante, desapareci. Supervelocidade e um pouco de desorientação derrubaram Zoológica e Fusão. Um vento como Chapéu nunca tinha visto antes tirou o ar dos seus pulmões. E uma concussão direcionada tirou os poderes de Manchester Black pelas horas seguintes. Porém, ao fazer tudo isso, fiz Black ver o tipo de pessoa que ele havia se tornado. Fiz ele pensar que eu havia matado os seus amigos e realizei nele uma lobotomia parcial. Queria que ele soubesse como as suas vítimas tinham se sentido, pelo menos por um segundo. Então, disse a ele o que eu realmente fiz e o deixei ver seus colegas de equipe inconscientes. Mostrei a ele como fazer as coisas do jeito certo.

Tenho certeza de que ele não aprendeu a lição. Não há como regenerar alguém feito Manchester Black. Mas não sei quanto ao restante do grupo. Ainda há alguma esperança ali. E o mais importante, espero que a minha mensagem tenha chamado a atenção daqueles que assistiram em casa. Há sempre outro jeito, mesmo se homens como Manchester Black, ou Jack Ryder, se recusem a procurar.

A Elite original de Manchester Black (da esquerda para a direita): Chapéu, Zoológica, Manchester Black e Fusão.

Uma imagem da primeira derrota de Manchester Black pelas mãos do Superman.

Procurando se vingar do Superman pela sua humilhante derrota pública, Manchester Black libertou uma horda dos maiores vilões de Kal-El, numa tentativa de levar o Superman ao limite. No entanto, mesmo depois de Black ter forjado a morte de Lois, Superman permaneceu fiel aos seus princípios. Black percebeu que o Superman era um homem melhor do que ele e tirou a própria vida.

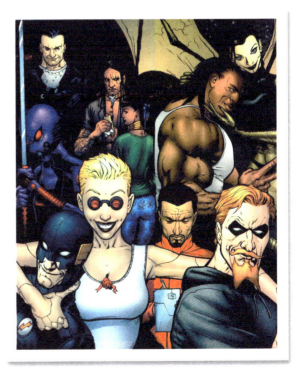

A irmã de Manchester Black, Vera, reuniu uma força de ataque chamada Liga da Justiça Elite para compensar os pecados do seu irmão na figura da Madre Superiora.

249

## Mundos em Guerra

**COBERTURA COMPLETA DA TRAGÉDIA NA PÁG. 3**

# Gotham City

VOL., .... CMXVII ★ ★ ★ ★ ★ ★ ★ ★ Sexta-feira, setembr

# TRAGÉDIA EM TOPEKA

**POR VALERIE WARD**

TOPEKA, KS. — Deixando o país em choque, senão o mundo, a cidade de Topeka, no estado do Kansas, foi dizimada na noite de ontem por uma explosão com força semelhante à de uma bomba nuclear. Até o momento, o número de mortos ainda não foi calculado, mas especialistas estimam que mais de 100 mil homens, mulheres e crianças tenham perdido suas vidas no ataque.

Embora as informações ainda sejam relativamente imprecisas a essa altura, acredita-se que uma criatura de forma humanoide tenha caído do espaço sideral, atingindo o solo de Topeka com a força destrutiva de uma bomba atômica. Oficiais do Exército estão no local e estão se referindo à misteriosa entidade como Imperiex.

— Recebemos a ligação da Casa Branca — afirmou o major Kenneth Charles, cujo pelotão foi o primeiro a responder à ocorrência. — Veio do Forte Riley. Não tínhamos ideia do que era esse Imperiex ou do que ele queria. Só sabíamos que, no caminho, não havia energia elétrica num raio de quilômetros e as estradas eram pouco mais do que um monte de escombros.

Quem chegou ao local logo depois do Exército foi ninguém menos que o Superman.

— Um dos meus rapazes falou com ele — disse o major Charles. — Mas ele disse que o Azulão saiu voando no meio da conversa para segurar um prédio que estava desmoronando. Aí ele desapareceu na cratera gigante no meio da cidade. É como se o sujeito não conseguisse ficar parado.

De acordo com o major Charles, foi nessa imensa cratera que o Superman confrontou e atacou Imperiex.

— Da posição em que estávamos, não dava para dizer o que estava acontecendo, mas deu para ouvir os dois se esmurrando lá dentro — afirmou Charles. — O barulho foi como o de um trovão, muitos deles. No momento em que conseguimos chegar lá, o Superman saiu voando e o buraco era pouco mais do que uma pilha de escombros fumegantes. Temos homens lá embaixo agora mesmo, tentando encontrar algo que valha a pena ser encontrado.

Embora haja informações de que a Supergirl esteja auxiliando as equipes de resgate, o Superman não foi mais visto em Topeka. Essa notícia não é surpreendente, considerando o estado de Metrópolis, o lar do Homem de Aço, onde toda a população desapareceu misteriosamente, supostamente abduzida por alienígenas.

O presidente Luthor fará um pronunciamento no final da manhã de hoje, abordando esses incidentes e os rumores de que a Terra está no meio de algum tipo de guerra intergaláctica. Contudo, nesse meio-tempo, as equipes de resgate em Topeka voltam as suas atenções para a situação do local.

— Sem querer ser rude — disse o major Charles —, mas o mundo está por conta própria. No momento, minha única preocupação é o povo do Kansas. E preciso voltar ao trabalho.

O primeiro encontro do Superman com o ser que ele acreditava ser Imperiex aconteceu quando ele e Mongul II descobriram a entidade construindo uma arma próximo à órbita de Saturno. Depois de Kal--El destruir o dispositivo, Imperiex desapareceu. Porém, o Superman iria descobrir que o que ele havia enfrentado naquele dia era meramente uma sonda, e o verdadeiro Imperiex representava uma ameaça muito mais grave.

Na verdade, Imperiex era um gigantesco e poderoso ser capaz de controlar remotamente os seus muitos asseclas robóticos. Transformando Topeka e outras sete grandes cidades ao redor do mundo em alvos, o monstro planejava literalmente rachar o planeta ao meio. Enquanto isso, Darkseid forjou uma aliança alienígena que "sequestrou" os cidadãos de Metrópolis no intuito de mantê-los a salvo da guerra que estava por vir.

Enquanto o esforço de guerra continuava, Superman viu a si mesmo obedecendo às ordens do presidente Luthor para ajudar a destruir Imperiex. Combinando os próprios poderes com os da Estranha Visitante, o Superman voou para o interior do coração de Imperiex Prime e conseguiu rachar a sua couraça, liberando energia e encerrando essa ameaça de uma vez por todas.

Porém, outro perigo aguardava nas sombras. Quando a essência de Imperiex foi liberada no espaço, o Mundo Bélico surgiu, aparentemente do nada, e começou a absorver a energia que estava à deriva. O plano de Brainiac 13 estava se concretizando, e ele agora tinha o poder necessário para terminar o que havia começado no dia de Ano--Novo.

Enquanto a Liga da Justiça e outros heróis da Terra lutaram bravamente contra Imperiex e as sondas do vilão, muitos sucumbiram na batalha, incluindo o aliado de longa data do Superman, o Aquaman. Apesar de ele ter sido ressuscitado em outro evento cósmico, sua morte atingiu a comunidade de super-heróis como uma onda de choque.

Com uma crescida Lena Luthor ao seu lado, Brainiac 13 se provou uma ameaça ainda maior do que Imperiex.

Uma das últimas imagens registradas de Estranha Visitante. Ela se sacrificou enquanto protegia o Superman durante o ataque a Imperiex Prime.

Com o poder total de um Mundo Bélico aprimorado pelo B13 ao seu dispor, Brainiac 13 atacou Apokolips, com a Terra definida como seu alvo seguinte. Mesmo o nobre sacrifício de Maxima e de Massacre pouco fizeram para deter o poderoso aspirante a tirano.

Como parte do seu plano para a destruição de Imperiex, Darkseid construiu sua Égide da Entropia a partir da carcaça de uma das sondas danificadas de Imperiex. Transformada numa arma ao ser adaptada com tecnologia apokolipiana, a Égide mais tarde foi utilizada por Aço na batalha contra Brainiac 13.

Incapaz de suportar os horrores da guerra por muito mais tempo, o Superman levou a luta diretamente até Brainiac. Com a ajuda da armadura Égide da Entropia usada por Aço, ele teletransportou o vilão até o começo dos tempos, forçando a consciência de Brainiac a se espalhar pelo universo até o evento do Big Bang.

Prestando uma homenagem àqueles que sucumbiram durante a guerra, durante algum tempo o Superman alterou as cores do seu famoso símbolo do "S", mudando o fundo de amarelo para preto.

Conforme a fumaça se dissipava no campo de batalha, o mundo começava a se recuperar e a avaliar as suas baixas de guerra. Lena Luthor foi transformada em criança novamente e, apesar de desconfiado e preocupado com a segurança dela, o Superman devolveu o bebê ao pai mesmo assim.

Enquanto isso, o número de mortos chegava aos milhões, e entre os que haviam sido perdidos estava o pai de Lois, o general Sam Lane. Porém, o Superman descobriria posteriormente que o general forjara a própria morte e retornaria com um renovado ódio por todas as coisas alienígenas.

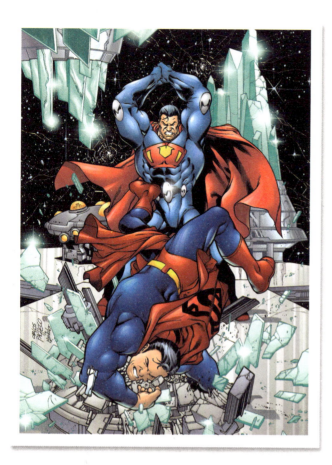

Equivalente a uma granada humana e movido a energia nuclear, Nêutron frequentemente se aliava a outros supervilões nas suas tentativas de derrotar o Homem de Aço.

Vindo de um mundo paralelo onde os heróis eram vilões e vice-versa, Ultraman era o equivalente do Superman, mas também o seu oposto, possuindo os poderes e as habilidades do Homem de Aço, mas não o mesmo código de honra.

Um criminoso de segunda linha que recebeu um aprimoramento dos seus poderes ao entrar em contato com um reator nuclear, Radion provou ser um perigoso inimigo tanto para o Superman quanto para qualquer transeunte inocente que porventura cruzasse o seu caminho.

Membro do Sindicato do Crime, junto com o Ultraman, a Supermulher era a Lois Lane do seu mundo, mas rivalizava com a Mulher-Maravilha no que diz respeito aos poderes. Nessa foto, a Supermulher é vista enfrentando o Brainiac do seu mundo, que chegou à nossa dimensão na forma de um poderoso bebê.

Como Quebra-Cabeças, Valerie Van Haaften podia dividir o seu corpo em partes semelhantes às peças do jogo de mesmo nome, sendo capaz de realizar múltiplos ataques simultaneamente.

O vilão conhecido como Castelão teve uma chance de realizar o seu "mais profundo desejo" de escravizar o Homem de Aço quando tentou transformar Metrópolis inteira na maior prisão da Terra.

O verdadeiro Persuasor é membro dos Cinco Fatais, um grupo de supervilões que frequentemente entrava em combate com a Legião dos Super-Heróis. Porém, no período temporal do Superman, um trabalhador descontente chamado Cole Parker se inspirou num vídeo do futuro vilão que havia visto na TV e logo tentou afiar o próprio machado atômico com o *Planeta Diário* e a sua equipe.

# General Zod do Pokolistão

Relatório nº 111216331014

Em meados de ████████, os cosmonautas Paulin e Tor Avruskin estavam numa missão científica não militar no espaço sideral. Paulin estava grávida, ainda que isso desobedecesse diretamente às ordens do seu superior ████████ e não ████████. Uma chuva de meteoros atingiu ████████, inundando a nave de radioatividade, matando mais de 300 soviéticos, incluindo ████████. O filho de Tor e Paulin foi encontrado em meio aos destroços de uma cápsula de fuga, junto com os cadáveres dos pais. Ele foi imediatamente levado para o Programa de Interesses Especiais da KGB, e sua forma mutacionada foi estudada pelos agentes ████████.

Desde ████████, o menino acreditava que havia nascido em outro planeta, mas não foi desmentido pelos cientistas a cargo dele. Posteriormente, foi descoberto que enquanto o sol amarelo o enfraquecia e ████████, a radiação de um sol vermelho o fortalecia, permitindo posterior treinamento militar nas mãos do agente conhecido como KGBesta, codinome de ████████.

Anos depois, ao descobrir a existência do Superman, o jovem desenvolveu uma obsessão extrema pelo super-herói, desprezando-o por ser seu exato equivalente e oposto. Através de meditação, visões e contatos com ████████, o jovem aprendeu sobre a história kryptoniana, ████████, e descobriu o nome de um homem cujo ódio pela Casa de El rivalizava com o seu. Após matar os seus captores e ████████, o jovem se lançou numa nova cruzada para acabar com a vida do Superman, alterando as suas feições para que elas se parecessem com as do inimigo dele.

Ele agora atende pelo nome de Zod.

CONFIDENCIAL
2

Um documento confidencial recuperado da antiga agência governamental conhecida como FBI.

Zod vinha atacando o Homem de Aço clandestinamente desde o dia em que contratou La Encantadora para envenená-lo com a entidade que viria a ser conhecida como Kâncer. Àquela altura, Zod estava apenas testando o seu oponente, reunindo o máximo de informação possível sobre ele.

O verdadeiro ataque de Zod ao Superman veio quando ele tentou tornar o sol amarelo da Terra permanentemente vermelho, num estranho plano de trocar de papel com Kal-El. Na estranha companhia de Metallo e de Lex Luthor, o Superman derrotou o enlouquecido general assim como o sol da Terra teve o seu brilho amarelo restaurado.

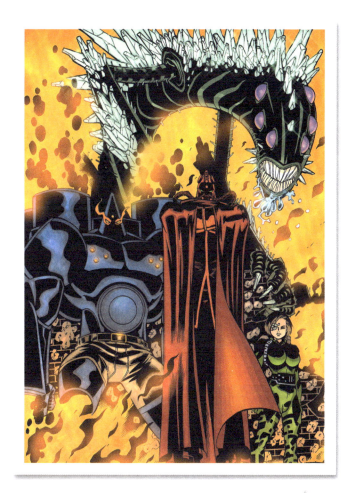

Tomando o controle da nação do Pokolistão, o general Zod reuniu um impressionante círculo interno: o familiar vilão Ignição; Kâncer, as sobras vivas do envenenamento por kryptonita removidas do corpo do Superman; e Faora, a serva mais leal de Zod que possuía a habilidade de desfazer ligações moleculares.

# Cir-El

Um dos mistérios mais peculiares na vida do Superman é o caso da Supergirl conhecida como Cir-El. Ainda que ela tenha existido, não há registros conhecidos desse fato. No intuito de descobrir qualquer informação ao seu respeito, fui forçado a visitar o Instituto do Tempo para verificar se alguma linha temporal alternativa havia emergido na época da sua suposta interação com Kal-El.

Pelo que pude deduzir utilizando as informações que me foram disponibilizadas, Cir-El era um ser cuja própria existência era contraditória. Sua primeira aparição pública em Metrópolis foi quando ela venceu o vilão Radion. Foi nesse encontro que ela conheceu Lois Lane e mencionou que o Superman de fato era o seu pai.

Aparentemente, a srta. Lane não aceitou bem essa novidade, cuja reação imediata foi acusar o marido de infidelidade. Porém, Lois ficaria ainda mais chocada no segundo encontro com essa nova Supergirl. Porque foi quando Cir-El revelaria que Lois era, na verdade, sua mãe.

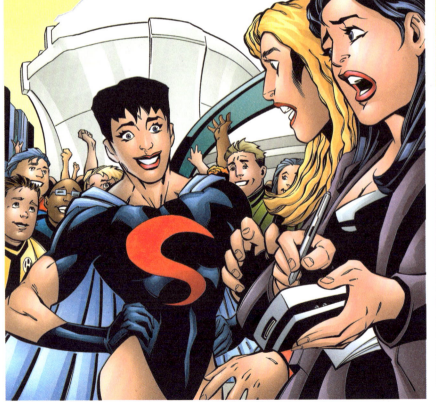

Como se revelou mais tarde, fora enganada a Supergirl durante toda a sua curta vida. Um grupo de criaturas mecânicas chamado os Futureiros lhe disse que ela era a filha do Superman do futuro, mas estudos comprovaram que, embora ela tivesse superpoderes, e apesar de haver vestígios de DNA kryptoniano nas suas células, ela era bastante humana e não era filha de Lois Lane.

Na realidade, Cir-El era um produto do meu "descendente", por assim dizer. Ela foi criada em laboratório por Brainiac 12 e seus capangas, os Futureiros. Ao usar um único folículo capilar da cabeça do Superman, uma garota sem-teto chamada Mia foi transformada na Supergirl, o lugar perfeito para a consciência de Brainiac 12 se esconder até que pudesse realizar a sua atualização completa para se tornar a ameaça praticamente imbatível chamada Brainiac 13.

Durante o tempo que a Supergirl passou na Terra, o Superman foi contaminado pelo mortal vírus kryptoniano conhecido como Xarxas. Seu ajudante robô, Kelex, produziu uma armadura protetora para ele, no intuito de ajudar a estabilizar a sua condição. Foi nesse traje de batalha que o Superman mais tarde enfrentou Bizarro. Depois de perceber que o vírus tinha o efeito oposto no seu adversário, para o qual tudo funciona ao contrário, ele usou o sangue de Bizarro para curar a própria moléstia.

Ao descobrir sua história através do próprio Brainiac 12, Cir-El voou para o interior do fluxo temporal e apagou a si mesma da existência. Enquanto isso, o Homem de Aço lançou Brainiac 12 em um lapso temporal, uma anomalia de não existência que ele havia descoberto recentemente.

As valentes ações finais de Cir-El explicam por que foi tão difícil encontrar qualquer prova da existência da jovem. Devido à sua própria coragem, ela existiu, mas nunca existiu.

E tragicamente ninguém nunca se lembrará do seu sacrifício.

A Queda de Lex Luthor

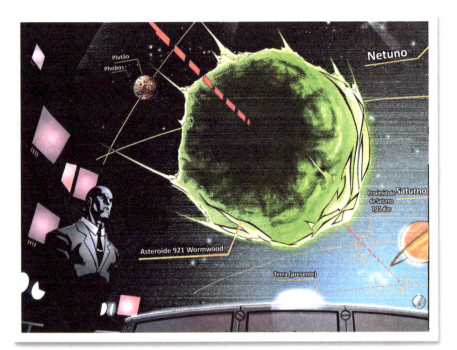

Quando um gigantesco meteoro constituído de kryptonita foi detectado em rota de colisão com a Terra, o presidente Luthor aproveitou a oportunidade para culpar o Superman pela sua trajetória. Luthor afirmou em um pronunciamento na TV que o enorme pedaço do planeta Krypton era um elaborado plano do Homem de Aço para destruir o mundo.

Apesar de obviamente ser inocente das acusações, o Superman se viu considerado o inimigo público número 1 e, junto com o Batman, tornou-se alvo de uma caçada humana mundial.

Como parte do seu ataque ao Superman, Luthor ofereceu uma recompensa de um bilhão de dólares pela cabeça do Homem de Aço, tirando dezenas de supervilões das suas tocas.

Claramente fora do seu juízo perfeito, Luthor estava injetando em si mesmo um tipo de kryptonita líquida misturada ao poderoso esteroide chamado Veneno, o que apenas acelerou sua decadência rumo à insanidade.

Superman e Batman se viram travando um combate contra um Luthor enlouquecido pelo poder, cuja insanidade se tornou notoriamente pública quando, durante a luta, ele se vangloriou para o Superman das suas atividades ilegais, sem saber que a conversa estava sendo televisionada para o mundo todo.

Enquanto isso, o super-herói Capitão Átomo valentemente pilotou um estranho foguete até o espaço para destruir o meteoro de kryptonita e salvou a vida de toda a população da Terra.

Quando os vilões falharam, Luthor tentou recrutar super-heróis para fazer o seu trabalho sujo. Aqui apresentamos uma montagem de imagens de Batman e Superman enfrentando esses recrutas, antes de os super-heróis revelarem que a sua verdadeira lealdade era devotada ao Homem de Aço e ao Cavaleiro das Trevas.

Quando o Shazam e o Gavião Negro foram designados para prender Batman e Superman, o Homem de Aço e o Cavaleiro das Trevas não só triunfaram sobre os seus colegas super-heróis como também usaram os seus trajes para poderem entrar na Casa Branca.

Apesar de utilizar a sua poderosa armadura apokolipiana, Luthor não se provou páreo para seu arqui-inimigo. Superman limpou o seu nome, e o ex-presidente justificadamente tomou o seu lugar na lista dos Mais Procurados do Mundo.

Com uma atitude que concordava com a sua aparência, o ser aprimorado ciberneticamente chamado Equus desenvolveu um ódio pelo Superman.

Apesar de afirmar ser nativo da cidade engarrafada de Kandor, o lar do perturbado vilão conhecido como Preus provou ser tão ilegítimo quanto o símbolo do "S" que ele usava no peito.

O poderoso Gog manipulava viagens no tempo na tentativa de matar o homem que ele acreditava ter falhado com ele na infância: Superman.

O autoproclamado "espião que os espiões se espantam de espiar", o Sr. Orr assumiu o papel de antagonista do Homem de Aço diversas vezes, de modo a fazer valer seu contracheque pago por misteriosos e poderosos empregadores.

# Black Rock

Passaram outro programa na TV sobre mim, ontem à noite. Um pseudodocumentário sensacionalista usando efeitos especiais ruins para mostrar o que o mundo se tornaria caso eu enlouquecesse e decidisse cozinhar uma cidade com a minha visão de calor. Gostaria de dizer que essa foi a primeira vez em que alguém convenceu uma emissora a transmitir algo do tipo. E queria poder ignorar essas coisas e deixá-las para lá. Mas elas me incomodam. E o grande público achando que eu sou invulnerável...

Na maioria dos dias, aceito as críticas, o cinismo e a paranoia. Entendo a visão deles, e talvez se eu fosse tão... frágil quanto uma pessoa normal poderia até comprar a ideia que os fatalistas gostam de vender. Mas então há noites como as de ontem, quando ser visto como uma bomba começa a me afetar. Daria para pensar que, a essa altura, eu já teria conquistado a confiança deles. Porém, o medo que já vi em seus olhos quando uso alguns de meus poderes — mesmo após anos de serviço, ele ainda está lá.

Acho que posso ser considerado parcialmente culpado. Relendo o que acabei de escrever, eu de fato uso muito a palavra "eles" para descrever a humanidade. Se eu mesmo não me considero um deles, como eles podem fazê-lo?

Hoje enfrentei o Black Rock. Não o que já havia enfrentado antes. Esse homem não era nada parecido com o supervilão de trajes brilhantes também conhecido como dr. Peter Silverstone. Apesar de ele estar armado com a rocha de Silverstone, uma pedra capaz de canalizar e amplificar sinais de telecomunicação, esse homem era um tipo diferente de pessoa. Ele era do tipo que tem medo de mim. E, no fim, só reforcei isso.

Quando o encontrei, ele estava fazendo o melhor que podia para destruir o máximo possível da cidade, no esforço de chamar a minha atenção. Via de regra, nunca aceito bem esse tipo de coisa, então, não tive pudores em ser um pouquinho mais agressivo com esse novo Black Rock. Ele me deu trabalho, tanto quanto seu predecessor, com certeza. A energia da pedra estava tão forte quanto nunca e ele a utilizava com uma crueldade que lhe dava uma vantagem imprevisível. Mas, apesar dos danos que causou, apenas pela violência em si, consegui manter a calma. Até que olhei esse homem nos olhos e ouvi a forma como ele me chamou de "alienígena".

Foi aí que deixei o Black Rock me afetar. Deixei que ficasse pessoal demais. Acionei a minha visão de calor e não parei. Eu o queimei até que o ar ao nosso redor ficou aquecido. Até que o tanque de gasolina de um carro nas redondezas explodiu e os pedaços de papel que sujavam a rua pegaram fogo. Eu o queimei até fazê-lo parar e então levei a sua preciosa pedra para longe.

Por um breve instante, tornei-me exatamente aquilo de que eles têm medo. Enquanto a polícia levava o Black Rock, ainda choramingando, vi isso nos rostos deles. E, no fim das contas, estou com medo da mesma coisa.

Hoje à tarde, o dr. Peter Silverstone foi encontrado em casa, espancado até a morte, teoricamente por um grande objeto sem ponta que se enquadra na descrição da rocha negra. Ele foi morto selvagemente para que esse intolerante tomasse o seu lugar.

Mesmo depois de tudo isso, é a mim que alguns jornais estão chamando de monstro hoje. E a pior parte é que não tenho certeza de que não mereço.

---

Depois de o Superman ter derrotado o segundo Black Rock, Sam Benjamim, a pedra foi parar nas mãos de uma ativista revolucionária chamada Lucia, que vivia presa em Lima, no Peru. Superman conseguiu vencer a mais nova hospedeira da pedra e, ao fazê-lo, resolveu as suas dúvidas interiores, percebendo que ele protegia inocentes dos verdadeiros monstros não porque tinha raiva do mundo, mas porque era a coisa certa a fazer.

# Ruína

Alguém quer que eu pense que Ruína é Pete Ross. Esse alguém não me conhece tão bem quanto pensa.

Eu conheço Pete Ross. Eu o conheço desde que éramos meninos. Sei como ele pensa e como lida com a tragédia. E sei que não é só o meu otimismo que me impede de acreditar que ele, de algum modo, se transformou num supervilão. Eles podem vesti-lo e colocá-lo em qualquer situação impossível que acharem mais adequada. Eu sei que Pete Ross não é o Ruína. Porque estou fazendo isso há tempo o suficiente para saber quando alguém está tentando bagunçar a minha cabeça.

Faz sentido, no papel. Pete Ross era o vice--presidente e, então, por um curto período, presidente dos Estados Unidos. Naquele tempo, ele teve acesso a algumas das tecnologias mais secretas e perigosas do mundo. Mais ainda, ele teve acesso à mente de Lex Luthor, mesmo que Pete tenha saído do cargo em desgraça depois de Luthor ter desonrado o gabinete, permitindo que o presidente Jonathan Horne se tornasse o novo comandante em chefe.

Segundo confirmação do próprio Pete, ele sabe que eu sou o Superman. Foi algo que ele descobriu quando era vice-presidente. Essa informação tinha o intuito de enfurecê-lo. Afinal, a esposa dele, Lana, sabia da minha vida dupla há anos e nunca lhe contou. Se conseguíamos manter isso sem ele saber, o que mais estávamos escondendo? Pete e Lana estão no meio de um complicado divórcio. A maioria dos criminosos não precisa de mais motivos do que esses.

Porém, nesse momento, nem tenho certeza de que o Ruína sabe quem eu sou. Claro, ele instruiu os seus novos Parasitas a atacarem o meu apartamento, uma luta da qual Lois, sua irmã Lucy e o meu sobrinho Sam mal conseguiram escapar. Mas Lois e Jimmy são dois conhecidos aliados do Superman. A identidade de Clark ainda pode ser um segredo para quem quer que esteja por trás da máscara bizarra do Ruína.

Ontem, ele aumentou a aposta. O Ruína tentou assassinar John Henry Irons e sua filha e, dessa vez, quando eu o impedi, ele me deixou desmascará-lo. Foi naquela hora e naquele local que o mundo inteiro descobriu que Pete Ross e o Ruína eram uma só pessoa. Fez sentido para o grande público. Num mundo no qual Lex Luthor havia se tornado um supervilão, fazia sentido que o seu braço direito fosse tão corrupto quanto ele. Era uma conclusão lógica. Contudo, repetindo, o grande público não conhece Pete Ross.

Quando Pete estava no colégio, ele tinha problemas com alguns garotos das séries mais avançadas que as nossas. Pete não era um menino dos mais quietos e, numa escola da zona rural, algum falastrão e com inclinação por piadas pode fazer muita gente perder a esportiva. Em mais de uma ocasião, ele teve os livros derrubados das suas mãos, o armário arrombado, ou virava alvo de bolinhas de papel nas aulas de matemática. Mas não importava o que eles fizessem, ele estaria com o mesmo sorrisão idiota no rosto no dia seguinte. Ele era o mesmo Pete Ross, não importava o quanto o xingassem nos corredores ou quantas caixas de leite derramassem na sua bandeja na hora do almoço. E nunca houve uma só menção à vingança ou acerto de contas. Ele contra-atacava simplesmente continuando a ser ele mesmo.

Eu sei quem Pete Ross é agora, assim como sabia quem ele era naquela época. E Pete Ross não é o Ruína.

O Superman mais tarde seria recompensado pela fé no seu amigo quando descobriu que a verdadeira identidade do Ruína era o professor Emil Hamilton. Levado à insanidade pela própria paranoia, Hamilton havia se convencido de que o Superman destruiria o planeta em 4,9 bilhões de anos e que era o seu dever impedir que o alienígena causasse a inevitável destruição do mundo.

Para salvar a vida de Lana Lang-Ross e do filho dela, Clark, que foram sequestrados, Superman sobrepujou a tecnologia do Ruína, baseada em luz solar vermelha, e colocou Hamilton na prisão, lamentando a perda de um amigo — ainda que celebrando a inocência de outro.

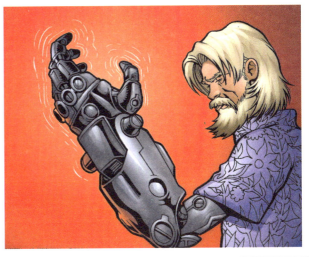

O professor Emil Hamilton havia perdido um dos braços como resultado de ferimentos à bala não tratados, sofridos durante a época logo após Lex Luthor ter arrasado grande parte do centro de Metrópolis. Hamilton construiu para si mesmo uma prótese robótica, que foi posteriormente aprimorada pelo vírus B13.

Os gêmeos Alex e Alexandra Allston foram transformados pelo Ruína numa dupla de Parasitas. Torturados durante meses, eles aceitaram os seus novos papéis como herdeiros do perturbador legado de Rudy Jones.

Ruína.

Ruína desmascarado.

265

# SUPERGIRL

## DEPARTAMENTO DE POLÍCIA DE GOTHAM
BOLETIM DE OCORRÊNCIA #WR 9005-4
Boletim registrado em: 29/05

### FORMULÁRIO DE DEPOIMENTO

**Nome:** Jean Schaefer
**Endereço:** Estrada de Elisa, 1650
**Data:** 29/05

**Referência a:**
**Número do caso:** 0820

**Relato:**

Bom, vou dizendo logo de cara que ela estava nua por baixo daquele casaco. Era óbvio, então, quero garantir que isso vá ficar registrado. Minha família e eu ouvimos falar desse tipo de coisa em Gotham, por amigos, pela TV e tudo o mais, só que nunca suspeitamos que aqui fosse assim tão ruim. Só estávamos tentando sair de férias com a família quando vimos essa mulher quase nua atravessando a rua, ainda por cima descalça. Enfim, acho que vocês não devem estar nem aí para essas coisas. Afinal, vocês de Gotham não parecem se preocupar com a decência humana. Acho que querem mais é que eu diga como a mulher foi atingida pelo utilitário no meio da rua. Claro que vimos isso. Vimos o utilitário se entortar todo ao redor da mulher, e a loura só ficou lá parada, como se nem tivesse sentido dor. E aí um laser vermelho saiu dos olhos da mulher, e ela destruiu um para-brisa, sei lá por quê. Depois, atingiu uma viatura da polícia e começou a voar. E vou dizer uma coisa: se a gente ainda não tinha conseguido ver as partes dela enquanto ela corria pela rua, com o casaco tremulando ao vento, com certeza vimos quando começou a flutuar. Logo depois, a mulher sumiu de vista e não tivemos mais sinal dela, graças a Deus. Nunca mais vamos voltar a essa cidade imunda. Vamos tirar férias em Metrópolis daqui por diante.

Assinatura da testemunha: *Jean Schaefer*
Assinatura do policial: *M. Beazley*

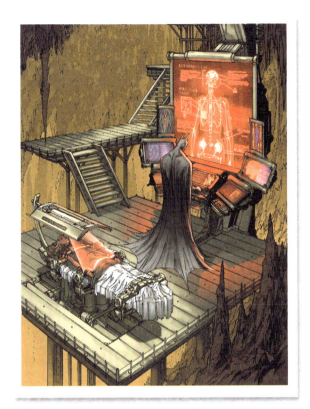

Originalmente enviada à Terra para cuidar do seu primo bebê, devido ao tempo que passou em animação suspensa, Kara chegou muito tempo depois do que se esperava. Como resultado, Kal-El sentiu que era o seu dever proteger essa jovem que havia se tornado sua prima mais nova.

Apesar de o Superman não ter ficado nada empolgado quando Kara foi viver com as Amazonas, ele ficou ainda menos feliz quando ela foi sequestrada por Darkseid, que invadiu a ilha que é lar da Mulher-Maravilha com um exército de clones imperfeitos do Apocalypse. Empreendendo uma tentativa de resgate, Superman, Batman e a Mulher-Maravilha viajaram até Apokolyps, apenas para encontrar Kara corrompida pela influência de Darkseid. Escondendo o velho anel de kryptonita de Luthor num compartimento revestido de chumbo na fivela do cinto, Superman derrotou Kara e a levou de volta para a ilha Paraíso. Lá, usando a ciência das Amazonas e a Caixa Materna dos Novos Deuses, a jovem recuperou a saúde e teve a sua personalidade original restaurada.

Usando um pedaço de kryptonita, Batman levou Kara até a batcaverna para examiná-la.

Apesar de o Batman ter suspeitado de Kara no início, o Superman a aceitou como membro da sua família no mesmo instante e percebeu que era ela a sua prima que havia saído de Argo City numa nave em direção à Terra, há muito desaparecida.

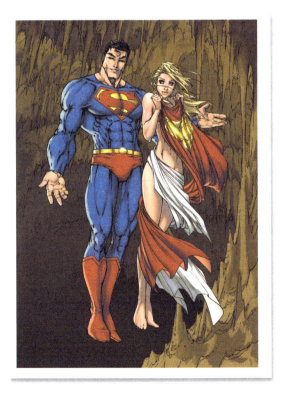

Um tanto despreparada para a vida nos Estados Unidos, Kara foi para a ilha Paraíso, para treinar com a Mulher-Maravilha e as suas colegas guerreiras Amazonas.

Kara Zor-El sob o controle de Darkseid.

Levou algum tempo até que Kara Zor-El encontrasse o seu lugar na Terra, mas, quando ela conseguiu, os resultados foram nada menos que incríveis. Usando um uniforme feito por Martha Kent, ela estabeleceu uma nova vida em Metrópolis como Supergirl.

Conforme se tornava uma experiente super-heroína e uma força do bem, a Supergirl foi lentamente desenvolvendo sua própria galeria de vilões. Ela incluía sua sósia, a Supergirl Bizarra, cuja nave caiu no meio do Parque Centenário.

Aceitando o conselho do Superman, Kara decide adotar a própria identidade secreta. Quando uma recém-divorciada Lana Lang-Ross se mudou para Metrópolis, Supergirl foi morar com ela, fingindo ser sua sobrinha, Linda.

Apesar de Dubbilex, que foi aliado do Superman, aparentemente ter morrido nas mãos do supervilão conhecido como Codinome: Assassino, a Supergirl posteriormente enfrentou o DNAlien quando ele (ou possivelmente seu clone) retornou, graças às maquinações do Projeto Cadmus.

Em determinado ponto de sua carreira, as circunstâncias levaram a Supergirl a passar alguns meses no século XXXI. Ela provou o seu valor e se juntou à Legião dos Super-Heróis como membro oficial. Tive poucos colegas de equipe que me causaram uma impressão tão boa quanto ela. E ainda que na sua própria época ela tenha servido aos Novos Titãs e à Liga da Justiça, gosto de pensar que o tempo que ela passou com a Legião foi tão importante para ela quanto foi para mim.

# Ilha Stryker

NOME: WILLIS, LESLIE

CODINOME: CURTO-CIRCUITO

ALTURA: 1,60 m

PESO: 49 kg

CABELOS: PRETOS (COMO LESLIE), AZUIS (COMO CURTO-CIRCUITO)

AVALIAÇÃO FEITA POR: WARDEN C. BAILEY

Essa é a minha primeira avaliação de Leslie Willis e não estou nada satisfeito em informar que ela não tem cooperado em nenhuma entrevista.

A srta. Willis parece estar sempre com os nervos à flor da pele, mas isso já era de esperar, considerando a sua ocupação anterior como uma locutora de rádio sensacionalista na emissora WRKN. Sua atitude e seu desdém pela autoridade, afinal de contas, eram as bases do seu programa, constantemente desdenhando as ações do Superman como golpes publicitários. Porém, quando ele salvou a vida da esposa do seu chefe, Leslie descobriu que os seus comentários contra o Superman não eram mais bem-vistos na emissora e ela foi despedida.

Possuindo poderes elétricos muito antes da sua época na WRKN, Leslie decidiu descontar sua raiva no mundo, principalmente no Superman. Ela carregou a si mesma até a sua aparente capacidade total, adotou a identidade de Curto-Circuito e atacou o herói.

Depois de o Superman ter derrotado a srta. Willis e ter assegurado que ela seria trazida para cá, o temperamento de Leslie vem piorando dramaticamente. Leslie é rude e desrespeitosa. Não vejo como ajudá-la até que ela pare de culpar o mundo pela sua situação. Ela parece transferir essa responsabilidade para os homens da sua vida, desde o seu pai até o seu antigo chefe, passando pelo irmão mentalmente desequilibrado. Leslie sente que está sendo punida pela sociedade só por ter nascido mulher e não consegue se dar conta do fato de que as suas decisões são responsabilidade sua, apesar das circunstâncias.

Leslie Willis tem muito que evoluir e, infelizmente, muito dessa evolução acontecerá aqui na Stryker.

Após encarar o Superman algumas vezes como adversária, Curto-Circuito se regenerou, usando um dos antigos trajes de contenção do Homem de Aço para manter seus poderes e sua mente focados. Ela customizou o uniforme, mudando o "S" para um símbolo que se adequava melhor ao seu codinome.

## Crise nas Infinitas Terras

Houve um tempo em que existia um número infinito de Terras em um número infinito de universos paralelos. Muitas tinham o seu próprio Superman, embora levemente diferentes do de nossa realidade. Em uma dimensão, referida como Terra-2, o Superman havia sido o primeiro super-herói, tendo lutado valentemente na Segunda Guerra Mundial e em outros conflitos, além de ter se casado com Lois Lane. Em outra realidade, a Terra-Primordial, não havia super-heróis, exceto por um único Superboy, inspirado pela leitura das histórias em quadrinhos que contavam as façanhas dos combatentes do crime do nosso universo.

Embora poucos se lembrem, uma devastadora crise assolou essas Terras e, dos seus escombros, nasceu a nossa realidade, uma espécie de amálgama de alguns dos mundos que existiram antes. No entanto, houve sobreviventes desse antigo panorama. E quando eles retornaram, trouxeram consigo outra crise devastadora.

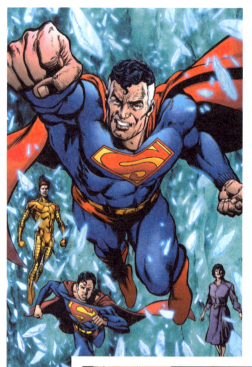

Os sobreviventes do multiverso original (da esquerda para a direita): Alexander Luthor, Superboy Primordial, Superman e Lois Lane da Terra-2. Alexander Luthor, da Terra-3, convenceu os seus companheiros sobreviventes que a Terra da nossa realidade foi corrompida por violentos super-heróis e, no intuito de salvar o nosso mundo, precisavam recriar a Terra-2 no seu lugar.

O Superman da Terra-2 tentou recrutar a sua prima, a Poderosa, para sua causa, já que ela de alguma forma também havia sobrevivido à primeira crise. Porém, quando Poderosa viu os super-heróis que eram seus companheiros sendo usados como fonte de energia para o dispositivo de Alexander Luthor, ficou claro de que lado ela deveria ficar.

Alexander Luthor e o Superboy Primordial derrotaram a Poderosa e revelaram que estavam manipulando o Superman da Terra-2 na busca para criarem sua própria realidade, uma suposta "Terra perfeita".

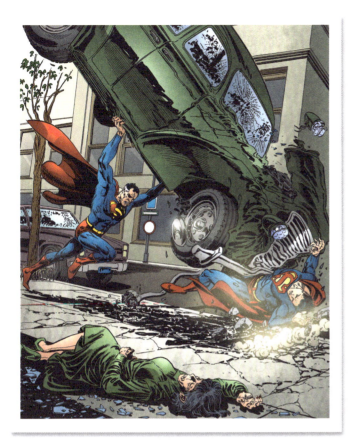

Quando a sua esposa faleceu, aparentemente de causas naturais, o Superman da Terra-2 descontou a sua agressividade no nosso próprio Homem de Aço, antes de perceber que estava um pouco equivocado.

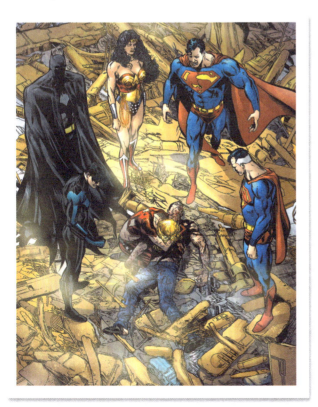

A intenção de Alexander Luthor era restaurar o multiverso para que ele pudesse bancar o deus dela, esquadrinhando as realidades, recolhendo e escolhendo elementos até que a sua versão da Terra ideal fosse alcançada. Porém, o aspirante a tirano foi derrotado pelo Batman e uma horda dos seus aliados, enquanto os Supermen da Terra e da Terra-2 combinaram as suas forças para derrotar o lacaio de Luthor, o Superboy da Terra-Primordial.

Contudo, o custo foi alto. No intuito de deter o Superboy Primordial, os Supermen foram forçados a voar com o seu oponente através dos destroços repletos de kryptonita onde Krypton um dia havia orbitado e através do coração do seu sol vermelho. Embora o Superboy Primordial tenha sido de fato derrotado, o Superman da Terra-2 perdeu a esposa e o nosso Superman perdeu os seus poderes.

Nutrindo ódio e inveja de Kon-El, o Superboy Primordial lentamente perdeu sua sanidade, matando qualquer herói que cruzasse o seu caminho, até que ele por fim assassinou o Superboy do nosso mundo, em uma luta que acabou com a destruição do dispositivo alterador de realidades de Alexander Luthor.

O corpo do Superboy foi colocado na matriz de regeneração do Superman, em sua Fortaleza da Solidão. Kon-El foi recuperado e despertou mil anos no futuro, no meu tempo presente, a época da Legião dos Super-Heróis. Depois, ele foi devolvido à sua própria era e reestabeleceu sua vida como super-herói.

# Superboy Primordial

| NOME DO ARQUIVO | SUPERBOY PRIMORDIAL | | |
|---|---|---|---|
| ALTURA | 1,80 m | PESO | 77 kg |
| OLHOS | AZUIS | CABELOS | PRETOS |

**CODINOMES CONHECIDAS**
CLARK KENT, SENHOR DO TEMPO

**BASE DE OPERAÇÕES**
MÓVEL

**PROFISSÃO**
(EX) ESTUDANTE

**AFILIAÇÕES**
NENHUMA

**AUTOR DO ARQUIVO**
SUPERMAN

## ANOTAÇÕES

Não se enganem. O Superboy Primordial é um monstro. Não uso esse termo com muita frequência, mas costumo julgar uma pessoa pelas suas ações. E as ações do Superboy Primordial têm sido nada menos do que monstruosas.

Não tenho dúvidas de que ele era inocente quando começou a vida. Ele tinha pais que o amavam e até uma namorada. No seu mundo, a Terra-Primordial, ele era um simples adolescente. Lá, super-heróis existiam apenas nas histórias em quadrinhos e o grande público lia sobre as minhas aventuras, ou as do Batman (ver arquivo de membro da Liga da Justiça: Batman), da Mulher-Maravilha (ver arquivo de membro da Liga da Justiça: Mulher-Maravilha) e de todo resto, e elas eram consideradas apenas produtos de ficção barata. Era um mundo em que ter o nome Clark Kent era um jeito de ser ridicularizado pelos colegas por ser obcecado demais com aquilo que era considerado coisa para crianças.

Mas, assim mesmo, esse Clark Kent era um fã de quadrinhos. Então, quando ele começou a desenvolver poderes quase idênticos aos meus, assumiu o papel de Superboy, só para ver todo o seu universo perecer durante a primeira crise do multiverso.

O Superboy Primordial sobreviveu, juntamente com Alexander Luthor, minha contraparte da Terra-2 e a Lois Lane da Terra-2. Logo, anos da sutil manipulação de Lex Luthor fizeram efeito, e Clark se tornou obcecado com a ideia de que nossa Terra era violenta demais. Ele começou a achar que o nosso Superboy, Kon-El, era um impostor, e que ele precisava derrotá-lo.

Depois de se armar com um coletor de energia que o supria de luz solar amarela, o Superboy Primordial atingiu esse objetivo. Ele brutalmente assassinou Kon-El e vários outros heróis durante o seu ataque de fúria. E ainda que eu tenha ajudado a subjugá-lo, e os Lanternas Verdes a aprisioná-lo, àquela altura, o ódio do Superboy Primordial já o havia transformado. Mal se podia reconhecê-lo como aquele adolescente que queria apenas viver o mesmo tipo de aventuras que lia nos quadrinhos.

Certamente uma ameaça de nível ômega, o Superboy Primordial retornou em diversas ocasiões, e agora inclui a Legião dos Super-Heróis entre aqueles que prejudicou. Ele é poderoso e desequilibrado, um monstro sem remorsos, cuja degeneração está além de qualquer esperança de redenção.

Ver links abaixo para mais detalhes:

Poderes e habilidades  
Arquivo de casos  
Histórico detalhado  
Parentes e aliados conhecidos

## O Mundo sem o Superman

Não tendo mais poderes, o Superman foi forçado a uma presença discreta no ano seguinte. Surpreendentemente, Clark Kent não poderia ter ficado mais feliz com a situação. Ele gostava de poder passar o seu tempo com Lois, tornou-se um funcionário mais confiável do que jamais tinha sido no seu emprego no *Planeta Diário* e teve a oportunidade de viver de verdade em meio ao povo do seu planeta adotivo como um deles.

Porém, Metrópolis sem o Superman ainda era Metrópolis, uma cidade com uma cota mais do que considerável de supervilões. Entre eles estava Lex Luthor, cujo plano mais recente envolvia seu Projeto Homem Comum, um programa que concedeu superpoderes a centenas de pessoas e era capitaneado pelo renascimento do grupo de super-heróis conhecido como Corporação Infinito.

Enquanto isso, um misterioso super-herói que chamava a si mesmo de Supernova estava inspirando Metrópolis de um modo que era, geralmente, reservado ao próprio Homem de Aço. No intuito de dar a Supernova um desafio de verdade, Luthor esperou até que os céus de Metrópolis estivessem repletos de seus super-heróis sob encomenda na véspera de Ano-Novo e desativou os seus poderes. O resultado foi uma horripilante chuva de heróis sem poderes que Supernova foi incapaz de salvar.

Por fim, John Henry Irons invadiu a LexCorp como Aço e levou Luthor à justiça. Embora a afiada equipe de advogados de Luthor tenha tomado as providências para que ele não passasse muito tempo atrás das grades, a reputação dele com os cidadãos de Metrópolis foi manchada e isso era algo que ele nunca seria capaz de comprar de volta.

Aparentemente, o Gladiador Dourado foi morto por uma explosão que Clark Kent não tinha o poder de impedir. No verdadeiro estilo do Gladiador, até o seu caixão foi decorado com propagandas.

Na verdade, o Gladiador Dourado forjou a própria morte e reiniciou sua carreira de combatente do crime como o celebrado super-herói conhecido como Supernova. Embora ele tenha retomado sua antiga identidade depois, o tempo que o Gladiador passou como o misterioso Supernova permaneceu como a época mais bem-recebida da sua carreira.

A Corporação Infinito de Lex Luthor enfrentando a ameaça do supervilão conhecido como Arrasa-Quarteirão.

# Homem de Kryptonita

## Do gabinete do dr. K. Russel Abernathy

### ATA 850-11

Chegando a algum lugar com a kryptonita hoje. Estou ficando sem verbas e a K Verde é cara e quase impossível de obter. As sintéticas se mostraram duvidosas. Preciso procurar outro doador. Luthor? Stagg? Wayne?

### ATA 850-12

Mais quatro mortos. Todos da mesma forma. Nenhuma das cobaias sobreviveu. Apesar de que o macaco poderia ter sobrevivido a essa rodada. O envenenamento por kryptonita ainda se mostra um problema. Continua a reforçar as minhas teorias quanto à potência e à força da K Verde. Vou ter que dar uma boa enrolada nos acionistas.

Certifiquei-me de que a tal Lane não descobrisse o laboratório dos animais. Provavelmente é uma dessas ripongas liberais, incapaz de quebrar os ovos para fazer a omelete. Animais morrem para que a ciência possa viver. A nova evolução. Pergunto-me quantos coelhos morreram para aperfeiçoar a cor do batom que ela estava usando.

### ATA 850-13

Corrigi as anotações de Kennedy. Prosaicas como o esperado. Ele devia me agradecer pelas melhorias que fiz, só que é mais provável que dará um dos seus chiliques e desperdiçar o meu tempo.

Preciso recalibrar o laser. Estava formando uma circunferência muito ampla. Vou consertar depois do almoço.

Anotações recuperadas de um incêndio no laboratório do cientista K. Russel Abernathy, na avenida do Amanhã. Durante as suas experiências com kryptonita, Abernathy foi atingido por uma explosão, que o transformou no enfurecido Homem de Kryptonita.

O Homem de Kryptonita era capaz de disparar raios de kryptonita dos olhos, além de possuir força aumentada e um toque que poderia se mostrar letal para qualquer kryptoniano.

O RETORNO DO SUPERMAN

EDITORIAIS DO *PLANETA DIÁRIO*

# *Não existe Metrópolis sem o Superman*

Por Perry White

Tive sorte de estar no trabalho quando o Superman voltou. Está bem, você me pegou. Pergunte a Alice, minha esposa. Estou sempre no trabalho. Mas, mesmo assim, me senti sortudo por estar lá naquele dia. Foi um evento. Como assistir ao pouso na Lua ou à formação da Sociedade da Justiça. Eu estava no *Planeta Diário* no dia em que o Superman voltou para Metrópolis. E acho que isso me dá o direito de me gabar um pouco, não dá?

Entre todas as pessoas, foi a Quebra-Cabeças quem o tirou da aposentadoria, ou seja lá onde diabos ele tenha se enfiado. A Quebra-Cabeças é uma marginal de menor porte e, naquele momento, ela estava no meio de uma tentativa de assassinato encomendado contra a vida de um dos meus melhores repórteres, Clark Kent. Bem ao estilo Superman, o Último Filho de Krypton levou a luta para o lado de fora e derrotou a vilã em pouquíssimo tempo.

Vejam, já estou nisso há um bom tempo. E era óbvio que havia algo de estranho com o Superman. Ele parecia mais fraco, bem diferente da fortaleza que conhecemos há mais de uma década. E, pelo que percebi, ele não pode mais voar. Pode apenas saltar. Algo aconteceu com o herói da nossa cidade, mas não sou do tipo que olha os dentes do cavalo dado.

Você já deve estar a par de quanto a agenda do Superman tem estado ocupada desde seu retorno. E se não está, devia comprar mais o meu jornal, porque está por fora. Ele enfrentou Curto-Circuito, Banshee Prateada, Tumulto, Sanguinário e Hellgrammite, e todos ao mesmo tempo, veja só. Quando ele saiu dessa por cima, parecia que nada podia detê-lo.

Foi a essa altura que eu esperava que todos os jornais estivessem tecendo elogios a ele. Dando-lhe as boas-vindas dignas de um herói, por assim dizer. Mas não foi isso que vi. Do *Estrela* àquele jornaleco do *Rumor*, toda a imprensa parecia um bando de fedelhos mimados. Com manchetes como "Por que ele nos abandonou?" ou "Homem nem tão Super", as notícias estavam repletas de reclamações. Fiz um grande esforço para não invadir as redações, agarrar esses "jornalistas" prepotentes pelos ombros, balançando-os e gritando: "É do Superman que vocês estão falando! Tenham mais respeito!"

Devemos muito a ele. Uma vez após a outra, ficamos em dívida com ele. E se ele quiser tirar um ano de folga — diabos, se quiser se aposentar de vez —, ele fez por merecer. Nossa cidade não estaria aqui não fossem as ações desse homem, e não vou ficar impassível enquanto os outros jornais tentam derrubá-lo.

> *E se ele quiser tirar um ano de folga — diabos, se quiser se aposentar de vez —, ele fez por merecer.*

Ontem, Lex Luthor lançou algum tipo de nave de guerra kryptoniana contra a cidade. Falido e expulso da própria empresa, Luthor surtou e decidiu levar Metrópolis com ele. Vou deixar que repórteres melhores que eu o deixem a par da história inteira, mas nem é preciso dizer que o Superman levou Luthor à justiça. Ele salvou a nossa cidade mais uma vez e já vi pelo menos três manchetes reclamando de danos à propriedade e ações "irresponsáveis" de super-heróis.

Vou dizer uma última vez e não vou mais repetir. Ser morador de Metrópolis não quer dizer que a pessoa automaticamente tem o direito de ter a vida salva pelo Superman. Isso é algo que ele escolheu fazer por nós, não algo ao qual ele seja obrigado. Se e quando o Superman salvar essa cidade na próxima vez, há apenas uma única reação certa e apropriada que você pode ter, bom cidadão: você se considera afortunado e continua seu dia sentindo-se grato. Você olha o lado positivo. Você não apenas tem a sua vida como uma ótima história para contar na última vez que estiver em uma festa. Você encontrou o Superman. Você ganhou o direito de se gabar, garoto.

Furioso com os cidadãos de Metrópolis por "se voltarem" contra ele, Lex Luthor lançou uma nave de guerra kryptoniana contra a cidade, que um dia foi comandada pelo general Dru-Zod. Com as suas habilidades de volta após um ano de recuperação, o Superman deteve o ataque de Luthor, apenas para ter seus poderes roubados dele outra vez devido à pesada exposição à kryptonita.

Sendo um herói independente do seu nível de poder, o Superman continuou a lutar contra Luthor, mesmo que o nível da batalha tivesse se equilibrado. Ainda assim, Kal-El triunfou e, no momento em que Luthor estava sendo transferido para a penitenciária da ilha Stryker, o Homem de Aço já estava no ar uma vez mais, com seus poderes recarregados pelos raios solares.

## Christopher Kent

# MENINO KRYPTONIANO POUSA EM METRÓPOLIS

**POR LOIS LANE**

METRÓPOLIS — O ar sobre a cidade se inflamou na tarde de ontem, quando um objeto pegando fogo explodiu nos céus e caiu ruidosamente em direção a Metrópolis. As testemunhas acreditavam se tratar de um míssil ou um meteorito, até que o Superman pegou o objeto e o desacelerou até que parasse, revelando que se tratava de um tipo de nave espacial. Mas, embora não houvesse nenhum homenzinho verde no interior desse estranho disco voador, a embarcação continha um passageiro um tanto inesperado: um jovem menino kryptoniano.

Os transeuntes se dispersaram conforme a espaçonave disparava em direção às agitadas ruas de Metrópolis, mergulhando descontroladamente e arrancando a quina de um prédio residencial na sua descida. Para a sorte de alguns curiosos paralisados de medo, o Superman estava por perto para segurar a nave e impedir qualquer fatalidade. Porém, apesar dos grandes esforços do Homem de Aço, a nave mesmo assim deixou um rastro de destruição por uma apinhada rua da cidade, virando alguns ônibus e destruindo carrinhos de cachorro-quente.

Quando a fumaça se dissipou e o Superman pôde colocar a nave no chão, um painel se abriu, revelando o solitário ocupante do disco. Depois de sair da nave, o menino foi levado sob a custódia do Departamento de Assuntos Meta-Humanos, frustrando qualquer tentativa dos repórteres de interrogar o misterioso sobrevivente. Testemunhas no local confirmam que o menino estava falando uma língua desconhecida.

Foto de James Olsen

Embora o governo ainda não tenha divulgado nenhuma informação a respeito desse novo e estranho visitante, recebi a confirmação oficial do Superman de que, assim como o Homem de Aço, o menino é kryptoniano. O que isso significa para a poderosa espécie alienígena antes considerada extinta permanece um mistério, assim como a conexão do menino com o Superman. Tudo o que sabemos com certeza até agora é que, ao que parece, o Último Filho de Krypton é tudo, menos último.

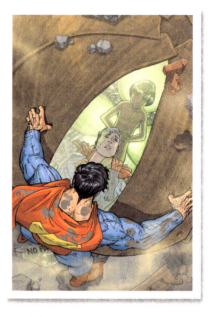

O Superman sentiu uma imediata conexão com o menino a bordo da nave que caiu em Metrópolis, que só aumentou quando a criança começou a falar a língua de Krypton.

O Departamento para Assuntos Meta-Humanos determinou que o menino era, de fato, kryptoniano e, apesar de o Superman ter desejado manter a criança sob a sua vigilância, eles transferiram o menino para uma localização secreta na calada da noite.

O Superman foi inundado por um senso de responsabilidade pela segurança do menino kryptoniano, bem como por uma sensação de desconfiança do Departamento de Assuntos Meta-Humanos. Para suavizar os próprios temores, o Superman sequestrou a criança e decidiu ele mesmo assumir a custódia do menino. Dando a ele um par de óculos novos em folha e batizando-o como Christopher Kent, Clark e Lois mais uma vez escondiam uma figura mundialmente famosa sob a vista de todos.

Christopher se adaptou fantasticamente rápido à vida na Terra. Apesar de não conseguir se lembrar do próprio passado, ele aprendeu nosso idioma em poucas horas e adorou o aprendizado do uso de seus poderes e suas habilidades recém-descobertos. Porém, seu tempo com Kal-El seria interrompido quando o edifício do *Planeta Diário* foi atacado por três famosos rostos do passado de Krypton, os criminosos condenados por Jor-El à Zona Fantasma: general Zod, Ursa e Non.

O verdadeiro general Zod da nossa realidade, aqui acompanhado dos seus leais companheiros, Ursa e Non.

Na verdade, Christopher Kent era Lor-Zod, o maltratado filho do general Zod e de Ursa. Lançado na atmosfera da Terra como uma espécie de cabo guia, a chegada de Christopher tornou possível que os criminosos kryptonianos saíssem da Zona Fantasma e buscassem vingança contra o filho de Jor-El, o Superman.

Já enfrentando mais do que poderia aguentar na forma do general Zod, Ursa e Non, o Superman ficou sobrecarregado quando o resto dos aliados criminosos kryptonianos de Zod caíram na Terra vindos da Zona Fantasma.

Jax-Ur, o "cientista" kryptoniano responsável pela destruição da lua de Krypton.

Um dos criminosos mais sanguinários de Krypton, o assassino Dev--em.

Conforme Zod dominava Metrópolis pela força, as circunstâncias levaram o Superman a se unir a Lex Luthor e a vários outros dos seus inimigos de longa data. Enquanto Kal-El enfrentava o general Zod cara a cara, Luthor sabotou uma das embarcações da Zona Fantasma para retornar ao local de onde ela tinha vindo, fazendo com que a Zona se escancarasse. Enquanto Zod e os seus aliados eram sugados de volta para lá por um tornado de vácuo, Christopher Kent decidiu segui-los, destruindo a nave e, assim, fechando a porta para a Zona Fantasma de uma vez por todas.
Christopher se sacrificou para salvar Kal-El e o restante de Metrópolis, uma ação digna de um verdadeiro super-homem.

O eventual retorno de Zod à Zona Fantasma.

Quando Lois e eu nos casamos, eu sabia que estava desistindo da possibilidade de um dia ter um filho. Somos de dois mundos diferentes e Lois não é capaz de gerar uma criança com DNA kryptoniano. Por um longo tempo, eu fiquei bem com isso. Achava que não havia espaço na minha rotina para formar uma família. Mas, então, Christopher chegou e provou que eu estava errado. Ele era um inocente no meio de...

Ainda não estou pronto para escrever sobre isso. Não quero nem pensar nisso, para ser sincero. Estou só... exausto. Esgotado e vazio.

E não quero pensar em nada nesse momento.

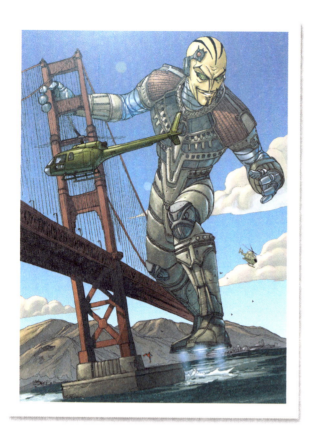

Colecionando super-heróis como se fossem bonequinhos e vendendo-os ao que oferecesse o maior lance, o Leiloeiro foi uma poderosa ameaça intergaláctica.

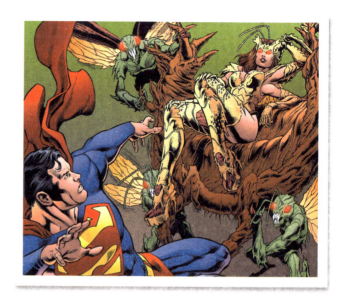

Assumindo a forma física de Lana Lang-Ross, a extraterrestre Rainha Inseto enfrentou tanto o Superman quanto a Supergirl.

A assim chamada "terceira kryptoniana", Kristen Wells, costumava ser parte da armada estelar de Krypton, quando ainda usava o seu verdadeiro nome, Karsta Wor-Ul. Quando a armada foi dissolvida pelo Conselho Científico de Krypton, ela se recusou a retornar ao seu planeta natal e acabou levando uma vida secreta e pacífica na Terra.

Criado pela ciência ancestral do planeta Daxam para combater invasores, o Golem Galático ficou fora de controle e acabou vindo parar na Terra, onde foi derrotado pelas mãos do Homem de Aço.

## Fuga do Mundo Bizarro

Quando uma versão mais antiga do clone Bizarro criou seu "Mundo Bizarro", ele não fez nada além de transformar um velho galpão em uma rudimentar versão de Metrópolis na qual podia bancar o herói. Porém, quando Jonathan Kent foi sequestrado e levado para um Mundo Bizarro "melhorado", o Superman viria a descobrir que a nova versão da sua cópia imperfeita era muito mais perturbada e poderosa do que ele podia imaginar.

Em busca do seu pai, o Superman pilotou seu foguete interestelar e fez uma viagem de dezessete horas até um sistema solar orbitando um sol azul. Lá, ele inesperadamente descobriu um literal Mundo Bizarro, um planeta quadrado habitado por bizarras cópias de muitos dos seus amigos e aliados.

Quando fugiu da Terra e criou seu próprio mundo quadrado, Bizarro descobriu que podia produzir uma população inteira a partir da sua própria forma, graças aos novos poderes concedidos a ele pelo sol azul nas proximidades. O resultado foi "Mutrópolis", uma cidade verdadeiramente absurda.

Depois de encontrar uma versão bizarra da Liga da Justiça, o Superman conseguiu localizar seu pai e levá-lo para casa a salvo, ao mesmo tempo que chegou a um estranho acordo com o Bizarro. Apesar da selvageria das suas duplicatas, o Superman percebeu que o Bizarro era simplesmente incompreendido na Terra e precisava viver em um lugar em que sua "lógica" fizesse sentido.

Das minutas particulares de Brainiac 5:

     Serei o primeiro a admitir que, às vezes, minhas ideias não funcionam. Há sempre variáveis imprevistas para se levar em consideração e muitas eventualidades que são impossíveis de prever. Então, seis meses atrás, quando enviei uma esfera do tempo para trazer o Superman ao presente, não me surpreendeu que ele só tenha chegado hoje. Não me surpreendeu, mas certamente não era o que eu pretendia.

     A Terra se retirou dos Planetas Unidos. Desde que o Terráqueo e seu arremedo de Liga da Justiça apareceram, afirmando que o Superman havia nascido na Terra e não tinha origem alienígena, a opinião pública naquele planeta se tornou xenofóbica ao ponto de alienígenas serem abordados nas ruas e levados para campos de contenção. É claro que a Legião tem combatido esse tipo de intolerância, mas a situação ficou fora de controle. Tanto que decidi correr o maior de todos os riscos e buscar o Superman no século XXI.

     Graças a um fluxo temporal um tanto temperamental e imprevisível, o Superman chegou com um atraso de meio ano, pelos cálculos da Terra. Durante esse tempo, fui forçado a retornar ao meu planeta natal, Colu, me posicionando como o seu ditador, no intuito de protelar a inevitável guerra que o meu mundo natal está prestes a declarar contra a Terra. A Terra deixou o restante dos Planetas Unidos enfurecidos, com razão, e a única maneira de manter a paz foi manipular o processo.

     Felizmente, o tempo de protelar terminou bem no momento em que o Superman chegou a Colu com um punhado de Legionários. Infelizmente, àquela altura, o sol da Terra havia sido transformado em um sol vermelho, devido às maquinações do Terráqueo. Mas um Superman sem poderes ainda é um Superman e a Terra precisava vê-lo como ele era, em toda a sua glória "alienígena".

     Esse plano era simples. Tomei as providências para que a Legião dos Heróis Substitutos invadisse a fortaleza da Liga da Justiça em seu estilo óbvio e impetuoso. Enquanto isso, liderei uma equipe de Legionários (Superman, Vésper, Colossal, Pulsar e Polar) até a base deles usando um pouco mais de sutileza. Lá, encontramos vários dos nossos companheiros Legionários, todos mantidos em celas de contenção, no intuito de fornecer poder ao Terráqueo através das habilidades de absorção dele. Mas o pior de todos era Dirk. O Terráqueo vinha usando Solar, mantendo-o lá contra a sua vontade e drenando as suas energias, só para amplificá-las e usá-las para mudar a cor do sol da Terra, de amarelo para vermelho. Ele estava usando os nossos próprios companheiros contra nós. Isso não é algo que a Legião aceita muito bem.

     Mesmo sem poderes, o Superman partiu para a batalha contra o Terráqueo. Enquanto isso, o resto da equipe conseguiu libertar Solar da sua contenção e restaurou ao sol sua luz amarela. A batalha continuou pelas ruas de Metrópolis e começou a atrair uma audiência e tanto. Tornou-se o palanque perfeito para o Superman mostrar fisicamente o que achava sobre os sentimentos antialienígena do Terráqueo. O Homem de Aço venceu seu imitador barato e ensinou ao planeta uma valiosa lição sobre o que devia e o que não devia ser tolerado.

     Senti muito ao ver Kal partindo para a sua era, esta noite, mas espero vê-lo outra vez em breve. Enquanto isso, a Terra está uma bagunça, em cada acepção do termo. A Legião tem uma longa reconstrução a fazer.

---

Em prol da fidelidade, incluí um trecho das minhas próprias minutas, já que estive por perto durante o retorno do Superman ao século XXXI e, dessa forma, era o mais indicado para relatar a sua aventura com a Legião.

A Liga da Justiça da Terra (da esquerda para a direita): Javali, Garota-Aranha, Dourado, Terráqueo, Borrasca e Roy Radiação.

Durante o ápice da xenofobia da Terra, a Legião foi forçada a cair na clandestinidade, invadindo os campos do governo e, com sucesso, transferindo vida extraterrestre para fora do planeta através da tecnologia Stargate.

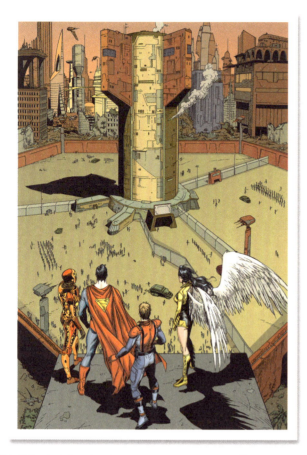

Quando a Legião foi forçada a se esconder, ela não teve como impedir que a sua sede original fosse reutilizada como Campo de Detenção Alien 6736.

Polar foi resgatado da sua cela por Superman, Pulsar, Colossal e Vésper. Ele foi reintegrado às forças da rebelião, apesar de ter perdido um braço devido à sua lealdade à Legião.

Duas importantes figuras do movimento clandestino da Legião: Penumbra e Noturna.

A Legião dos Heróis Substitutos (da esquerda para a direita): Garoto Clorofila, Garota Arco-Íris, Ígneo e Pétreo.

Após a partida do Superman e o retorno da Terra ao seu lugar de direito nos Planetas Unidos, a Legião pôde se reestabelecer como a guardiã da paz intergaláctica que sempre estivemos destinados a ser. Sua formação está sempre mudando e se expandindo, mas a inspiração e a influência do Homem de Aço ainda podem ser sentidas em praticamente todos os aspectos da nossa organização.

A MAIORIA DOS MEMBROS ATUAIS DA LEGIÃO DOS SUPER-HERÓIS. PRIMEIRO PLANO: BLOKO, SOLAR, ULTRARRAPAZ, VÉSPER, SUPERMAN, COLOSSAL E CAMALEOA. SEGUNDO PLANO: EU (BRAINIAC 5), ETÉREA, NOTURNA E POLAR. TERCEIRO PLANO: SATÚRNIA, PULSAR, MOÇA-RELÂMPAGO E LOBO CINZENTO. ÚLTIMA FILEIRA: CÓSMICO, PENUMBRA, RAPAZ INVISÍVEL II E RELÂMPAGO.

## A Verdadeira Face de Brainiac

Quando o interceptei caindo pelos céus, em rota de colisão com a Terra, achei que estava apenas enfrentando Brainiac outra vez. Mas, quando o robô enfiou um tipo de agulha na minha testa e desligou automaticamente, ficou claro que havia algo errado. Aquele não era Brainiac. Era uma espécie de drone.

Se eu soubesse naquela hora o que sei agora, esse encontro não teria parecido nem um pouco incomum. Porque, como descobri depois, cada um dos Brainiac que enfrentei todo esse tempo era tão autêntico quanto aquele robô operado remotamente. Todos aqueles conflitos insuperáveis. Todas aquelas devastadoras invasões à Terra. Nenhuma delas foi orquestrada pelo verdadeiro Brainiac. Eu só enfrentei suas sondas remotas.

O verdadeiro Brainiac estava procurando por mim há anos. Por alguma razão, apesar dos muitos encontros com a sua tecnologia, ele nunca foi exatamente capaz de determinar a minha localização. Então, hoje, decidi fazer um favor a Brainiac. Eu levei a luta até ele.

Demorou algum tempo, mas consegui rastreá-lo. Encontrei as suas sondas invadindo um planeta com o qual eu não estava familiarizado, e fiz o melhor que podia para derrubar o maior número possível delas. Mas, mesmo com todo o meu poder, não pude detê-las. Fui forçado a assistir enquanto um domo impenetrável começou a se formar ao redor das cidades do planeta. Eu ainda estava socando o campo com toda a minha força quando ele desapareceu. De uma hora para outra, uma cidade inteira desapareceu. E Brainiac ainda nem tinha terminado. Algo foi disparado da sua nave espacial direto no coração do sol do planeta. Três segundos depois, o sol explodiu.

A força foi suficiente para me deixar inconsciente e, quando acordei, senti uma pontada na garganta. Eu estava deitado em uma prancha metálica, ligado a fios com algum tipo de tubo descendo pela minha garganta. Pairando acima de mim estavam mais alguns dos pesadelos robóticos de Brainiac. Consegui reunir força suficiente para socar alguns deles e arranquei os fios que foram injetados na minha cabeça. Fiquei parado e fechei os olhos. Então, arranquei o tubo de metal farpado da minha garganta.

Havia sangue, vômito e bile, mas essa não foi a pior coisa que eu tinha visto naquele dia. Saí mancando por aquilo que presumi ser a nave espacial de Brainiac. Minha raiva me fez continuar. Eu ainda via os rostos daqueles alienígenas presos no campo de força e os dos seus entes queridos do outro lado. E fiquei pensando sobre como o mesmo aconteceu com Kandor, anos atrás. Foi mais ou menos então que, perambulando, cheguei à câmara das garrafas.

Parecia com algo saído de uma história de Lewis Carroll. O salão era enorme e, pendurado no teto, como sinos de igreja, estavam essas minúsculas cidades em miniatura. Quando sondei algumas delas com minha visão microscópica, não conseguia acreditar no que estava vendo. As cidades eram habitadas. De algum modo, Brainiac havia encolhido centenas de civilizações e as armazenado lá, como um monte de formigas domesticadas. O cenário era repugnante e lindo ao mesmo tempo.

Quando ouvi kryptoniano, andei até um dos frascos, quase com medo de olhar para ele. Mas lá estava, do jeitinho que ela aparecia nos arquivos de Jor-El, na Fortaleza. Kandor. Senti o meu coração se partindo. Eu estava segurando nas mãos uma cidade cheia de milhares de kryptonianos vivos. Queria estudá-la mais, ver se conseguia, de algum modo, fazer contato com o povo, mas, de repente, a senti ser arrancada das minhas mãos por seu cabo de suporte vital. Ele a retraiu ao teto acima de nós, como se para garantir que toda a minha atenção se focasse no homem que estava diante de mim, do outro lado da câmara.

Brainiac. O verdadeiro. Ele esteve procurando por mim e lá estava eu. Meus punhos se fecharam. Isso não ia acabar nada bem para ele.

Numa busca insana para "ser tudo o que já existiu", coletando conhecimento e destruindo o local de origem de tais informações, meu ancestral acumulou sua coleção de cidades engarrafadas, considerando-as como parte de si próprio. Brainiac foi levado a uma compulsão pelo acúmulo de conhecimento e, na mesma hora em que se atracava com o Superman a bordo da sua nave, voltava seus olhos para a Terra.

A COLEÇÃO DE CIDADES ENGARRAFADAS DE BRAINIAC.

Enquanto as sondas de Brainiac faziam o seu trabalho sujo e encolhiam Metrópolis, seu mestre derrotou o Superman, prendendo-o mais uma vez com sua tecnologia. Mas meu ancestral cometeu um erro fatal. Ele permitiu que Kal-El estivesse a uma distância em que podia ouvir Metrópolis. O som da voz de Lois gritando dentro do frasco de vidro foi o bastante para ele. Superman encontrou forças para se libertar.

Com Kandor e Metrópolis a salvo e em seu poder, Superman forçou Brainiac a deixar o estéril confinamento da sua nave, arrastando o rosto do vilão na turva realidade da Terra. Com as cidades separadas da nave, os campos de contenção tanto de Kandor quanto de Metrópolis começaram a enfraquecer, forçando o Superman a abandonar sua luta com Brainiac para devolver Metrópolis ao seu devido lugar e correr com Kandor para o lugar mais isolado que ele conseguiu encontrar: as terras do lado de fora da Fortaleza da Solidão.

Como já mencionei antes, tenho uma vergonha considerável das ações do meu ancestral, o Brainiac original. Mas nenhuma das suas crueldades anteriores parece se equiparar ao que ele fez naquele dia. Brainiac havia baixado as memórias do Superman e sabia que a casa dos seus pais era em Smallville. Então, enquanto o Superman estava ocupado testemunhando a expansão e o renascimento de Kandor em solo terrestre, Brainiac enviou uma sonda para destruir a casa de Jonathan e Martha Kent.

Jonathan Kent corajosamente salvou a vida da esposa naquele dia, empurrando-a para longe da casa quando explodiu em chamas. Mas o seu coração não suportou o choque, e ele morreu nos braços de Martha antes de o Superman conseguir chegar.

## A Morte de Jonathan Kent

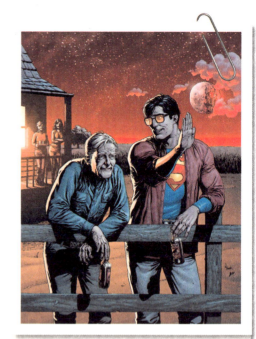

Quando eu era menino, eu sabia que meu tio Bert tinha morrido antes mesmo de meu pai me contar. Dava pra ver no rosto da mãe. Nada mais faria ela chorar daquele jeito. O pai sabia que eu sabia e quis ser honesto comigo. Logo de cara. Ele não gostava de fazer rodeios, especialmente quando era algo difícil de dizer. Ele sabia que mesmo um menino de 6 anos precisava que falassem com ele feito homem, de vez em quando.

Estávamos sentados na varanda dos fundos e ele me contou. Eu me lembro daquela noite. Me lembro dos grilos. Me lembro do ar pesado. Um mosquito pousou no meu braço. O pai disse: "O tio Bert morreu." Eu não disse nada. Fiquei olhando para o mosquito, esperando ele me picar. Ele pareceu tentar, pulando do meu pulso para a parte de trás do meu antebraço. E desistiu quando comecei a falar.

"Então o tio Bert não vai voltar?"

"É isso mesmo, filho."

"Mesmo a gente amando ele e querendo que ele ficasse?"

"Mesmo assim."

Olhei para as mãos do pai em seu colo. Eram mãos de homem. Grandes. O mosquito pousou no seu dedo indicador. Ele o esmagou assim que ele começou a sugar o sangue.

"Mas o senhor e a mãe me amam."

"Sim", respondeu ele. "Amamos, sim."

"Mas vocês vão embora, também. Um dia, quero dizer. Agora, não. Mas vão embora mesmo assim."

O pai virou a cabeça para me encarar e cerrou os dentes. Ele parecia quase com raiva. Fiquei preocupado que ele fosse gritar. Ele me pegou pelos ombros.

"Olhe para mim, Clark", falou ele. "Olhe para mim e preste muita atenção no que eu vou dizer agora, porque não quero que se esqueça. Nós não vamos a lugar algum, entendeu? Eu e sua mãe não vamos abandoná-lo nunca. Você é nosso menino. Você é o meu menino e nunca vou deixá-lo. Preciso que saiba disso."

Eles enterraram meu pai às dez da manhã de hoje. A cerimônia foi bonita. As pessoas levaram flores. Até Bruce apareceu.

Sei o que meu pai quis dizer quando falou que estaria sempre comigo. Ele quis dizer que estaria lá nas minhas lembranças, ou no meu coração, ou em espírito. E sei que ele acreditava nisso quando me falou. Eu entendo. Mas, hoje, ele não está aqui. Não de verdade. Não posso ligar para ele. Não posso fazer um voo rápido para escutar o seu coração batendo, de noite. Ele não está aqui para me ajudar com isso. Não importa o que as pessoas digam sobre esse tipo de coisa, com todos os seus clichês reconfortantes, isso não muda o fato de que o pai não está aqui. Não consigo percebê-lo, não consigo senti-lo.

Meu pai me deixou, mesmo tendo me dito que nunca o faria. E, nesta noite, não sei o que fazer.

## Novo Krypton

O Superman perdeu seu pai, mas, ao mesmo tempo, salvou a civilização de Krypton. Quando a cidade engarrafada de Kandor voltou ao seu tamanho natural, mais de cem mil kryptonianos se viram livres da sua prisão e, ainda por cima, abençoados com superpoderes derivados da exposição ao sol amarelo da Terra.

Preocupados com a sua segurança, os kryptonianos começaram a tirar da prisão vários dos vilões do Superman e projetá-los para a Zona Fantasma. No processo, vários policiais humanos foram mortos. Com os terráqueos vendo os kryptonianos como terroristas superpoderosos, os cidadãos de Kandor levaram sua cidade para outro planeta, criado com o uso de tecnologia kryptoniana e em órbita oposta à da Terra, batizado de Novo Krypton.

O tio de Kal-El, Zor-El, e sua tia Alura, estavam em meio às pessoas salvas e trazidas para a Terra. Essa notícia foi bem-recebida pela filha dos dois, a Supergirl.

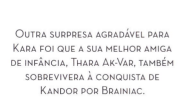

Outra surpresa agradável para Kara foi que a sua melhor amiga de infância, Thara Ak-Var, também sobrevivera à conquista de Kandor por Brainiac.

Desejando ficar de olho no seu povo, Superman decidiu deixar a Terra e assumir uma posição nas forças armadas de Novo Krypton. Infelizmente, isso significava que ele tinha que receber ordens do general Zod, recentemente liberado da Zona Fantasma.

# Projeto 7734

**Reading, Nathan** N.Reading@7734.gov     Sexta-feira, 16/07
Para: Lane, General Sam  S.Lane@7734.gov
Re: Atualização Médica Padrão 16/07

---

Luthor está se mostrando um problema, mas da forma que havíamos previsto. Ainda recomendo a medicação para ajudar a refrear os seus impulsos mais… problemáticos, mas também entendo a necessidade de manter uma mente como a dele livre de qualquer droga, no intuito de não prejudicar suas habilidades como solucionador de problemas. Codinome: Assassino tem sido de grande ajuda para manter Luthor na linha, assim como as suas frequentes visitas a ele.

A condição de Brainiac parece estável, mas não sou capaz de comentar os problemas de saúde específicos devido à insistência de Luthor em manter a privacidade do assunto. Entendo os perigos envolvidos, mas gostaria de verbalizar mais uma vez minha preocupação no que diz respeito ao contato direto de Luthor com o alienígena Brainiac.

A condição da fera Apocalypse não é nada boa. Segundo todos os indicativos, a criatura ainda se encontra falecida. Após ter sido posto à solta em meio aos novos kryptonianos, a criatura sofreu múltiplas contusões, fraturas e ossos quebrados, o que se acreditava ser impossível que ele sofresse. Fui informado de que a criatura está simplesmente inerte, mas o meu conhecimento da sua anatomia alienígena não é tão extenso quanto deveria ser. Tenho uma reunião no final da tarde de hoje com um biólogo extraterrestre que possui conhecimento especializado em Apocalypse, então relatarei qualquer nova informação.

Tanto Metallo quanto Reactron estão em forma física ideal. Ainda não tive a oportunidade de examinar a Superwoman esta semana. Parece ter havido alguns problemas com sua agenda.

Em nota relacionada, houve qualquer evolução na procura planejada por mais alguns corpos kryptonianos? Minha equipe precisa de mais tecidos com os quais possa trabalhar, se o pessoal do laboratório quer os dados sobre kryptonita tão rápido quanto estão requisitando.

Farei um novo relatório depois do exame semanal com o Esquadrão K.

Dr. Nathan Reading

Durante o breve período em que Pete Ross foi presidente dos Estados Unidos, ele autorizou, de forma involuntária, a existência do Projeto 7734. Capitaneado pelo presumidamente falecido general Sam Lane, o 7734 era especializado em lidar com "ameaças" alienígenas tomando medidas extremas como o emprego de assassinos e criminosos conhecidos nas suas missões.

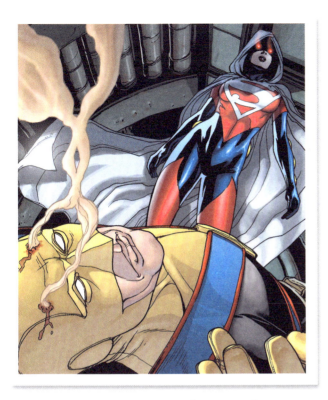

Tendo recebido poderes graças às maquinações do seu pai, Lucy Lane foi transformada na Supermulher, um dos principais carrascos do general Lane. Apesar de a Supergirl tê-la derrotado, a Supermulher conseguiu assassinar o ex-integrante da Liga da Justiça, Agente Liberdade, durante o tempo em que trabalhou para o pai.

Constantemente instigando a Terra contra Novo Krypton, o general Sam Lane conseguiu causar a morte do tio do Superman, Zor-El, usando o seu agente Reactron, um supervilão energizado por kryptonita dourada.

Tendo enfrentado primeiramente tanto o Homem de Aço quanto Krypto pelas ruas de Metrópolis, a força super-humana de Atlas se igualava à do próprio Superman.

Uma rara foto espontânea tirada dentro do Projeto 7734 que retrata claramente três dos pesos pesados de Lane: Assassino, Atlas e Superwoman.

**CATCONTA**
**CONTACAT**
**CATCONTA**
**CONTACAT**
**CATCONTA**
Por Catherine Grant

Há sempre um burburinho em Hollywood, mas, nos últimos dias, ele tem vindo de uma fonte nada comum: super-heróis. Recentemente avistados em Los Angeles, próximos ao famoso letreiro de Hollywood, estavam as mais novas sensações do secto super-heroico: Asa Noturna e Labareda.

Não, estes não são o Asa Noturna e a Labareda da época dos seus pais. Esse não é o Asa Noturna que é aliado do ensimesmado Batman e que, no passado, era avistado com frequência fazendo as suas rondas em Blüdhaven. E essa Labareda não é a antiga estrela do pop, famosa pelos Novos Titãs. Essa nova dupla dinâmica são combatentes do crime de imagem perfeita, cuja aparência é de causar vergonha em metade de Hollywood.

Porém, a fofoca fresquinha é que esses dois pedaços de mau caminho superpoderosos são parceiros em algo mais do que o sentido super-heroico. Testemunhas no local afirmaram que há uma química crescente entre as duas figuras misteriosas. Não é preciso muito esforço para imaginar que Asa Noturna e Labareda, quando não estão enfrentando kryptonianos desgarrados, possam estar de namorico debaixo de um cobertor quentinho, desfrutando de um encontro num sofá confortável, em algum lugar.

Somos apenas meros mortais vendo coisas onde elas não existem? Ou podemos estar testemunhando o nascimento do mais novo casal poderoso de Hollywood, em todos os sentidos?

Vítima de ataques de "explosões de crescimento", Lor-Zod voltou à Terra para seguir os passos do homem que o havia adotado como Christopher Kent. Usando o nome de Asa Noturna, inspirado numa lenda kryptoniana, ele se uniu a Labareda, a também kryptoniana Thara Ak-Var.

Descobrindo um misterioso antídoto temporário para o seu envenenamento por chumbo, Mon-El pôde viver fora do confinamento da Zona Fantasma. Como um favor ao Superman, ele adotou o símbolo do S e assumiu o papel de substituto de Kal-El quando ele partiu para Novo Krypton.

## A Última Batalha de Novo Krypton

Das minutas particulares de Brainiac 5:

Estavam todos posicionados, esperando pacientemente até que o momento chegasse. O Esquadrão de Espionagem da Legião havia viajado ao século XXI para essa batalha específica, para esse ponto fundamental na história. Era hora de libertar as cidades engarrafadas. E, durante o processo, era hora de criar uma lenda.

Os eventos de que tínhamos conhecimento vieram a se concretizar. Luthor e Brainiac uniram forças para destruir Novo Krypton. Superman abandonou o exército de Zod após testemunhar o general usar seu povo como peões em um tabuleiro de xadrez, facilmente dispensáveis para servir à sua estratégia. E a Legião havia se unido a Supergirl, Mon-El e Superboy, prontos para invadir a nave de Brainiac.

Era aí que eu entrava. Minha função era desativar o campo de força de meu ancestral. Foi uma tarefa muito fácil. Quase embaraçosamente fácil. Então, coloquei o meu pessoal para dentro para que Mon-El pudesse fazer o seu trabalho.

Foi nesse momento que a situação se complicou. Mon-El e a Legião resgataram as cidades engarrafadas enquanto Luthor traía Brainiac e sabotava a nave. O tempo todo, seu plano era instigar Brainiac contra os kryptonianos e destruir seja lá quem ainda estivesse de pé quando tudo acabasse. Superman e sua equipe conseguiram desacelerar a queda da nave, mas a um alto custo. O Homem de Aço quase foi morto no processo, seu torso atravessado por estilhaços dos destroços.

Com a ajuda do sangue do Superboy e da energia do sol amarelo contida, concentrada e sintetizada, fui capaz de salvar a vida do Superman. Foi um bom momento para mim, e o olhar de gratidão no seu rosto é algo de que nunca vou me esquecer (devo mencionar que eu obviamente me lembro de cada momento que vivencio, mas o sentimento por trás da expressão ainda é válido, nesse caso).

Enquanto eu partia com Brainiac como meu prisioneiro, a tarefa mais importante daquele dia estava sendo realizada pela Legião. Mon-El estava destinado a se tornar um dos mais valorosos Legionários do século XXXI. Mas ele precisava criar sua própria lenda na época do Superman. Na minha época, Mon-El é conhecido informalmente como semeador de mundos. Foi seu reposicionamento das cidades engarrafadas de Brainiac que levou à restauração de muitos planetas esquecidos. Essas sociedades viriam a crescer e prosperar graças às suas ações naquele dia, e evoluiriam para os Planetas Unidos.

Mon-El é o Superman da minha época, e tudo o que ele precisava era de um empurrãozinho do futuro.

Depois de semear os mundos, como planejado, Mon-El foi forçado a retornar à Zona Fantasma. Seu corpo havia desenvolvido uma imunidade ao antídoto para o envenenamento por chumbo, condenando-o a passar os mil anos seguintes num estado etéreo, antes que a Legião pudesse resgatá-lo e, mais uma vez, lhe dar as boas-vindas em nossas fileiras.

## Guerra dos Super-Homens

Na sequência da quase destruição de Novo Krypton pelas mãos de Brainiac e Luthor, Zod assumiu a posição de regente do povo kryptoniano. Tendo conhecimento da existência do Projeto 7734, do governo dos Estados Unidos, não levou muito tempo até que Zod declarasse guerra à Terra.

Porém, o Projeto 7734 estava bem preparado para os kryptonianos. Luthor tinha se esgueirado até a cela de contenção de Reactron, no coração de Novo Krypton e, com efeito, transformou o supervilão em uma bomba de kryptonita. Com um clarão, a mãe da Supergirl e a maioria da raça kryptoniana foi destruída.

O começo da invasão.

Enquanto os soldados de Zod voavam em direção à Terra, o movimento seguinte do general Lane foi disparar uma arma projetada por Luthor no coração do sol, transformando-o numa estrela vermelha, e assim matando milhares dos invasores pela exposição ao vácuo do espaço. No momento em que a heroína Labareda se sacrificou, voando até o sol e restaurando sua cor amarela natural, Zod tinha apenas sete mil soldados.

Os heróis da Terra lutaram corajosamente contra os invasores kryptonianos. E com o uso do Projetor da Zona Fantasma, eles conseguiram prender todo o exército de Zod. Enquanto isso, Guardião, Supergirl e Aço invadiram o Projeto 7734, encerrando as operações, mas foram incapazes de impedir que o general Lane tirasse a própria vida.

Com o seu exército devastado, Zod ainda se recusava a admitir a derrota. Mas, como sempre, Superman estava por perto para detê-lo, despedaçando o Projetor da Zona Fantasma no processo. Superman estava preparado para passar a eternidade vigiando o seu inimigo, se isso fosse o necessário para acabar com a ameaça que ele representava. Porém, Asa Noturna corajosamente assumiu o lugar do Superman na Zona Fantasma e a história mais uma vez se repetiu, com Christopher Kent novamente sacrificando sua liberdade para garantir a segurança do seu mundo adotivo.

A violenta Guerra dos Cem Minutos havia terminado e, ao Superman, restava arrumar a casa, mais uma vez o Último Filho de Krypton.

No gramado da Casa Branca, Supergirl enfrentou Ursa. Ainda que Ursa estivesse com a vantagem, os esforços combinados de Krypto, Superboy e Aço levaram a criminosa de guerra à derrota.

Superboy libera o Projetor da Zona Fantasma em Non, quando a Liga da Justiça se provou insuficiente para deter o brutamontes.

Christopher usou os seus poderes como Asa Noturna para salvar Superman de ficar preso na Zona Fantasma. Assim que a Zona estava seguramente separada da Terra, Christopher reverteu à sua versão mais jovem, o inocente menino que os Kent haviam adotado.

## A Busca de Luthor

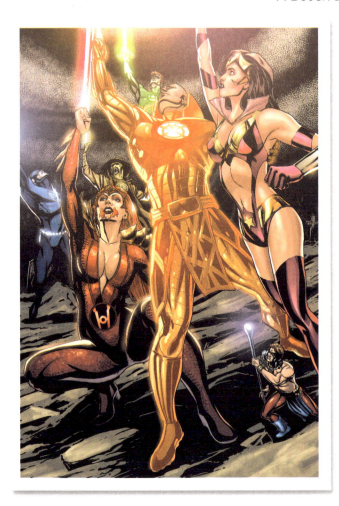

Antes do início da Guerra dos Cem Minutos, Lex Luthor recebeu perdão presidencial total do general Lane. Luthor recuperou seu império financeiro, tirando Lana Lang-Ross do controle. Ela havia substituído Lex quando ele foi preso depois da sua tentativa de destruir Metrópolis.

Luthor recuperou sua empresa, mas ainda queria mais. Uma experiência como detentor de um dos anéis dos Lanternas Laranjas deu ao bilionário um vislumbre do verdadeiro poder, e ele foi em busca do poder supremo na forma da fonte de energia dos anéis aparentemente superiores dos Lanternas Negros.

Durante a crise a que se referem como A Noite Mais Densa, Luthor foi transformado num agente dos Lanternas Laranjas, dotado de um anel de poder que se alimentava do verde. Contudo, ele logo focou seus desejos num anel dos Lanternas Negros, testemunhando em primeira mão quão devastador poderia ser esse poderoso anel em particular.

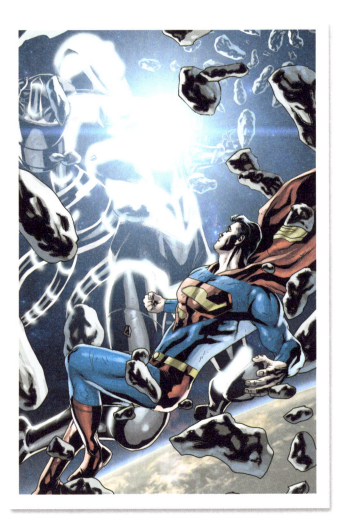

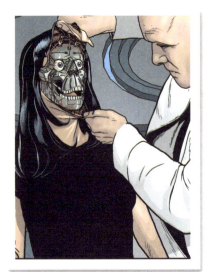

Acompanhando Luthor na sua insana busca por poder estava sua assistente pessoal androide, programada para se parecer e agir como Lois Lane, com algumas melhorias.

Depois de uma busca intergaláctica, Luthor conquistou o nível de poder que desejava ao se aproveitar das energias da Zona Fantasma. E, embora tenha se tornado praticamente uma divindade, quando ele descobriu que não podia usar suas habilidades recém-adquiridas para realizar nenhum ato negativo, sua obsessão em matar o Superman fez com que o poder o abandonasse completamente.

## PÉS NO CHÃO

# PROCURANDO PELO MODO AMERICANO

**POR LOIS LANE**

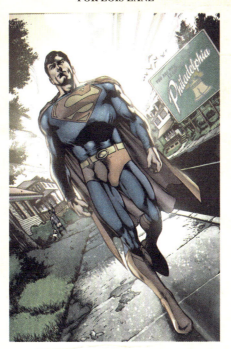

FILADÉLFIA, PA. — Para alguns, parece excêntrico. Para outros, é uma completa loucura. Mas, para o Superman, atravessar o país a pé é algo lógico e que faz todo o sentido. Mesmo para um homem que pode voar.

O Homem de Aço começou a sua caminhada e o mundo está se perguntando por quê. Para sorte desta repórter, ele é bem mais fácil de localizar quando está com os pés numa calçada.

Numa vizinhança residencial comum no sul da Filadélfia, Superman estava sendo acossado pelos repórteres. Ele parecia um tanto acostumado àquilo, naquele ponto de sua caminhada. A imprensa vem se atualizando com ele em intervalos variados, desde que ele deixou Metrópolis a pé. Porque um super-homem escolheria esse modo em particular de viajar, e onde ele estava indo, pareciam ser as perguntas que estavam nas mentes de todos.

Depois de garantir à multidão que ele não havia perdido seus poderes — e até demonstrá-los em um "jornalista" particularmente teimoso —, Superman dedicou alguns minutos para falar comigo, apesar de nunca diminuir o passo. Quando terminamos a conversa, a multidão voltou a alcançá-lo, como um bando de adolescentes em um beco depois de um show do Scare Tactics.

Ainda que ele nunca tenha sido afeito a longos e demorados discursos, o problema dessa vez é que ele não estava dando resposta alguma. Ou, ao menos, não estava dando o tipo de resposta que a imprensa gostaria de ouvir. Ele negou que magia ou kryptonita vermelha tivessem qualquer coisa a ver com a sua travessia pelo país, afirmou que não tinha um destino em mente e, quando perguntei por quanto tempo ele continuaria aquele pequeno passeio, ele respondeu: "Talvez até quando acabarem as estradas."

Poucas horas depois, a multidão se dispersou. Ainda que as ações do Superman sempre tenham sido dignas de notícia no passado, parecia haver pouco interesse em vê-lo sentar em uma delicatéssen e pedir um sanduíche de filé com queijo. Depois que os paparazzi fizeram as suas fotos e os repórteres conseguiram suas "não histórias", eles seguiram adiante, e devo admitir que fiz o mesmo. Apenas uns poucos gatos-pingados e os superdeterminados permaneceram (meu marido Clark Kent entre os teimosos) e Superman foi deixado mais ou menos em paz.

Seja lá o que o Homem de Aço estiver procurando, espero que ele encontre. Com a recente ascensão e queda de Novo Krypton, ele deve estar se sentindo um pouco como um forasteiro nesses dias, e possivelmente esteja tentando descobrir o que é que faz dos humanos, humanos e, com efeito, encontrar a própria humanidade no processo. Ou talvez eu esteja vendo coisas onde elas não existam e ele esteja apenas esticando suas superpernas. Mas acredito que eu fale por toda Metrópolis quando digo que estamos preparados para dar as boas-vindas de um herói seja lá quando ele estiver pronto para voltar para casa.

---

Quando uma mulher desconhecida parou o Superman na saída de uma audiência de um comitê do Congresso e lhe deu um tapa no rosto, o Homem de Aço ficou atônito. Mas, quando ela disse que o marido dela morrera em decorrência de um tumor que o Superman poderia ter removido se não estivesse travando uma guerra no espaço, Kal-El ficou tocado. Percebendo que ele não poderia ter uma experiência real do que é a vida nos Estados Unidos estando no ar, ele partiu numa travessia pelo país a pé, numa tentativa de se reconectar com o povo que ele jurou proteger.

Levou algum tempo, mas Kal-El por fim retornou a Metrópolis. Inspirado a recomeçar sua vida como Superman, ele até estabeleceu uma nova encarnação dos Super-Homens da América, dando relógios sinalizadores a vários super-heróis que ele encontrou nas suas viagens, como Super-Chefe, Curto-Circuito e o seu próprio ídolo de infância, Iron Munro. Kal havia encontrado aquilo que estava procurando, e descobriu quanto o Superman era importante para os americanos comuns.

# Reino dos Apocalypses

Quando Apocalypse aparentemente retornou e sequestrou quatro dos aliados do Superman, além do Superciborgue, o Homem de Aço partiu para resgatá-los, apenas para descobrir que não estava encarando um Apocalypse, mas muitos. Lex Luthor havia clonado a infame fera enquanto trabalhava para o general Sam Lane, e os posicionou para manter o Superman ocupado durante a busca de Luthor pela fonte energética dos anéis dos Lanternas Negros.

Como se encarar múltiplos Apocalypses não fosse suficiente, o Superman se viu confrontado pelo Esmagador, um dos clones que ficara preso em um portal aparentemente infinito através dos tempos, durante milhões de anos. O Esmagador era um Apocalypse evoluído, obcecado em destruir sua "árvore genealógica" mesmo que isso significasse condenar a Terra ao mesmo tempo.

Aço, Erradicador, Supergirl, Superman e Superboy são forçados a enfrentar um pequeno exército de novos Apocalypses, cada um possuindo um único e diferente conjunto de poderes.

Com o nobre sacrifício do Erradicador, Superman e suas forças sobrepujaram o Esmagador e os Apocalypses, e Kal-El foi capaz de retornar a Metrópolis, em luto pela vida do programa de computador que se tornara verdadeiramente um aliado.

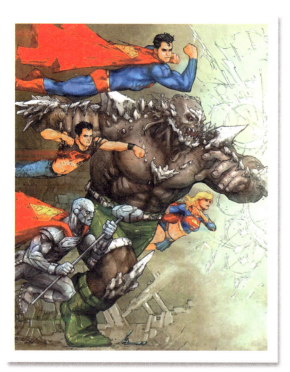

Em determinado momento, durante a batalha, o Erradicador transferiu as suas energias para o interior da forma do Apocalypse original, dando assim às forças do Superman um poderoso ás na manga.

O Esmagador

Querida Lois,

    Fiquei acordado toda a noite passada. E, antes que você pergunte, não, eu não estava trocando socos com algum supervilão quando deveria estar descansando um pouco. Estava só pensando, deixando a minha mente vagar depois de todo esse caos que vimos recentemente.

    Estava pensando na primeira vez em que usei essa capa vermelha quando adulto. Sim, eu fui o "Superboy" durante o tempo que passei com a Legião, mas, quando viajei pelo mundo depois da faculdade, achei que tinha deixado esse tipo de coisa para trás. Mas aí você apareceu e me chamou de Superman, e de repente a ficha caiu sobre de onde a Legião havia tirado o nome, para começo de conversa. Você havia dado meu nome anos antes de nos encontrarmos. E, de repente, a capa fazia sentido outra vez.

    Fiz você passar o diabo com essa capa. Ela foi imitada pelo Bizarro, rasgada em fiapos pelo Apocalypse e abandonada por causa do Conduíte. Por causa do Superman, você foi enganada, sequestrada e quase morta tantas vezes que, honestamente, já perdi a conta. Mas, quando acordei hoje de manhã, lá estava você, ainda dormindo do meu lado com a boca aberta debaixo de um chumaço embolado de tecido que eu juro que se parecia com um lençol e um cobertor antes de você ir para a cama. Você esteve ao meu lado e continua ao meu lado, mesmo quando estou em algum canto remoto de outra dimensão. Mesmo quando sou forçado a deixá-la, você está aqui quando eu volto.

    Nunca lhe falei a respeito da primeira vez que vi você. Foi na época em que eu trabalhava no restaurante Balducci. Acho que eu estava prestes a começar o meu primeiro ano na faculdade. Eu me lembro de estar usando o único terno que tinha, uma coisa de passeio horrível, marrom, que a mãe e o pai tinham me dado de presente na formatura do colégio. Eu estava voando para casa uma noite, quando vi uma mulher sendo seguida em um beco por um carro.

    Sem querer chamar nenhuma atenção (não acho que Super-terno-de-passeio-man soe lá muito bem), voei até um bueiro próximo e acompanhei o ritmo do carro por baixo do chão. Então, subi para o nível da rua e arranquei as rodas traseiras dele. Vendo a oportunidade surgir, a mulher resolveu aproveitá-la, mas parou por um segundo para provocar o homem no carro. Eu me lembro de pensar que tinha acabado de salvar a vida de uma louca. Também me lembro de pensar: "Cara, essa moça consegue correr direitinho de salto alto."

    Na época, não fazia ideia de que ia acabar me casando com aquela louca e que teria o prazer de salvar a vida dela mais algumas dezenas de vezes ao longo dos anos. Mas me lembro especificamente de esperar encontrá-la de novo um dia.

    Eu amo você, Lois. Amo seu furor e amo seu ímpeto. Amo quando você baixa a guarda nas vezes em que ninguém além de mim está olhando. Sem você, não haveria Superman, tanto no sentido literal quanto no figurado. Obrigado por estar aqui mesmo quando eu não estou. E vou passar o resto da minha vida tentando recompensá-la por isso.

    Amo você para sempre,

*Clark*

## Novo Amanhecer

Pouco depois da batalha do Superman contra o Esmagador, o mundo do Homem de Aço mudou ao redor dele. Ainda que os registros desse período de tempo sejam particularmente inconsistentes, pude deduzir que uma crise de proporções épicas ocorreu, originada na Terra. Batizada de "Ponto de Ignição", esse evento alterador da realidade mudou o passado e o presente do Superman, e começaram a vir à tona imagens de um Homem de Aço bastante diferente, mas ainda familiar. A história aparentemente se reescreveu, e isso me permite uma oportunidade extremamente rara.

A vida anteriormente complexa do Superman se tornou uma folha em branco e, conforme se encerra um capítulo da sua grandiosa saga, outra admirável era está apenas começando. Como autoproclamado guardião da história de Kal-El, uma vez mais tenho a chance de me aprofundar no seu passado e no seu auge, relatando as lendas que estão por vir.

Nesta nova realidade, Superman parece ter empregado um estilo quase casual antes de adotar uma armadura de origem kryptoniana.

Apesar de aliados como Lois e Jimmy Olsen ainda fazerem parte da vida de Clark Kent, nesse novo universo, ao que parece, Lois e o Superman não são casados, e nem mesmo possuem um envolvimento romântico. Deve se provar interessante observar o desenvolvimento da relação dos dois, seja qual for a direção que ela tome.

Ainda que existam algumas diferenças, muito dessa nova realidade parece um tanto familiar. Por exemplo, a Liga da Justiça tem um importante papel na proteção do planeta, e Superman figura como um dos fundadores da equipe e o seu membro mais poderoso.

Os fundadores da Liga da Justiça (em sentido horário, a partir do Superman): Lanterna Verde, Ciborgue, Aquaman, Flash, Batman e Mulher-Maravilha.

A Liga da Justiça em confronto com o poderoso Caçador de Marte.

Onde há super-heróis, como é de se esperar, há supervilões. O maior entre eles nesse novo e arrojado universo é Darkseid e seus exércitos de Parademônios de Apokolips. Apenas quando utilizou suas habilidades combinadas, a Liga prevaleceu sobre o deus enlouquecido pelo poder e descobriu a verdadeira necessidade de unir forças na forma de uma equipe organizada.

Enquanto à primeira vista a vida do Superman possa parecer uma interminável batalha na paisagem desse novo universo, pelo visto ele e a Mulher-Maravilha encontraram conforto nos braços um do outro. Se as diferenças entre as suas respectivas filosofias de vida eventualmente vão ou não fazer com que eles tomem caminhos separados, é algo que ainda teremos que esperar para ver.

## O Futuro

Devido ao evento Ponto de Ignição e seus efeitos sobre o fluxo temporal, o restante da vida do Superman permanece em grande parte envolto em mistério. Porém, como perene pesquisador no estudo do tempo, consegui descobrir um punhado de possíveis destinos que podem estar aguardando o Último Filho de Krypton. Com a viagem no tempo praticamente impossível aqui no ano de 3013, posso apenas especular sobre o verdadeiro destino do Superman e esperar pelo melhor desfecho possível para a sua longa e lendária carreira.

Num possível futuro, Superman e Batman se confrontam quando o Governo dos Estados Unidos pede ao Homem de Aço que acabe com uma espécie de revolução que o Cavaleiro das Trevas incitara em Gotham. O resultado foi uma batalha que o Batman sabia que não podia vencer, mas da qual ele não tinha intenção alguma de fugir.

Em outra possibilidade, Superman continua a lutar como um herói, até mesmo se unindo ao jovem protegido de Bruce Wayne, o Batman do Futuro, Terry McGinnis.

Em outra linha temporal, Superman retorna de um solitário retiro para colocar na linha toda uma geração de vigilantes que tomaram um caminho equivocado e ensinar ao mundo o que significa ser um super-herói.

Outro futuro revela ainda uma Liga inteira de Super-Homens, chamada Esquadrão Superman, lutando por justiça em nome do Superman original.

De acordo com um vislumbre do futuro do século 853, Kal-El ainda está vivo e foi batizado como Superman Primordial. Ele passou seu legado adiante para o Superman daquela era, Kal Kent (mostrado aqui).

Mas o futuro para o Superman no qual gosto de acreditar é o de uma pacífica vida suburbana, na qual Clark, sob o nome Jordan Elliot, se casou com Lois e os dois, com seu filho Jonathan, fazem amplo uso de um apropriado clichê: vivem felizes para sempre.

Então, é isso. Isso é tudo o que sei sobre o Superman e, contudo, com a reestruturação da sua linha temporal, parece que tenho muito do que me inteirar e muitas novas aventuras para explorar.

Apenas depois de ter completado este manuscrito, percebi que este livro nunca estará terminado. Estudar o Superman se tornou um hobby para mim e, ao que parece, ainda tenho muitos anos à frente para desencavar e compilar os desdobramentos da vida do Homem de Aço.

Minha única esperança é que, algum dia, o tempo vá se pôr em ordem novamente, tornando possível a viagem no tempo para a Legião dos Super--Heróis. Gostaria de lutar ao lado dessa lendária figura uma vez mais antes de me retirar dessa vida e, mais importante, gostaria de sentar com o meu amigo Kal-El e conversar (é claro, se ele me perguntar sobre a minha obsessão em me aprofundar no seu passado, negarei fervorosamente até o último suspiro. Há aparências que devem ser mantidas, afinal de contas).

Contudo, até lá, continuarei caçando histórias não contadas do Homem de Aço na minha busca pessoal pela preservação da história de vida do Último Filho de Krypton. Será um prazer para mim permitir que as futuras gerações saibam que um Superman um dia caminhou entre eles, mas que ele podia voar.

Querl Dox
Brainiac 5

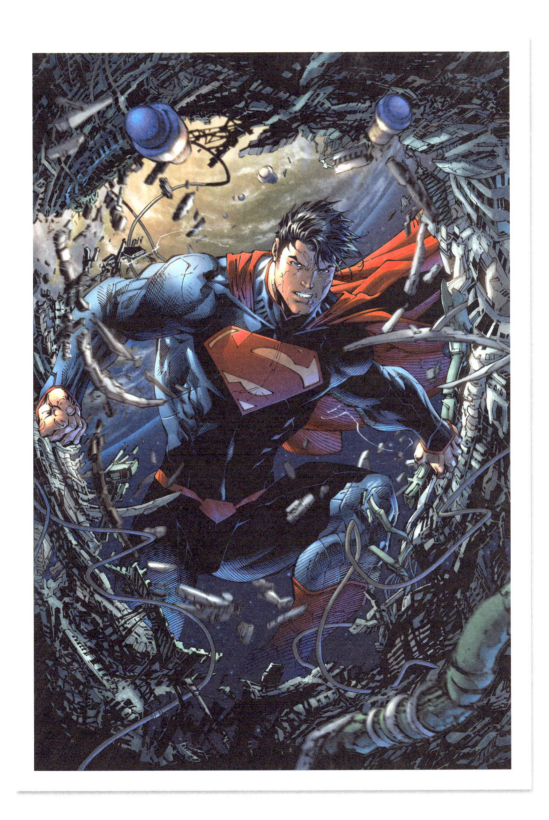

# Posfácio

Superman esteve presente na minha vida desde que consigo me lembrar. Mas, para ser honesto, isso não é algo de que eu possa me gabar. É bem provável que, se tiver menos de 75 anos, você conheça o Superman há tanto tempo quanto conhece qualquer outra coisa, na verdade.

O Homem de Aço há anos faz com que crianças finjam que podem voar. Ele fez adultos devanearem sobre as possibilidades da superforça ou do uso da visão de raios X em momentos oportunos. E, ao menos para a minha geração, ele também nos deixou brancos de susto com aquela bizarra moça robô do finalzinho de Superman 3. O Superman vem distribuindo verdade, justiça e o modo americano há três quartos de século e ainda não parece cansado.

Para ser franco, um pouco daquela superresistência me teria vindo bem a calhar enquanto eu escrevia este livro. Ainda que tenha sido extremamente divertido, e que eu não pudesse estar mais feliz com o resultado, escrevê-lo também acabou sendo conflitante com alguns dos momentos mais cruciais da minha vida. Por volta da página 155, minha segunda filha nasceu. E por volta da página 221, eu e minha família estávamos empacotando tudo que tínhamos e nos mudando para uma nova casa na Carolina do Norte, a quinze horas de distância. Junte esses eventos da vida com um prazo bastante apertado e com a minha insistência em encaixar cada detalhe que podíamos sobre a vida moderna do Homem de Aço e fica evidente que minha esposa, Dorothy, deve ser uma das pessoas mais pacientes no universo conhecido.

Então, meus agradecimentos começam por ela, e seguem adiante pela minha família, especialmente os meus pais, David e Janet Manning, por ajudarem com nossas duas menininhas enquanto eu me trancava no meu escritório por vários dias. Os agradecimentos também vão para as minhas filhas, Lillian e Gwendolyn, com quem planejo passar tanto tempo nos próximos meses que elas ficarão extasiadas quando eu começar a trabalhar em outro projeto e deixá-las em paz.

*Superman: Os arquivos secreto do Homem de Aço* não teria essa aparência tão incrível sem o design e os ridículos serões feitos por Michael Reagan, da Lionheart Books. Com a ajuda do incrivelmente talentoso George Corsillo, e os elogios com a força de um foguete kryptoniano de Freddie E. Williams II, este livro é nada menos do que um colírio para os olhos de qualquer fã de quadrinhos que se dê ao respeito.

Muitos agradecimentos também a Josh Anderson e Benjamin Harper, da Warner Bros. Global Publishing, Patrick Flaherty, da DC Entertainment, e Dorothy O'Brien, da Andrews McMeel, por sua orientação, confiança e trabalho duro no lado editorial das coisas. E um agradecimento especial a Roger Stern e Jerry Ordway, que vasculharam seus arquivos particulares para me fornecer arte extra no estilo "bastidores" que adornam um punhado dessas páginas.

Obviamente, este livro não seria possível sem os roteiristas e artistas que originalmente contaram essas histórias. Ainda que tenhamos nos concentrado nas encarnações modernas do Homem de Aço, há tantas outras histórias do Superman que queríamos contar e muitas outras eras que gostaríamos de abordar se tivéssemos espaço. Nem é preciso dizer que a história do Superman não aconteceu da noite para o dia, e sem cada um dos roteiristas e artistas que trabalharam nos seus muitos títulos, nós não teríamos história alguma para contar.

Não tenho dúvidas de que o Superman vai continuar a viver por muito tempo depois de mim. Mas repito que isso não é algo de que se gabar. Ele vai continuar a viver por muito tempo depois de todos os que atualmente existem nesse planeta, e vai continuar assim por várias gerações que ainda hão de vir. Porque o Superman é pura imaginação, adornado com um cachinho caindo sobre a testa e enrolado numa capa vermelha.

Matthew K. Manning
19 de julho de 2013
Asheville, Carolina do Norte

## Artistas Colaboradores

Abell, Dusty
Adams, Art
Adams, Greg
Alanguilan, Gerry
Albert, Oclair
Albrecht, Jeff
Alquiza, Marlo
Anderson, Brad
Anderson, Brent
Aparo, Jim
Arcas, Santiago
Arlem, Renato
Aspen Studios
Aucoin, Derec
Austin, Terry
Avina, Tony
Bagley, Mark
Banks, Darryl
Banning, Matt
Barberi, Carlo
Baron, David
Barreto, Eduardo
Barrows, Eddie
Barta, Hilary
Batista, Chris
Baumann, Moose
Beatty, John
Beatty, Terry
Benes, Ed
Benes, Mariah
Bennett, Joe
Bermejo, Lee
BIT
Bleyaert, Alex
Blond
Blyberg, Will
Bogdanove, Jon
Bonk, Richard
Booth, Brett
Braithwaite, Doug
Breeding, Brett
Breyfogle, Norm
Bright, Mark D.
Brigman, June
Broderick, Pat
Bryant, Rick
Buchman, Rebecca
Buccellato, Brian
Burchett, Rick
Buscema, Sal
Byrne, John
Caldwell, Talent
Campanella, Robert
Campos, Marc
Campos, Mark
Carlin, Mike
Carlsson, Pete
Case, Richard
Champagne, Keith
Chang, Bernard
Chiarello, Mark
Chin, Joyce
Churchill, Ian
Cifuentes, Vincente
Clark, Matthew
Collins, Mike

Conley, Steve
Conner, Amanda
Conrad, Kevin
Costanza, John
Cox, Jeromy
Curiel, David
D'Anda, Carlos
D'Angelo, Gene
Dagnino, Fernando
Dalhouse, Andrew
Davis, Dan
Davis, Shane
DeCastro, Nelson
Delaney, John
Delgado, Edgar
Dell, John
Delperdang, Jesse
Digital Chameleon
Durruthy, Armando
Dwyer, Kieron
Eaglesham, Dale
Eaton, Scot
Eltaeb, Gabe
Erwin, Steve
Faber, Rich
Farmer, Mark
Faucher, Wayne
Feeny, Carla
Felchle, Norman
Fern, Jim
Fernandez, Raul
Ferry, Pascal
Ferry, Pascal
Frank, Gary
Frenz, Ron
Friend, Richard
Gammill, Kerry
Garcia, German
Garrahy, Pat
Geraci, Drew
Giarrano, Vince
Giddings, Noelle
Giffen, Keith
Giménez, Axel
Giordano, Dick
Glapion, Jonathan
Gleason, Patrick
Going, Gina
Gorder, Jason
Gossett, Chris
Graves, Jennifer
Gray, Mick
Grummett, Tom
Guedes, Renato
Guerra, Pia
Guice, Jackson
Guichet, Yvel
Guler, Greg
Ha, Gene
Hanna, Scott
Hannigan, Ed
Hansen, Bjarne
Hazelwood, Doug
HI-FI Design
Hildebrandt, Greg
Hildebrandt, Tim

Hoberg, Rick
Hoolahan, Nansi
Hoover, Dave
Hope, Sandra
Horie, Tanya
Horie, Richard
Hughes, Adam
Hunter, Rob
Igle, Jamal
Immonen, Stuart
Irwin, Mark
Jadson, Jack
Janke, Dennis
Janson, Klaus
Jeanty, Georges
Jimenez, Phil
Johnson, Dave
Johnson, Drew
Jones, Christopher
José, Ruy
Jurgens, Dan
Kalisz, John
Kano
Kerschl, Karl
Kesel, Karl
Kindzierski, Lovern
Kirk, Leonard
Kitson, Barry
Kramer, Don
Krause, Peter
Kubert, Adam
Kubert, Andy
Kubert, Joe
Lanning, Andy
Lea, Rob
Lee, Jim
Lei, Alex
Leialoha, Steve
Leisten, Jay
Leon, John Paul
Lim, Ron
Livesay, John
Lopresti, Aaron
Loughridge, Lee
Lowe, John
Machlan, Mike
Magalhaés, José Wilson
Magno, Carlos
Maguire, Kevin
Mahnke, Doug
Major, Guy
Mandrake, Tom
Manley, Mike
Marzan Jr., José
Mayor, J.P.
Mayor, Randy
Mazi
McCaig, Dave
McCarthy, Ray
McCraw, Tom
McDaniel, Scott
McGuinness, Ed
McKenna, Mark
McKone, Mike
McLeod, Bob
Medley, Linda

Merino, Jesús
Mignola, Mike
Miller, Mike
Moder, Lee
Mooney, Jim
Morales, Mark
Morales, Rags
Morgan, Tom
Morse, Scott
Mortimer, Win
Mounts, Paul
Mulvihill, Trish
Murphy, Sean
Murtaugh, Ray
Nauck, Todd
Neary, Paul
Nguyen, Tom
Nichols, Art
Nolan, Graham
Norton, Mike
Nowlan, Kevin
Olliffe, Patrick
Ordway, Jerry
Ottley, Ryan
Owens, Andy
Pacheco, Carlos
Palmiotti, Jimmy
Pantazis, Pete
Paquette, Yanick
Parks, Ande
Pascoe, James
Pearson, Jason
Pelletier, Paul
Pepoy, Andrew
Pérez, Pere
Pérez, George
Phillips, Joe
Pina, Javier
Portacio, Whilce
Powell, Eric
Propst, Mark
Purcell, Jack
Raimondi, Pablo
Ramos, Humberto
Ramos, Rodney
Rapmund, Norm
Rathburn, Cliff
Reis, Rod
Reis, Ivan
Riggs, Robin
Rivoche, Paul
Ro, Rob
Robertson, Darick
Robinson, Roger
Rocafort, Kenneth
Rodier, Denis
Rollins, Prentis
Rouleau, Duncan
Roy, Adrienne
Royal, Jim
Rubinstein, Josef
Ruffino, Nei
Ryan, Matt
Ryan, Paul
Sale, Tim
Schwager, Rob

Scotese, Petra
Scott, Nicola
Scott, Trevor
Sears, Bart
Semeiks, Val
Setzer, Doug
Sibal, Jon
Simmons, Tom
Sinclair, Alex
Sinclair, James
Sinnott, Joe
Smith, Cam
Smith, Andy
Smith, Brett
Snejbjerg, Peter
Snyder, Ray
Somers, Kevin
Sotelo, Beth
Springer, Frank
Sprouse, Chris
Statema, John
Staton, Joe
Steigerwald, Peter
Stelfreeze, Brian
Stewart, Dave
Story, Karl
Stucker, Lary
Stull, Rob
Swan, Curt
Syaf, Ardian
Tanghal, Romeo
Taylor, Dave
Templeton, Ty
Tewes, Roberta
Thibert, Art
Tollin, Anthony
Trapani, Sal
Turner, Michael
Urbano, Carlos
van Valkenburgh, Sherilyn
Vancata, Brad
Vey, Al
Villarrubia, José
Vines, Dexter
Von Grawbadger, Wade
Wagner, Ron
Walker, Brad
Wands, Steve
Whitmore, Glenn
Wieringo, Mike
Wight, Eric
Wildstorm FX
Williams, Anthony
Williams, Scott
Woch, Stan
Wong, Walden
Woods, Pete
Wright, Greg
Wright, Jason
Yeowell, Steve
Yu, Leinil Francis
Zezelj, Danijel
Zircher, Patrick
Ziuko, Tom

Copyright © 2013 DC Comics
SUPERMAN E TODOS OS PERSONAGENS RELACIONADOS E SEUS ELEMENTOS SÃO MARCAS REGISTRADAS DA © DC Comics (s17)

Copyright© 2017 Casa da Palavra/LeYa, Dandara Palankof
Todos os direitos reservados
Superman foi criado por Jerry Siegel e Joe Shuster
(acordo especial com a família de Jerry Siegel)

Título original: *The Superman Files*

Todos os direitos reservados e protegidos pela Lei 9.610, de 19.02.1998.

É proibida a reprodução total ou parcial sem a expressa anuência da editora.

PREPARAÇÃO
Ulisses Teixeira

REVISÃO
Thiago Braz

PRODUÇÃO EDITORIAL
Oliveira Editorial / Anna Beatriz Seilhe

PROJETO GRÁFICO DO MIOLO
Michael Reagan

DIAGRAMAÇÃO
Filigrana

ADAPTAÇÃO DE CAPA
Leandro Dittz

CURADORIA
Affonso Solano

Texto de Matthew K. Manning
Agradecimentos especiais a George Corsillo da Design Monsters por arte e design adicionais.

Dados Internacionais de Catalogação na Publicação (CIP)
Angélica Ilacqua CRB-8/7057

---

Manning, Matthew K.
  Superman: os arquivos secretos do Homem de Aço / Compilados por Brainiac 5; Traduzidos do original em interlac por Matthew K. Manning; tradução de Dandara Palankof; ilustrado por Michael Reagan. – Rio de Janeiro: LeYa, 2017.
  312 p. : il., color.

  Superman criado por Jerry Siegel e Joe Shuster via acordo especial com a família de Jerry Siegel
  ISBN 978-85-441-0527-6
  Título original: The Superman files

  1. Super-heróis - Histórias em quadrinhos 2. Superman (Personagem fictício) I. Título II. Palankof, Dandara III. Reagan, Michael IV. Siegel, Jerry V. Shuster, Joe

17-0487                                                                 CDD 741.5

---

1. Super-heróis - Histórias em quadrinhos

EDITORA CASA DA PALAVRA
Avenida Calógeras, 6 – sala 701
20030-070 – Rio de Janeiro – RJ
WWW.LEYA.COM.BR